I0610864

LA FORZA DI ASPEN

Team Delta Due, Libro 3

SUSAN STOKER

Titolo originale: *Shielding Aspen*

Traduzione dall'inglese di Patrizia Zecchin per One More Chapter Translations

Editing di Nadia Carena

Trovare Lexie
Trovare Kenna
Trovare Monica
Trovare Carly
Trovare Ashlyn
Trovare Jodelle (22 Luglio)

Armi & Amori: verso il futuro

Soccorrere Caite
Soccorrere Brenae
Soccorrere Sidney
Soccorrere Piper
Soccorrere Zoey
Soccorrere Avery
Soccorrere Kalee
Soccorrere Jane

Delta Force Heroes

Salvare Rayne
Salvare Emily
Salvare Harley
Il Matrimonio di Emily
Salvare Kassie
Salvare Bryn
Salvare Casey
Salvare Sadie
Salvare Wendy
Salvare Mary
Salvare Macie
Salvare Annie

Armi e Amori

Proteggere Caroline

Proteggere Alabama
Proteggere Fiona
Il Matrimonio di Caroline
Proteggere Summer
Proteggere Cheyenne
Proteggere Jessyka
Proteggere Julie
Proteggere Melody
Proteggere il Futuro
Proteggere Kiera
Proteggere i figli di Alabama
Proteggere Dakota

<u>Mercenari di Montagna</u>
Difendere Allye
Difendere Chloe
Difendere Morgan
Difendere Harlow
Difendere Everly
Difendere Zara
Difendere Raven

<u>Ace Security</u>
Il riscatto di Grace
Il riscatto di Alexis
Il riscatto di Bailey
Il riscatto di Felicity
Il riscatto di Sarah

<u>Una raccolta di storie brevi</u>
Un momento nel tempo

CAPITOLO UNO

BRAIN SI APPOGGIÒ allo schienale della sedia e guardò Aspen Mesmer incantare totalmente i suoi amici. Non avrebbe voluto uscire quella sera, per crogiolarsi nell'auto-commiserazione di non avere una vita amorosa. Grazie a Dio si era costretto a trascinarsi al bar all'ultimo minuto.

Se non l'avesse fatto, avrebbe perso l'incontro con Aspen. E che primo incontro era stato.

Appena entrato nel bar, si guardò intorno in cerca dei ragazzi, quando all'improvviso una donna andò dritta verso di lui con uno sguardo nervoso, ma determinato. Ebbe il tempo di apprezzare che fosse alta quasi quanto lui, circa un metro e ottanta, e che probabilmente avesse la sua stessa età. Indossava dei jeans neri che le aderivano al corpo in modo intrigante, un paio di Converse e una maglietta con la scritta "Offro consulenza medica per i tacos".

Brain rimase scioccato quando entrò nel suo spazio vitale e gli mise le braccia intorno al collo.

«Ti do venti dollari se mi baci come se lo volessi davvero.»

La sua voce era roca e Brain poté giurare di avervi sentito una nota disperata. Non ebbe il tempo di dirle che sarebbe stato molto felice di baciarla, ma non per soldi, quando lei gli mise una mano dietro la testa e si sporse in avanti.

All'inizio il loro bacio fu titubante, solo uno sfioramento di labbra, ma poi Brain avvolse un braccio intorno alla vita della donna e fece un passo avanti, piegandola all'indietro. Lei ansimò sorpresa e spostò le mani per aggrapparsi ai bicipiti.

Brain approfittò della sua bocca aperta e cambiò leggermente l'angolazione, e la baciò come non baciava una donna da molto tempo. In modo lento, profondo e a lungo. I piccoli gemiti che fece lo incoraggiarono a non fermarsi. Poteva dire che era muscolosa e forte, ma in quel momento, piegata all'indietro, era completamente indifesa tra le sue braccia. E ciò gli piacque moltissimo.

«Bastava solo che mi dicessi che eri andata avanti con la tua vita, Aspen» disse una voce irritata alle sue spalle.

La donna si leccò le labbra e sospirò frustrata. La vide mimare "scusa" con la bocca prima di cancellare ogni emozione dal viso e voltarsi verso l'uomo dietro di lei. Avvolse un braccio intorno alla vita di Brain e lui non ebbe problemi a stringersela contro il fianco.

«Te l'ho detto, Derek. Te l'ho detto un mese e mezzo fa, quando ti ho lasciato. Te l'ho detto almeno tre volte nei messaggi e di nuovo stasera, quando ti sei presentato qui implorandomi di tornare insieme. Sono andata avanti. È ora che tu faccia lo stesso.»

L'uomo sembrava avere circa trentacinque anni e l'espressione imbronciata non gli stava facendo alcun favore. Ma fu il luccichio di pura e autentica rabbia nei suoi occhi che preoccupò Brain.

«Quando l'hai conosciuto? Insomma, ti addestri con i Ranger ogni giorno.»

«Ci conosciamo da un po'» mentì Aspen.

Sapendo che le cose sarebbero potute diventare imbarazzanti molto rapidamente, Brain tese la mano all'altro uomo. «Sono Kane Temple. Ma la gente mi chiama Brain.»

Derek guardò disgustato la mano che gli stava porgendo, poi guardò Aspen con la fronte aggrottata. «Brain? Sul serio?»

Lei si limitò a scrollare le spalle.

«Be'. Non tornare strisciando da me quando ti spezzerà il cuore.»

«Non lo farò» gli assicurò vivacemente.

«Penso sia ora che te ne vada» disse Brain, infastidito dal fatto che l'altro uomo non capisse l'antifona.

Quando Derek aprì la bocca per dire qualcosa di cui probabilmente si sarebbe pentito, Brain pose fine alla questione. Circondò le spalle di Aspen con un braccio e la attirò di più a sé. «Dai, piccola. Ho visto i miei amici. Sono sicuro che ci hanno tenuto dei posti.» Si allontanarono dall'uomo arrabbiato e addolorato e la condusse verso i suoi compagni di squadra.

«Grazie mille, mi dispiace tanto di averti coinvolto. Ma non voleva lasciarmi in pace e l'unica cosa che mi è venuta in mente di fare è stata dargli delle prove concrete che avessi voltato pagina.» Fece per prendere qualcosa dalla piccola borsa che teneva a tracolla.

«Se provi a pagarmi per quel bacio, mi arrabbierò» le disse.

Lei si bloccò e lo guardò a occhi spalancati.

«Che ne dici di ricominciare da capo?» suggerì. Fece un passo indietro e tese la mano. «Sono Brain.»

«Aspen Mesmer» replicò stringendogliela.

Lui fece altrettanto, poi se la portò alle labbra e ne baciò il dorso.

«Sul serio, non devi sentirti obbligato a stare con me, sono sicura che se ne sia andato» disse Aspen.

«Non devi aver paura di me» le ordinò Brain, non apprezzando lo sguardo nervoso nei suoi occhi.

Lei raddrizzò le spalle e con una punta d'orgoglio ribatté: «Non ho paura di te.»

. . .

A Brain era piaciuta quella risposta.

Non si era aspettato di entrare nel bar e che una bella donna lo pregasse di baciarla, anche se solo per toglierle di dosso un ex fidanzato. Non era stato un sacrificio, era molto attraente.

Aspen aveva i capelli castano chiaro lunghi fino alle spalle e gli occhi color cioccolato. Non era molto truccata, forse aveva messo un po' di lucidalabbra e qualcosa sugli occhi. Brain non era un esperto di cosmetici, ma non gli piaceva quando sembrava che il viso fosse incrostato. Dato che avevano un'altezza simile, amava poterla guardare negli occhi e gli piacevano anche le lievi rughe agli angoli che dimostravano che probabilmente sorrideva e rideva molto.

Nel complesso, aveva l'aspetto della ragazza della porta accanto... cosa che Brain adorava.

L'aveva portata dai suoi amici non solo per far scena, nel caso il suo ex non se ne fosse andato davvero e invece la stesse guardando, ma anche perché era sinceramente interessato a conoscere quella donna intrigante. Era stata audace e sicura di sé, ma anche nervosa e diffidente quando gli si era avvicinata. La contraddizione era accattivante. Di sicuro aveva attirato la sua attenzione.

«Quindi sei un soccorritore militare?» chiese Trigger ad Aspen. Teneva il braccio intorno a Gillian e, per la prima volta da molto tempo, Brain non ebbe una fitta di gelosia quando li vide insieme. Non che avesse voluto Gillian per sé; lei e Trigger erano fatti l'uno per l'altra. Più che altro avrebbe voluto ciò che aveva il suo compagno di squadra. Qualcuno che lo guardasse come se fosse il sole nel suo cielo.

«Già» rispose lei. «Negli ultimi anni sono stata assegnata a varie unità dei Ranger.»

Oz fece un fischio lungo e basso. «Non è un lavoro facile» osservò.

Aspen sorrise. «No, affatto.»

Kinley si sporse in avanti e Brain vide la mano di Lefty appoggiata sulla parte bassa della sua schiena, come per mantenere quel piccolo collegamento tra loro. «Perdona la mia ignoranza, ma sei un Ranger?» le chiese.

Lei scosse la testa. «No. Non ho frequentato la scuola dei Ranger, ma partecipo a sessioni di addestramento con loro.»

Brain era già impressionato, ma a quell'informazione lo fu ancora di più. Poteva dire dagli sguardi sui volti dei suoi compagni di squadra che lo fossero anche loro. Però, Gillian e Kinley probabilmente non sapevano cosa intendesse così decise di illuminarle.

«Quello che intende dire è che *potrebbe* essere un Ranger se lo volesse. Le loro sessioni di addestramento non durano quanto la scuola, ma sono altrettanto intense. Giorni senza cibo, a strisciare attraverso foreste e fiumi cercando di non farsi notare. E presumo che in qualità di medico dovessi assicurarti che gli uomini della tua squadra rimanessero idratati, che venissero curate eventuali vesciche o altre ferite minori e che in generale dovessi mantenerli operativi al cento per cento, cercando allo stesso tempo di prenderti cura di te, giusto?»

Aspen arrossì e si limitò a scrollare le spalle. «Fa tutto parte del lavoro.»

Più Brain conosceva quel bellissimo medico, più gli piaceva. Ricordava ancora come avesse tremato tra le sue braccia quando aveva approfondito il bacio, e come lo avesse guardato dopo: come una donna guardava l'uomo che desiderava.

Sapendo di non essere molto bravo a dimostrarsi disinvolto, provò a prenderle la mano e intrecciò le dita con le sue. Lei lo guardò e inarcò un sopracciglio, ma non si liberò.

La prese come una vittoria, le sorrise, con la mano libera afferrò il bicchiere d'acqua che aveva ordinato dopo aver finito una birra e bevve. Voleva essere completamente lucido quella sera. Voleva ricordare ogni secondo.

«È difficile come donna lavorare in una divisione tradizionalmente maschile come i Ranger?» le chiese Gillian.

Aspen sospirò. «Sì e no. Voglio dire, ricevo la mia buona dose di prese per i fondelli, ma per la maggior parte sono scherzose. Ovvio che ci sono quegli uomini che pensano che non dovrei essere in alcun modo associata ai Ranger, ma quando le cose si mettono male, i proiettili volano e le persone stanno morendo, sembra che a nessuno importi molto che sia una donna.»

«Con chi lavori adesso?» le chiese Brain.

Aspen si voltò di nuovo verso di lui e quando incontrò i suoi occhi, notò una lieve tristezza. Durò solo un istante perché la nascose subito, ma solo quello gli fece desiderare di far seriamente del male a chiunque avesse osato renderle la vita difficile. Non sapeva perché si sentisse protettivo nei suoi confronti, ma era così.

«Sono assegnata a una squadra di circa otto uomini. Derek è il migliore amico del sergente responsabile del mio team.»

«Derek, lo stronzo che è un po' lento a capire?» chiese Brain.

Aspen trasalì. «Sì. È stato stupido da parte mia uscire con lui, soprattutto considerando quanto è vicino ai soldati con cui lavoro, ma è stato piuttosto insistente e mi ha difeso quando alcuni dei ragazzi mi stavano infastidendo. In un momento di debolezza, ho accettato, ma nel giro di due appuntamenti ho capito che non eravamo compatibili.»

«E lui non se n'è reso conto?» chiese Kinley. «Voglio dire, in genere la scintilla c'è o non c'è.» Lanciò un'occhiata a Lefty e gli fece un piccolo sorriso.

«Direi di no» rispose Aspen scrollando le spalle. «Ho cercato di essere chiara sul fatto che volevo fossimo solo amici, che qualcosa di più era fuori discussione, ma non ha capito l'antifona... fino a stasera. Spero.»

Più Brain pensava al motivo per cui si era dovuta avvicinare a un perfetto sconosciuto implorando un bacio, più si arrabbiava. Nessuna donna dovrebbe ricorrere a quel genere di trucchetti per togliersi di torno un uomo. No significava no, e quel Derek era uno stronzo di prima categoria se continuava a molestarla dopo che gli aveva detto di volerlo solo come amico.

Tornò ad ascoltare la conversazione intorno a lui quando sentì Aspen dire: «Ed era il classico tipo che doveva sempre avere ragione.»

«Oh mio Dio!» esclamò Gillian. «So esattamente cosa intendi!»

Brain si appoggiò allo schienale e ascoltò le chiacchiere delle donne, mentre cercava di tenere a freno la rabbia. Era sorprendente; non era mai stato irascibile, ma il pensiero che qualcuno si comportasse da bastardo con Aspen lo faceva infuriare. Si capiva benissimo che lei sapeva prendersi cura di sé, ma quella sensazione rimaneva.

«Per esempio, se dici che ci vorranno due ore per arrivare da qualche parte, lui deve per forza non essere d'accordo e dire che ci vorranno due ore e quindici minuti» continuò Gillian.

«O se gli suggerissi di far cuocere qualcosa per venti minuti, mi direbbe che mi sbaglio e che in realtà ci vogliono diciassette minuti e mezzo, altrimenti è troppo cotto» concordò Aspen.

«O che un programma va in onda alle otto e mezza, non alle otto» s'intromise Kinley.

«O quando dico che il protocollo corretto per la somministrazione lenta di una flebo è venti milligrammi di ketamina al minuto, deve contraddirmi e dire che quello giusto è cinquanta milligrammi, quando so per certo che quello avviene solo se somministrato per via intranasale» disse Aspen con una risata.

Quando la guardarono tutti confusi lei arrossì, ma rise ancora più forte. «Scusate, scusate, scusate. Dimentico che non tutti sono appassionati di narcotici quanto me. Voglio dire, non appassionata nel senso di farli per divertimento, ma interessata... ehm... Merda. Ehm... o quando dico che il sindaco Larry Kline nel telefilm *Stranger Things* è lo stesso attore che interpreta il crudele pirata Roberts de *La storia fantastica* e lui mi dice che mi sbaglio.»

A quello, tutti risero.

Brain pensò che Aspen fosse incredibilmente adorabile. Si ripromise di cercare di non contraddirla per nessuna ragione. Guardò lei, Gillian e Kinley ridere e scherzare, e gli diede una bella sensazione vedere che andavano d'accordo. Nonostante l'avesse conosciuta poche ore prima, si sentiva a suo agio con lei come non era successo da tantissimo tempo con qualsiasi altra donna.

Le stava tenendo ancora la mano e ogni tanto sfregava il pollice sul dorso, solo per farle sapere che c'era. E ogni volta, lei faceva un piccolo sorriso, anche se non dava a vedere in nessun altro modo di notarlo.

Sollevò lo sguardo e incrociò quello di Trigger, che fece un cenno con il mento e sollevò il bicchiere in saluto.

Brain alzò gli occhi al cielo e scosse la testa, ma il suo amico si limitò a sorridere.

Era difficile credere che poche ore prima, Brain stesse cercando di trovare delle ragionevoli scuse per andarsene presto, mentre ora temeva ogni ticchettio della lancetta dell'orologio, dato che significava che si stava avvicinando sempre di più l'ora di dover salutare Aspen. Gli stava piacendo conoscerla e guardarla interagire con le persone a cui era più legato.

Dopo più o meno un'altra ora, Lefty e Kinley furono i primi ad andare a casa. Trigger e Gillian li seguirono quasi subito. Poi fu il turno di Oz e Lucky e anche Doc. Finché rimasero solo Grover, Brain e Aspen.

«Allora...» disse lei. «Grover? Brain?»

«Il mio cognome è Groves.»

«Quindi non ha niente a che fare con il piccolo Muppet blu?» lo prese in giro.

«No» rispose lui scuotendo la testa. «Ti pare che abbia l'aspetto o la voce di un Muppet?»

Lei ridacchiò. «No, ma so che c'è sempre una storia dietro i soprannomi. Inoltre, Grover è il Muppet più fico che ci sia, anche se non gli hanno dato molta visibilità sui media e non ha abbastanza giocattoli e altri gadget creati a sua somiglianza. E avresti potuto chiamarti Elmo, *quello* sì sarebbe stato imbarazzante.»

Tutti ridacchiarono.

«E tu, Kane? Perché Brain?»

Scrollò le spalle, indeciso se dirle il motivo del suo soprannome. Non ne era esattamente imbarazzato, ma per una volta nella vita avrebbe voluto *non* essere il nerd. Voleva essere un fiero soldato della Delta Force.

Ma ovviamente Grover fu più che felice di spiegare.

«È un fottuto genio» disse, ignaro dell'occhiataccia che

Brain gli stava lanciando. «Conosce più di venti di lingue; è una sorta di luminare. E giuro su Dio, basta che senta qualcuno dire qualcosa una volta e lo capisce. È molto utile nel nostro lavoro, te l'assicuro.»

Brain bevve un altro sorso d'acqua e si rifiutò di incontrare lo sguardo di Aspen. Inevitabilmente, quando conosceva nuove persone e scoprivano cosa sapesse fare, o volevano una dimostrazione – nel senso che volevano snocciolasse ogni sorta di cose in lingue diverse – o si distaccavano mentalmente, pensando che fosse al di fuori dalla loro portata.

Cercò di liberare le dita da quelle di Aspen, ma lei strinse la presa e non lo lasciò andare. La guardò sorpreso.

«È forte» disse lei con tranquillità.

Grover continuò a parlare, ignaro del disagio di Brain rispetto a quell'argomento.

«Si è diplomato al liceo a quindici anni. Subito dopo è andato al college e ha conseguito la prima laurea in due anni. I suoi genitori si sono *incazzati* quando si è arruolato nell'esercito; volevano che fosse uno scienziato missilistico o qualcosa del genere.»

«Grover?» lo chiamò Aspen senza distogliere lo sguardo da Kane.

«Sì?»

«Stai zitto.»

Brain non poté fare a meno di ridere.

Il suo compagno di squadra rimase in silenzio per circa venti secondi, poi capì di averlo messo a disagio con il suo straparlare. «Voglio dire, Brain è intelligente, ma è anche fantastico. Ed è piuttosto amato delle donne. È anche un uomo leale e con i piedi per terra.»

«Penso che sia ora che te ne vada, Grover» disse al suo amico, scuotendo la testa. «Non sei d'aiuto.»

«Giusto. Scusa. Me ne vado. Domani devo andare a casa di mia sorella, per qualche motivo mi sta evitando e questa storia deve finire. Quindi... allora vado, eh. Ci vediamo all'allenamento, Brain.»

«A domani» rispose. Grover a volte era uno sprovveduto, ma dato che non lo faceva con cattiveria, il team sopportava le sue chiacchiere.

Dopo che se ne fu andato, fece un respiro profondo e guardò Aspen. «Allora» disse.

«Allora» ripeté lei.

«Grover non è molto discreto.»

Aspen ridacchiò. «No, direi di no. Ma lo fa in buona fede.»

«Sì.» Brain si sarebbe dato uno schiaffo sulla fronte. Non era così che avrebbe voluto che andasse la loro prima conversazione a tu per tu. A prescindere da ciò che aveva detto Grover, Brain non era "amato dalle donne". Non era "fantastico". Era il cervellone. Il ragazzo intelligente. Quello a cui tutti si rivolgevano quando avevano un mistero da risolvere.

Aveva trent'anni e perso la verginità addirittura a ventiquattro. A livello sociale era stato come un pesce fuor d'acqua; andare al college così giovane aveva significato che la maggior parte delle ragazze lo evitassero come la peste. Solo dopo essersi arruolato nell'esercito e aver ottenuto una certa indipendenza era riuscito a capire come integrarsi un po' meglio tra gli uomini della sua età.

«Mi vergogno di non averlo chiesto prima, ma tu e i tuoi amici... non siete Ranger, vero? Perché se così fosse, ho fatto una figuraccia.»

Brain scosse la testa. «No, non lo siamo.»

«Grazie a Dio» sussurrò.

Lui continuò senza fermarsi a pensare. «Siamo Delta.»

Aspen rimase completamente immobile e lo fissò a occhi spalancati. «Ti prego, dimmi che stai scherzando.»

«No. E sai come funziona, per favore non dirlo a nessuno.»

«Oh, non lo farei mai. Nel modo più assoluto. E... oh, merda, sono *così* stupida.»

«No, non lo sei» le disse subito. Era tutt'altro che stupida.

«Sì invece! Continuavate a dire quanto fosse difficile l'addestramento dei Ranger e so che voi ragazzi avete passato molto di peggio.»

«Non è una competizione» le disse.

Inclinò la testa e lo studiò.

«Che c'è?» chiese Brain.

«Non sei come la maggior parte degli uomini delle forze speciali che ho incontrato. Nemmeno i tuoi amici, del resto.»

«In che senso?»

Scrollò le spalle. «È solo che... siete così alla mano.»

«Sei stata insieme a quegli stronzi dei Ranger troppo a lungo» ribatté.

Lei sorrise. «Non sono tutti stronzi.»

«Derek sì.»

Il suo sorriso si fece più ampio. «Vero. Grazie per avermi aiutato prima. Di solito non sono così sfacciata, ma...»

«Ma lui stava facendo il coglione e tu eri disperata» terminò per lei.

«Magari non disperata» ribatté. Poi chinò la testa e sollevò gli occhi timidamente. «Forse ti ho dato un'occhiata e mi è piaciuto ciò che ho visto, e ho pensato di poter prendere due piccioni con una fava.»

Gli ci volle un minuto prima che le sue parole penetrassero, ma quando lo fecero rimase scioccato.

Le donne non erano attratte da lui, non come lei stava insinuando. Sapeva di non essere bruttissimo. Aveva dei begli occhi... almeno era quello che dicevano gli altri. Ma spesso si dimenticava di pettinarsi, quindi di solito i suoi capelli erano in disordine. E aveva la barba perché era troppo pigro per radersi tutti i giorni. Era l'ideale quando andavano in missione, ma quando tornavano a casa, la teneva semplicemente perché era più comodo.

Ma che una donna straordinaria e intelligente come lei lo avesse puntato nel momento in cui aveva varcato la soglia, era una sensazione inebriante... e allo stesso tempo lo confondeva.

«Non sei abituato a ricevere complimenti, vero?» indovinò in modo incredibilmente accurato.

«Io sono il cervellone» rispose con un'alzata di spalle, come se quello spiegasse tutto.

Aspen alzò gli occhi al cielo, ma poi si voltò sulla sedia e lo guardò. «Sì, volevo che Derek mi lasciasse in pace. Ho fatto un casino uscendo con lui e ora ne sto pagando le conseguenze. Devo vederlo tutto il tempo perché è molto legato al sergente a capo del mio plotone, le nostre squadre si allenano insieme e in realtà partecipiamo a parecchie missioni congiunte, ma spero che dopo stasera si renderà conto che non siamo compatibili e le cose torneranno alla normalità. Ma, cosa più importante, ho scelto di farmi aiutare da te perché sono rimasta affascinata nel momento in cui ti ho visto.»

Brain notò il rossore sulle sue guance, ma lei continuò.

«Sei entrato e sembrava che volessi essere ovunque tranne che qui. E magari pensi di essere "solo" il cervellone del tuo team, ma è più che ovvio quanto i tuoi amici ti ammirino. Se si interessassero di te solo per quello che sai, non scherzerebbero così tranquillamente. E Gillian e Kinley non avrebbero parlato così bene di te quando siamo andate in bagno.

Non ti conosco e probabilmente sto oltrepassando il limite, ma ho imparato che la vita è troppo breve per non dire ciò che penso... e penso che tu sia piuttosto sorprendente, Kane, e ti conosco solo da poche ore. E ti ho sentito parlare solo in inglese.» Sorrise. «Mi hai anche salvata da una situazione molto spiacevole e il fatto che tu non abbia una ragazza, mi confonde e allo stesso tempo mi fa sentire dannatamente fortunata.»

Le sue parole risuonarono nella mente di Brain, e capì che *aveva bisogno* di conoscere meglio quella donna. «Ti va di uscire con me qualche volta?» Fece una smorfia per averlo chiesto in modo così brusco.

Ma Aspen non rise di lui. «Sì» rispose semplicemente.

«Domani?»

A *quello* ridacchiò. «Sì» ripeté.

Brain socchiuse gli occhi. «Non stai accettando solo perché ti ho aiutata con Derek, vero? Perché per quanto mi piaci, non voglio che tu esca con me per pietà.»

Il suo sorriso svanì. «Fai sul serio?»

Lui annuì.

Aspen alzò gli occhi al cielo. «Kane, sono stata seduta accanto a te tutta la sera tenendoti la mano. Ti ho appena detto di averti scelto tra tutti gli uomini che sono entrati in questo bar. Accidenti, ti ho offerto venti dollari se mi avessi baciata.» Si sporse in avanti e gli diede dei colpetti sul petto mentre diceva le parole successive. «Non incontravo da molto tempo un uomo che mi intrigasse quanto te. Trascorro ogni giorno della mia vita vivendo e lavorando con gli uomini e, francamente, sono quasi stufa di avere a che fare con il sesso opposto. Ma nel momento in cui mi hai piegata all'indietro sul tuo braccio stasera, sono stata come creta nelle tue mani.» Poi si raddrizzò. «Forse non è una buona idea» mormorò.

Brain andò nel panico. Non poteva permetterle di tirarsi indietro. Da qualche parte nel profondo, la fiducia che sembrava mancargli quando si trattava dell'altro sesso si fece sentire a gran voce. Non avrebbe permesso alla donna più interessante che aveva incontrato dopo secoli, di scappare così facilmente.

Le afferrò il dito con cui lo stava colpendo sul petto e scosse la testa. «No. Hai già detto di sì. Due volte. Non ti permetto di rimangiarti la parola. Dato che non ci conosciamo bene, sarei felice di incontrarti da qualche parte se ti farà sentire più a tuo agio, oppure potresti fidarti abbastanza da lasciarmi venire a prenderti domani sera verso le sei.»

«Sei davvero della Delta Force?» gli chiese.

Confuso, Brain annuì. «Non mentirei mai su una cosa del genere.»

Lei sbuffò. «Altre persone lo farebbero. Comunque credo che se l'esercito e il nostro governo sono disposti ad affidarvi i loro segreti, probabilmente posso dirti dove vivo.»

Brain si rilassò un po'.

«Posso riavere il mio dito adesso?» gli chiese.

Brain sorrise. «Dipende. Lo userai ancora per colpirmi?»

«Continuerai a dire stupidaggini?» ribatté lei.

«È probabile» rispose con sincerità. «Sembra che lo faccia spesso. Sarò intelligente, ma pare che abbia la cattiva abitudine di dire stronzate vicino alle belle donne.»

Aspen tirò la mano e lui la lasciò subito andare. Ma

invece di allontanarsi da lui, appoggiò il palmo sul suo petto e si avvicinò.

«Hai un profumo così buono» si lasciò sfuggire Brain, poi si rimproverò tra sé e sé. Doveva andarci piano, non sparare cose del genere in quel modo.

«Grazie» disse lei senza perdere un colpo. «Non lo metto spesso perché sono sempre in mezzo al fango e lavoro con gli uomini tutto il tempo, ma ogni tanto lo faccio. È fragranza di gardenie. Mi ricordano le Hawaii. Ci sono stata solo una volta, ma ho adorato il profumo di quei fiori... merda... ora sto blaterando di qualcosa che probabilmente non ti interessa.»

«Mi interessa» ribatté subito lui. Prese mentalmente nota delle gardenie.

«Comunque» continuò, sporgendosi ancora di più verso di lui «stavo per ringraziarti per non aver pensato che fossi una pazza stasera quando mi sono avvicinata.»

«Prego» replicò, fissandole le labbra.

«Vorrei baciarti di nuovo» sussurrò lei.

Brain saltellò su e giù e urlò *sì* a squarciagola tra sé e sé, ma si limitò a posare una mano sul viso di Aspen. Era abbastanza vicina che sarebbe bastato solo chinarsi di un centimetro e le loro labbra si sarebbero toccate... ma per qualche motivo, voleva aspettare.

«Voglio conoscerti» le disse. «E voglio che tu mi conosca. Sono attratto da te, non è un segreto, ma sono abbastanza maturo da capire che quello che provo è diverso. Speciale. L'ultima cosa che voglio è sminuire ciò che sento baciandoti in un angolo di un bar la prima sera che ci incontriamo.»

Brain temeva di aver dimostrato di essere l'uomo più idiota sulla faccia della terra rifiutandola, ma quando vide il suo viso addolcirsi mentre lei annuiva, tirò un sospiro di sollievo.

«Sei molto diverso dagli altri» gli disse con dolcezza.

Scrollò le spalle. «È vero» concordò.

«Diverso mi piace» replicò, poi si raddrizzò.

Brain la lasciò andare con riluttanza e si alzò quando lo fece lei. Aspen frugò nella borsetta, tirò fuori venti dollari e glieli porse. «Te li devo, davvero.»

Guardò accigliato la banconota e poi lei. «Non voglio i tuoi soldi» le disse brusco. «Mettili via.»

«Devo almeno pagare ciò che ho bevuto» insistette.

Brain prese i soldi e li infilò nella tasca esterna della sua borsetta. «Le tue consumazioni sono già state pagate, e quando sei con me non pagherai mai per quel genere di cose.»

Lei aggrottò la fronte. «Perché?»

«Perché sì.»

«Perché tu sei un uomo e io una donna?» sbuffò.

«No. Perché è irrispettoso. Non ha niente a che fare con il genere o perché credo che tu non possa pagare di tasca tua.»

«Allora perché?»

Brain esitò. «Penserai che sia una cosa stupida.»

«Non credo.»

«Va bene, ma l'hai chiesto tu. È perché voglio viziarti. Quando porto fuori una donna, non voglio che si debba preoccupare di *nulla*. Hai bisogno di un passaggio? Te lo do io. Preferisci un taxi? Ne chiamo uno per te. Vuoi ordinare il piatto più costoso del menu, va benissimo. Fallo. Quando esco con qualcuno, voglio che sappia quanto penso sia speciale. Ed essere speciale non include preoccuparsi di pagare il conto, di lasciare la mancia, di avere a che fare con stronzi che ti molestano o dover pensare a come tornare a casa. Sono fatto così.»

Si preparò alla sua reazione. In passato, le donne gli avevano detto apertamente che la sua idea di cavalleria era assurda o che era misogino. Ma era ciò che provava e aveva imparato a metterlo in chiaro subito per far sì che non ci fossero problemi in seguito.

Ma Aspen non rise di lui, né si accigliò. «Se quando usciamo insieme dovessi vedere qualcosa che mi piacerebbe regalarti, perderai la testa?»

«No. Puoi fare ciò che vuoi con i tuoi soldi. Ma ti avverto, non pensare di potermi comprare un'auto o qualcosa del genere e chiamarlo "regalo".»

Aspen scoppiò a ridere. Gettò la testa all'indietro e rise così forte che Brain le avvolse un braccio intorno alla vita per impedirle di cadere. Quando riprese il controllo, lo guardò negli occhi e annuì. «D'accordo. Niente auto. Capito.»

Le sorrise. «Bene. Dimmi il tuo numero.»

Non batté ciglio al repentino cambio di argomento. Gli fece piacere anche che non gli chiedesse se lo avrebbe annotato o inserito nel telefono, glielo snocciolò semplicemente come se non avesse dubbi che sarebbe stato in grado di ricordarlo.

«Più tardi ti manderò un messaggio così avrai il mio e potrai inviarmi anche il tuo indirizzo» le disse.

«Ok.»

Si avviarono verso la porta. Brain non sentì il bisogno di togliere il braccio dalla sua vita e Aspen si appoggiò addirittura a lui mentre camminavano, infilando le dita nel passante della cintura dei jeans, e quel lieve peso gli provocò dei brividi di trepidazione. Nessuna delle donne con cui era uscito l'aveva mai fatto, ebbe quasi l'impressione che lo stesse reclamando. Gli piaceva davvero tanto.

Mentre uscivano dal bar, Brain salutò il buttafuori con un cenno del mento. Quando la guardò, lei stava sorridendo.

«Che c'è?» le chiese.

«È per quel gesto di sollevare il mento. È proprio una cosa da uomini.»

Brain aggrottò la fronte. «E?»

«Niente» rispose.

Ma lui la sentì mormorare sottovoce: «È sexy da morire.»

Sorrise. Non era mai stato definito sexy e gli piaceva anche quello.

Brain la accompagnò alla sua macchina, una pratica Hyundai Elantra GT bianca. Si guardò intorno e non vide Derek, né nessun altro, in agguato.

«Guida con prudenza» le disse mentre le teneva la portiera aperta. Aspen si fermò prima di salire in auto e annuì. «Anche tu.»

«Ci vediamo domani sera.»

«Non vedo l'ora.»

Non sapendo cos'altro dire per prolungare la loro serata, Brain chiuse la portiera e si tirò indietro. Prima di pensarci, le fece un cenno con il mento e rise quando lei gli rivolse un sorrisetto attraverso il parabrezza. Sollevò due dita, salutandolo prima di uscire dal parcheggio.

Guardò l'orologio e si rese conto di essere stato al bar con Aspen per ore. Era da molto tempo che non restava fuori fino a tardi, quando non era in missione. C'era qualcosa in lei che gli faceva dimenticare di essere il nerd. L'intelligentone. Lo faceva sentire... normale. Forse per la prima volta nella vita.

Dopo essere salito nella Challenger, si prese il tempo di programmare sul telefono il suo nome e numero, poi le inviò un breve messaggio.

Sono Brain. Non vedo l'ora che arrivi domani. Fammi sapere dove venirti a prendere. Dormi bene.

Non rispose e non si aspettava che lo facesse, visto che stava guidando. Gettò il telefono sul sedile del passeggero e si avviò verso casa, sorridendo per tutto il tempo.

CAPITOLO DUE

Aspen camminava nervosamente su e giù per il suo appartamento mentre aspettava che Kane andasse a prenderla. Non aveva idea di come fosse riuscita a superare la giornata, era sia eccitata sia ansiosa da morire per l'appuntamento di quella sera.

Dopo il fiasco con Derek, aveva considerato di non uscire con altri militari. La sera prima era andata al bar a bere qualcosa perché non voleva tornare a casa e stare da sola. La giornata era stata stressante e aveva sperato di rilassarsi con un buon drink. Purtroppo Derek aveva scelto lo stesso bar. Era un mistero il motivo per cui continuasse a starle così addosso dato che erano usciti solo due volte, un *mese* prima. Non c'era stato alcun feeling tra loro.

Non come quello tra lei e Kane. Lo aveva notato nell'istante in cui aveva varcato la soglia con quell'aspetto un po' trasandato. Ma erano stati gli occhi a catturare per primi la sua attenzione; avevano percorso la stanza con lo sguardo, studiando tutto e tutti. Avrebbe dovuto capire subito che era un soldato delle forze speciali, ma Derek aveva iniziato a lamentarsi del fatto che lei non avesse nemmeno provato a dar loro una possibilità, così era andata dritta verso Kane senza pensarci.

Chiedere a un perfetto sconosciuto di baciarla non era in cima alla lista delle cose intelligenti che aveva fatto nella sua vita, ma lui non l'aveva delusa; all'inizio era stato imbarazzante, ma poi aveva preso il controllo. Aspen non era una persona che di norma si fidava del prossimo, ma tra le sue braccia non aveva provato il minimo timore che l'avrebbe lasciata cadere.

E il modo in cui l'aveva baciata? Come se fosse appena tornato a casa dopo essere stato via per mesi? Dannazione. Le si erano arricciate le dita dei piedi nelle Converse.

In un certo senso si era aspettata anche che fosse stupido come una capra – sembrava che tutti gli uomini più belli lo fossero – ma naturalmente si era sbagliata anche su quello. Alla grande.

Brain.

A quanto dicevano era una specie di genio.

Intelligente. Sexy. Muscoloso. Un Delta. Rispettoso e, da quel che sembrava, un buon amico e compagno di squadra.

Era passato molto tempo dall'ultima volta che aveva provato un'attrazione immediata per un uomo, ma chi poteva biasimarla in questo caso? Kane Temple era tutto ciò che ogni donna desiderava. Sembrava un po'... innocente e all'antica, ed era stata una piacevole sorpresa. Sapeva per esperienza che molti uomini delle forze speciali erano cinici e avevano l'abitudine di andare a letto con quante più donne possibile. Lo sapeva Dio, che la maggior parte dei Ranger single con cui lavorava erano così.

Ma Kane si era rifiutato persino di baciarla alla fine della serata. Non le era piaciuto molto che avesse insistito perché non pagasse nulla, ma aveva ceduto dopo che le aveva spiegato il motivo.

Certo, avrebbe potuto essere tutto uno stratagemma a cui lei aveva abboccato, ma sperava davvero che non fosse così.

Lo avrebbe detto il tempo.

Guardò l'orologio. Avrebbe dovuto arrivare entro cinque minuti, sarebbero andati a cena e poi l'avrebbe riaccompagnata a casa. Per essere un primo appuntamento, era piuttosto banale, ma ne era grata. L'ultima cosa che voleva, era passare con lui tutta la sera se poi avesse scoperto che quella precedente era stata solo un colpo di fortuna, e che in realtà lui era un coglione.

Sperava di no, che l'attrazione provata per lui al bar non si fosse spenta.

Si spaventò a morte quando sentì bussare. Stava guardando fuori dalla finestra, ma era evidente che fosse stata così persa nella sua testa da non averlo visto arrivare. Dopo aver verificato che fosse lui, aprì la porta.

«Ehi» lo salutò un po' timidamente quando incontrò il suo sguardo.

Per un secondo, rimasero lì a fissarsi in silenzio. Poi Kane scosse la testa e le sorrise. «Ciao.»

All'improvviso, Aspen si sentì come se avesse di nuovo quindici anni e fosse venuto a prenderla il suo primo vero ragazzo. Non sapeva cosa dire o fare, riuscì solo a fissarlo. Kane indossava una camicia verde oliva scuro e un paio di jeans. Si era tagliato la barba, ma i suoi capelli erano ancora arruffati, come se ci avesse appena passato le dita.

Non sapeva molto delle sue relazioni passate, ma la sera prima le aveva dato l'impressione che non avesse avuto molte fidanzate a lungo termine. Ed era pazzesco, perché l'uomo di fronte a lei era veramente stupendo.

Aspen era stata incerta su come vestirsi, ma alla fine aveva deciso di mettere un paio di jeans e una canotta nera. La sera faceva ancora caldo e voleva sentirsi a suo agio. Non era il tipo da abiti e tacchi alti. Se a Kane non fosse piaciuta così com'era, meglio scoprirlo subito piuttosto che più avanti.

Qualsiasi preoccupazione avesse potuto avere sul fatto che la loro attrazione fosse stata una cosa del momento, era già sparita. Mentre si fissavano sulla soglia, poteva dire che anche Kane non sapesse come comportarsi.

«Sei fantastica» le disse, riempiendo il silenzio imbarazzante che si era creato.

Sbuffò ironicamente «Indosso una canotta e dei jeans, Kane. Niente di speciale.»

Fece un passo oltrepassando la soglia e lei uno indietro prima di raddrizzare le spalle. Non aveva paura di lui, ma la destabilizzava, il che era insolito.

«Avresti dovuto dire "grazie". Non sei molto brava ad accettare i complimenti, vero?» le chiese, quasi ripetendo la domanda che gli aveva fatto lei la sera precedente.

Scrollò le spalle. «Non ne ricevo molti, quindi... no.»

«È davvero un peccato» replicò. Non aveva distolto lo sguardo dal suo e ciò la fece sentire bene. Vedeva *lei*, non un paio di tette con la testa, come le dava l'impressione che la vedessero gli altri uomini, come Derek. «Sei il tipo di donna che anche solo indossando un semplice vestitino nero e i tacchi può mettere in ombra la più bella modella da copertina ma, cosa più importante, con una divisa da combattimento e gli anfibi è comunque la più carina della stanza.»

Aspen non sapeva cosa rispondere. Deglutì a fatica.

Kane era vicino, ma non la stava toccando. I loro occhi erano quasi allo stesso livello e il suo sguardo era così intenso che dovette abbassare il proprio. Vide la pulsazione del suo cuore nell'incavo della gola e inspirò il suo profumo pulito. Come se fosse uscito dalla doccia un attimo prima di andare lì. Non metteva dopobarba, né profumi artificiali, e in quel momento le fece venire voglia di trascinarlo dentro all'appartamento e in camera da letto.

Era passato molto tempo dall'ultima volta che aveva desiderato un uomo così tanto.

«Ho capito che dovrò farti più spesso dei complimenti» disse con un piccolo sorriso. «Così ti diventerà più facile ringraziare. Sei pronta?»

«Sì, devo solo prendere la borsa. Vuoi entrare?» gli chiese.

Kane scosse la testa. «Aspetterò qui.»

Aspen si limitò a scrollare le spalle chiedendosi perché non volesse entrare e si allontanò per andare a prendere la borsa. Tornò dopo meno di un minuto e vide che la stava aspettando appena fuori dall'appartamento, nel corridoio. Uscì e chiuse a chiave la porta e mentre lo percorrevano gli chiese: «Non volevi vedere il mio appartamento?»

Le lanciò uno sguardo che non riuscì a interpretare.

Poi la lasciò senza parole.

«*Sì* che voglio vederlo. Voglio sapere tutto di te. Voglio sapere se sei il tipo di donna a cui piacciono cuscini e coperte sparsi sul divano, o se sei più ordinata. Voglio sapere se hai una di quelle macchine per il caffè a tazza singola, o se sei più il tipo da berne una caraffa alla volta. Voglio dare un'occhiata ai tuoi film e libri e vedere cosa ti interessa.

Ma questo è il nostro primo appuntamento. Non mi conosci e l'ultima cosa che voglio è crearti difficoltà in qualsiasi modo. Invadere il tuo spazio personale potrebbe non solo metterti a disagio, ma è anche pericoloso. Non dovresti mai invitare un uomo a casa tua prima di conoscerlo veramente. Cos'avrebbe potuto impedirmi di chiudere a chiave la porta e aggredirti? Ti terrò sempre al sicuro, anche se non ne avrai bisogno, perché è quello che fa un uomo per la donna con cui esce. La protegge, non permette a nessuno di approfittarne o di mancarle di rispetto, e cerca di farla sentire a proprio agio in sua presenza.»

Aspen si fermò di colpo nel mezzo del corridoio del condominio, e lo fissò.

«Aspen?» domandò, aggrottando le sopracciglia con evidente confusione.

«Parli sul serio? O è tutto un gioco?»

Kane era ancora più confuso. «Un gioco?»

«Sì. Snoccioli tutte queste cose incredibili che sono più o meno ciò che ogni donna vorrebbe sentire. Stai sperando di imbonirmi per infilarti nelle mie mutande quando mi riporterai a casa più tardi?»

Nell'istante in cui le parole uscirono dalla sua bocca, desiderò di potersele rimangiare. L'espressione di Kane passò dalla preoccupazione alla rassegnazione. Si allontanò di un passo e all'improvviso lei sentì freddo.

«Non faccio nessun gioco» disse in un tono basso e piatto. «Io sono fatto così. Ho passato molto tempo a osservare gli adulti mentre crescevo. Mio padre è un brav'uomo, ma non è molto sensibile riguardo a certe cose. Non ha mai tenuto una porta aperta per mia madre e spesso camminava davanti a lei quando andavamo dall'auto verso un edificio. Ero giovane quand'ho iniziato il college, ma notavo comunque come molti ragazzi trattavano di merda le ragazze con cui uscivano che invece avrebbero dovuto apprezzare. Poi sono entrato nell'esercito e ho assistito a innumerevoli esempi di donne trattate come cittadine di seconda classe, in paesi di tutto il mondo. Non ho mai voluto essere "quel tipo d'uomo". Voglio assicurarmi che ogni donna che esce con me sappia che la rispetto e che è importante». Sospirò. «Mi dispiace se pensi che ti stessi abbindolando. Forse avevi ragione, forse *non* è una buona idea.»

Mormorò l'ultima frase e Aspen capì che stava per andarsene lasciandola lì in mezzo al corridoio.

Gli mise una mano sull'avambraccio per fermarlo. «Scusa. È solo che... Derek è stato molto gentile al nostro primo appuntamento. Premuroso e divertente. In realtà non avevo sentito del feeling con lui, ma pensavo che magari avrebbe potuto divampare col tempo. Così ho accettato di uscire una seconda volta, e non sembrava più lo stesso uomo. Continuava a toccarmi in modi che mi mettevano a disagio e quando mi ha riportata a casa, mi ha baciata e ha cercato di palpeggiarmi. Non gli è piaciuto quando gli ho detto di smetterla e, a essere sincera, mi ha spaventata. È solo che... sono diffidente. E tu stai dicendo tutte le cose che ogni donna vorrebbe sentire, sembra tutto troppo bello per essere vero.»

«Io non sono come quello stronzo» disse Kane, enfatizzando ogni parola. «Ho conosciuto troppi uomini esattamente come lui. Quando dico qualcosa parlo sul serio e, non ti mentirò, sono attratto da te, Aspen, ma non sono il tipo da avventure di una notte. Voglio conoscere una donna prima di dormire con lei. Probabilmente non mi rende molto virile ammetterlo, ma voglio una connessione emotiva con la donna che mi porto a letto. L'attrazione fisica non mi basta. Per molto tempo, sono stato indietro rispetto ai miei compagni di classe, sessualmente parlando, e quando finalmente ho incominciato a interessarmi al sesso opposto, ero troppo giovane per le ragazze che avevo intorno. Non sto dicendo che voglio fidanzarmi prima di andare a letto con qualcuno, ma scopare per il gusto di farlo non è quello che cerco in una relazione.»

Gli credeva. L'onestà e la sincerità erano impresse sul suo viso. Non le stava solo riempiendo la testa di belle parole o usando la psicologia inversa per scoparsela. «Va bene. Mi dispiace di essere stata offensiva.»

«Non lo sei stata» le disse. «Solo sincera. Quello che sto cercando di farti capire è che se ti dico qualcosa, puoi assolutamente credere che sia la verità.»

Aspen annuì, poi si sporse in avanti e appoggiò la fronte sulla sua spalla. Sembrava un gesto intimo, considerando che non erano praticamente ancora usciti per il loro primo appuntamento, ma aveva bisogno di toccarlo. Di fargli sapere che era davvero dispiaciuta.

Rimasero in quella posizione per almeno un minuto, con lei aggrappata al suo avambraccio con entrambe le mani e la testa sulla sua spalla... prima che il suo stomaco brontolasse.

Kane ridacchiò. «Hai fame. Devo farti mangiare.»

«Ho lavorato all'ora di pranzo» spiegò con un'alzata di spalle. «Ci stiamo allenando duramente in questo momento, nel caso venissimo mandati in Afghanistan.»

Era bello non dovergli spiegare cosa intendesse dato che Kane lo sapeva perché faceva parte dello stesso ambiente dei Ranger. In effetti, probabilmente ne sapeva più di loro.

«Sì, le cose si stanno mettendo veramente male laggiù. C'è questo nuovo sovversivo che sta creando problemi. Gli Stati Uniti dovranno fare qualcosa per fermarlo. Presto.» Le prese la mano e ricominciarono a camminare lungo il corridoio, continuando a parlare.

«Sì. Capisco la necessità di essere preparati, ma dannazione, affrontare innumerevoli scenari nei terreni incolti della base non è esattamente la mia idea di divertimento. Fa un caldo terribile.»

«Farà caldo anche in Afghanistan» le disse con un sorriso.

«Lo so» borbottò Aspen. «Ora sembri il mio sergente.»

Le tenne aperta la porta d'ingresso dell'edificio e una volta uscita, si rimise al suo fianco. La condusse alla sua Dodge Challenger nera e le tenne aperta anche la portiera dell'auto. Poi corse dall'altra parte. Salì e avviò subito il motore e l'aria condizionata prima di allacciarsi la cintura di sicurezza. Fu un'altra cosa che apprezzò di lui.

Una volta sistemato, si voltò a guardarla. «Dove?»

«Come scusa?»

«Dove vuoi andare a mangiare?»

«Vuoi dire che non hai già deciso?» gli chiese incredula.

«No. Non so cosa ti piace. Pesce? Messicano? Carne? Prendere una decisione avrebbe potuto essere un compito pericoloso. Magari sei vegetariana e se avessi scelto una steakhouse, questa relazione sarebbe finita prima di iniziare. Non sarebbe stato di buon auspicio per noi anche se avessi scelto un posto con cucina a base di pesce e tu fossi allergica. Quindi, la cosa più semplice e sicura da fare è lasciare scegliere a te.»

«Ma se prendessi *io* la decisione sbagliata? Metti in difficoltà una ragazza così, Kane.»

Lui sorrise e Aspen pensò di nuovo che le donne fossero pazze a non volere quell'uomo. Il fatto che fosse single era un mistero.

«Non puoi sbagliare, mangio qualunque cosa. Letteralmente. Non c'è niente che non mi piaccia.»

«Niente?» chiese, alzando un sopracciglio.

Rise. «Vedo che ho appena lanciato una sfida, eh?»

«Deve esserci qualcosa, chiunque ha qualche cibo che non sopporta.»

«Va bene. Non mi piace il kimchi» ammise con un brivido.

«Quello non conta» replicò Aspen scuotendo la testa. «A nessuno piace il cavolo fermentato. A meno che non venga dalla Corea e sia cresciuto mangiandolo.»

Kane le sorrise; un sorriso gentile, pieno di tenerezza. Aspen sapeva che era una pazzia leggere così tanto nella sua espressione, ma non poteva farci niente. Stare vicino a lui la faceva sentire la persona più importante del mondo. Era inebriante e avrebbe potuto decisamente abituarsi.

«Cos'hai voglia di mangiare, *cha-gee*?»

Lo guardò confusa sentendogli dire quella parola dal suono straniero. «Come mi hai chiamata?»

Rimase sorpresa quando Kane arrossì. «Scusa, mi è uscito così.»

«E? Cosa significa?»

«*Cha-gee* è "tesoro" in coreano. A volte mi ritrovo a usare una parola straniera senza accorgermene» spiegò.

«*Cha-gee*.» Aspen provò a ripetere quel termine dal suono strano.

«Allora per il cibo?» le chiese.

Aveva la sensazione che stesse cercando sviare l'attenzione da ciò che probabilmente percepiva come un imbarazzante lapsus. «Sai cosa, potrai chiamarmi con qualsiasi vezzeggiativo straniero ti verrà in mente, se dopo stasera non mi farai più decidere dove mangiare. Non sai che le donne odiano scegliere?»

Lui ridacchiò. «D'accordo.»

Aspen fece un respiro profondo e si scervellò per decidere dove avrebbero potuto andare. Stava morendo di fame e in realtà, c'era solo un posto in cui voleva mangiare quand'era così affamata. «Al Taqueria Mexico» disse.

«Il Taqueria Mexico Restaurant o il Taqueria Mexico Lindo?» domandò subito Kane.

«Ne hai sentito parlare?»

«Ehm, fanno il miglior cibo messicano che ci sia qui a Killeen. Preferisci il ristorante sulla Rancier Avenue o il locale più piccolo, il Lindo, sulla Fort Hood Street?»

«Il ristorante» rispose.

Le sorrise e annuì. «Ottima scelta.»

Era assurdo quanto un semplice complimento come quello potesse farla sentire così bene. «Devo avvertirti, non sono una di quelle donne che ordina un'insalata e la pilucca. Posso farmi fuori un cestino di tortillas con salsa da sola e poi mangiare anche tutto il resto della cena.»

Il sorriso di Kane non diminuì. «Bene. Perché non ti permetterò di ordinare un'insalata e poi di rubare dal mio piatto per tutta la sera.»

«Ah. Non esiste. Ho corso otto chilometri al caldo, ho fatto piegamenti e strisciato nella sabbia per ore. Mi sono guadagnata ogni singola caloria che ingerirò stasera.»

«Non ne dubito. Ma per me non avrebbe importanza anche se fossi stata seduta tutto il giorno. Sei quella che sei, e finora ciò che ho visto mi piace, Aspen Mesmer.»

Le sue parole le rimasero impresse nella mente fino al ristorante. Sapeva di non essere magrissima. Era muscolosa perché si allenava tutto il tempo e si rifiutava di morire di fame per entrare nella taglia quaranta. Amava il cibo, e i carboidrati erano la sua debolezza. Non si faceva problemi a indossare canottiere perché le sue braccia erano davvero impressionanti, se poteva permettersi di dirlo. Non si aspettava certo che Kane la denigrasse la prima sera che uscivano insieme, ma sentirlo dire che gli piaceva esattamente così com'era, le aveva fatto provare una bella sensazione.

Arrivati al locale messicano, scesero e si incontrarono davanti all'auto dove lui le prese la mano. Entrarono e trovarono libero un tavolo con un separé molto colorato in fondo alla sala da pranzo affollata.

La sorprese sedendosi al suo fianco invece che di fronte. Al suo sguardo interrogativo, le chiese: «È un problema? Ho solo pensato che con questo rumore avremmo potuto sentirci meglio se fossi stato seduto accanto a te. Se ti mette a disagio, posso spostarmi. In effetti...»

Aspen gli afferrò il braccio e scosse la testa. «Resta. Mi ha solo sorpreso per un secondo.»

Kane si risistemò e scrollò le spalle. «Non sono molto bravo con gli appuntamenti» disse un po' imbarazzato.

«Te la stai cavando piuttosto bene, finora» lo rassicurò.

Furono interrotti dal cameriere che si era avvicinato con un cestino colmo di tortillas calde e una ciotola di salsa. Gli ordinarono da bere e corse via.

Kane spinse la salsa verso di lei e la indicò con la testa. «Prima le signore.»

«Ti dà fastidio se inzuppo due volte?» gli chiese.

Sorrise. «Assolutamente no. La quantità di saliva che può venire trasferita intingendo due volte è in realtà molto piccola. Si scambiano più germi con un bacio che condividendo una ciotola di salsa.»

«Ah sì? Buono a sapersi» disse Aspen con un sorriso.

Lui fece una smorfia. «L'ho rifatto. Se comincio a blaterare troppe stupidaggini, dammi uno schiaffo.»

«Mai. È utile avere qualcuno vicino che sappia tutto.»

«Pensavo ti desse fastidio quando un ragazzo dimostra

di aver ragione. Tu, Gillian e Kinley ne avete parlato a lungo.»

«No» ribatté Aspen. «Non ci piace venire contraddette a prescindere, che ci venga detto che abbiamo torto anche quando sappiamo di avere ragione.»

«Lo terrò a mente» le disse Kane sorridendo.

«Voglio dire, è ovvio che sei più intelligente di me e non mi crea problemi. Ma se parlo del traffico, della strada da prendere o di qualcosa di medico, è meglio che tu sia dannatamente sicuro di avere ragione prima di contraddirmi.»

La guardò con un'espressione che non riuscì a interpretare e proprio quando stava per chiedergli cosa stesse pensando, il cameriere tornò per prendere le ordinazioni. Aspen non dovette nemmeno guardare il menu, era stata lì così tante volte che l'aveva praticamente memorizzato. Nemmeno Kane lo fece, ordinò direttamente le fajitas.

Quando il cameriere se ne andò, la loro conversazione scivolò sui tipici argomenti di cui di solito parlavano due persone che volevano conoscersi. Gli disse di essere figlia unica e che era cresciuta a Minneapolis, in Minnesota. Che era andata al college ma aveva abbandonato la facoltà di lettere. Che non sapeva cos'avrebbe voluto fare della sua vita dopo aver lasciato la scuola e quando aveva preso in considerazione di entrare nelle forze dell'ordine, aveva affiancato per un periodo un agente di pattuglia per il dipartimento di polizia locale, ed era rimasta affascinata dai paramedici intervenuti nel luogo di un incidente moto-ciclistico, salvando la vita a una coppia.

Quando si stava informando per diventare un parame-dico, aveva incontrato un veterano dell'esercito. Era stato un soccorritore militare in Vietnam e dopo aver ascoltato le sue storie, aveva deciso di arruolarsi e seguire le sue orme.

«Non dev'essere stata una decisione facile» disse Kane tra un boccone e l'altro.

Aspen scrollò le spalle. «Non è stata una passeggiata, soprattutto il corso per soccorritore per le operazioni speciali. Ci sono state diverse volte in cui ho pensato di non farcela, e non solo a causa dei requisiti fisici.»

«Fammi indovinare... favoritismo maschile?»

Aspen annuì. «So che l'esercito ha cercato di ridurre parecchio quel problema, ma in realtà è solo più nascosto. Io e le altre donne del mio corso abbiamo passato l'inferno per cercare di ottenere il rispetto sia dei nostri istruttori sia dei nostri colleghi medici.»

«E ora guardati» la lodò Kane.

Sorrise. «Mi sono fatta il culo» ammise. «Ho più conoscenze rispetto al paramedico medio che lavora per strada. Conosco le basi della medicina dentale; so eseguire estrazioni. Ho studiato assistenza veterinaria per animali di grossa taglia, nonché i fondamenti della fitoterapia. Non solo, ma sono competente con le armi al pari di qualsiasi altro membro dei team dei Ranger.»

«E ogni giorno devi ancora dimostrare di essere degna di trovarti lì, semplicemente perché sei una donna, vero?»

Si stupì della straordinaria intuizione di Kane. «Sì. È esasperante e mi fa incazzare. La data del mio riarruolamento si sta avvicinando e mi sto chiedendo seriamente se voglio restare, o congedarmi e mettere in pratica le mie capacità in altro modo. Sono sicura che da qualche altra parte sarebbero più apprezzate.»

Una cosa che le piaceva davvero di Kane era come le prestava attenzione quando parlava. Non giocherellava con il telefono, né si guardava intorno come se fosse annoiato.

La studiava ed era completamente coinvolto nella conversazione.

«Te ne andresti davvero?» le chiese.

Scrollò le spalle. «A essere sincera non lo so. Mi piace stare nell'esercito. Mi piace servire il mio Paese. Ma quando i soldati con la loro nuova e scintillante mostrina da Ranger scoprono che devono servire al fianco di una donna e ti guardano dall'alto in basso, inizi a stufarti molto in fretta.»

Kane le mise una mano sulla coscia. Non fece nulla di inappropriato la tenne semplicemente appena sopra il ginocchio, come conforto. «Mi dispiace che tu debba avere a che fare quel tipo di atteggiamenti. È uno schifo.»

Apprezzò anche che non cercasse scuse per difendere gli uomini con cui lavorava anche lui.

«Grazie. Ma... che mi dici di te? So già che ti sei diplomato e laureato molto presto. Dove sei cresciuto? Hai qualche fratello? Dove sono i tuoi genitori?»

Aspen osservò la sua espressione indurirsi.

Si sentì stringere lo stomaco. Non era stata sua intenzione chiedere nulla che lo avrebbe turbato, ma chiaramente non era entusiasta di parlare di se stesso.

A suo merito, non si rifiutò completamente.

«Anch'io sono figlio unico. I miei genitori erano avanti con gli anni quando mi hanno avuto. Mia madre ne aveva quarantadue e mio padre quarantotto. Immagino che avessero pensato di non poter avere figli, quindi... sorpresa! Erano entrambi professori a Stanford ed erano oltremodo euforici quando ho superato le loro aspettative con la mia intelligenza. Hanno assunto dei tutor privati quando avevo tre o quattro anni, e da lì tutta la mia vita è stata dedicata alla scuola.»

«Scommetto che erano orgogliosi di te» disse un po' titubante.

«Oh, lo erano. Si vantavano di me con tutti i loro amici. Ma quando mi hanno obbligato a prendere il mio secondo master subito dopo aver ottenuto il primo, ho detto basta. Ero un ragazzo magro, scoordinato, senza amici. Avevo passato tutta la vita a studiare. Volevo uscire e divertirmi. Non sono stati per niente contenti quando ho detto loro che avevo chiuso con la scuola e che mi sarei arruolato nell'esercito. Non mi hanno più parlato per anni.»

«Mi dispiace» mormorò Aspen.

Kane scrollò le spalle. «Non è stato facile. Mi sono fatto il culo all'addestramento di base e a quello avanzato. Anche se avevo una laurea, volevo arruolarmi come soldato, non volevo essere un ufficiale. Volevo strisciare nel fango con tutti gli altri. Mi sono beccato di tutto, ma non mi importava. Per la prima volta nella vita, stavo facendo ciò che volevo. Ero felice. Esausto, ma felice.»

«I tuoi genitori ti hanno perdonato?» gli chiese.

«Perdonato?» scosse la testa. «Non credo proprio. Ma si sono rassegnati al fatto che il loro piccolo genio non vuole avere niente a che fare con il mondo accademico. La cosa divertente è che sto usando molto più ora ciò che mi hanno insegnato e ciò che ho imparato vivendo sotto il loro tetto, di quanto avrei mai fatto se avessi preso la strada che avevano scelto per me.»

Era affascinata. «Tipo?»

«Tipo una volta in Africa. Eravamo nel bel mezzo della giungla... ci eravamo persi, se riesci a crederci. Ci siamo imbattuti in un villaggio e diciamo solo che gli indigeni non erano affatto contenti di vederci. Li ho osservati e ascoltati. Mi ci sono voluti due giorni, ma ho imparato la loro lingua a sufficienza per riuscire a comunicare. Li ho rassicurati che eravamo amici e che non volevamo far loro del male in alcun modo. Alla fine del terzo giorno, eravamo tutti seduti intorno a un fuoco in mutande, a partecipare a un cazzo di rito tradizionale di amicizia.»

Aspen ridacchiò. Fu felicissima quando lo fece anche lui.

«Il mio amico non stava scherzando ieri sera quando ha detto che conosco più di due dozzine di lingue. Il mio cervello le afferra molto velocemente. Non riesco a leggerle tutte così bene, ma posso parlarle e capirle. Mi è tornato molto utile nel corso degli anni.»

«Posso immaginare.»

Passarono il resto della serata a chiacchierare di argomenti meno intensi, tipo che generi di libri prediligevano, la loro musica preferita, le ultime scelte in fatto di auto e cosa avrebbero guidato se i soldi non fossero stati un problema. Parlarono così a lungo, che il direttore del ristorante alla fine andò a informarli che stavano per chiudere.

Era scioccata. In genere, odiava indugiare al tavolo dopo aver mangiato. Ma lei e Kane avevano chiacchierato per ore, eppure le sembrava di aver a malapena grattato la superficie per quanto lo riguardava.

Le era piaciuto davvero tanto che non avessero parlato per tutta la sera dell'esercito. Derek invece sembrava sapesse parlare solo del loro lavoro e di politica.

Il cameriere fu sollevato quando Kane gli consegnò la sua carta di credito e un minuto dopo tornò con il conto. Aspen non si vergognò di guardare apertamente mentre firmava la ricevuta e notò che gli aveva lasciato una mancia generosa. Un'altra cosa che apprezzò di lui.

La aiutò a uscire dal divanetto e quando fu in piedi, le tenne la mano e la condusse alla porta. Si fermò appena fuori per guardarsi intorno. Il ristorante si trovava in un piccolo centro commerciale, quindi non c'era un enorme parcheggio, ma si prese comunque il suo tempo per cercare eventuali pericoli nascosti prima di avviarsi verso l'auto.

Aspen non si lamentò. Sapeva esattamente cosa stesse facendo; era stata addestrata a fare la stessa cosa. Magari non aveva mai lavorato con una squadra Delta Force – non usavano soccorritori militari, se scoppiava il caos facevano affidamento sulle loro capacità e sull'addestramento – ma era abituata a essere molto vigile.

Aspen appoggiò la testa sul sedile e rimasero in silenzio mentre Kane la riportava al suo appartamento. Una volta arrivati, parcheggiò e spense il motore.

«Dove vivi?» gli chiese. Non voleva che la serata finisse, ma a prescindere da quante domande avrebbe fatto, sapeva che sarebbe successo.

«Ho una piccola casa non troppo lontano da qui.»

«Una casa?» domandò sorpresa. «Non un appartamento?»

«No. Volevo avere un posto stabile. Di fianco a me vive una vedova di novantun anni e una famiglia con tre figli dall'altro lato. Ci sono bambini che giocano all'esterno tutto il tempo e coppie anziane sedute sotto i loro portici quando l'afa della giornata si attenua. È un posto... piacevole.»

«Sembra proprio così» disse Aspen, sentendosi quasi gelosa. Aveva sempre desiderato avere una casa. Una *vera* casa. Ma la vita nell'esercito non giocava a favore. Scervellandosi per trovare qualcos'altro di cui parlare, abbassò lo sguardo sul braccio di Kane. Era appoggiato sul bracciolo tra di loro, così si lasciò sfuggire: «Hai delle vene fantastiche.»

Lui sbatté le palpebre, poi ridacchiò. «Ehm... grazie?»

Sapeva di essere arrossita, ma fece comunque scorrere un dito sulla vena molto prominente del suo avambraccio. «È una cosa che ora noto. È davvero difficile infilare l'ago della flebo in alcune persone, così quando vedo qualcuno che ha delle vene evidenti come la tua, non posso fare a meno di pensare a quanto sarebbe facile infilarvelo.»

Alla sua risata soffocata, sollevò lo sguardo e si rese conto di ciò che aveva appena detto. «Intendevo infilarvi una flebo. Cioè, l'ago nella vena. Merda... meglio se sto zitta.»

Kane sorrise ancora di più. «Sei proprio adorabile, *chagee.*»

Non sapeva come rispondere. Non era mai stata definita adorabile in vita sua. Era troppo alta. Troppo muscolosa. Ma in un certo senso, quando lui la definiva adorabile e la chiamava tesoro nella stessa frase, le dava la sensazione che fosse la più bella espressione d'affetto di sempre.

«Posso chiamarti domani?» le chiese.

«Mi farebbe piacere.»

«Bene. Anche a me. Dai. È tardi e sono sicuro che devi alzarti presto per l'allenamento.»

Sentendosi delusa, ma sapendo che il loro appuntamento doveva finire prima o poi, annuì e scese dall'auto. Kane era già lì per incontrarla, le prese la mano e iniziò a camminare verso il suo edificio.

«Non serve che mi accompagni alla porta.»

«Lo so.»

Aspen non poté fare a meno di sorridere. Le piaceva davvero tanto la sensazione della mano nella sua. Rimase in silenzio mentre andavano verso l'appartamento, sentendosi nervosa per ciò che sarebbe potuto succedere alla sua porta. Una volta lì, la aprì e poi si voltò, fissandolo un po' a disagio.

Kane le sorrise dolcemente, le infilò una ciocca di capelli dietro l'orecchio e con il pollice le accarezzò la guancia per un secondo prima di lasciar cadere la mano. «Mi sono divertito stasera, *querida*.»

«Fammi indovinare, spagnolo?»

Sorrise. «Sì.»

«Anch'io» ammise Aspen.

«Ti chiamo domani. Non permettere a quegli stronzi di scoraggiarti» le disse prima di fare un passo indietro.

«Niente bacio?» si lasciò sfuggire Aspen.

Lui scosse la testa. «Se dovessi toccare quelle labbra che ho fissato tutta la sera, non me ne andrei più.»

Il suo tono era deciso. Non stava flirtando. Non stava cercando di farla sorridere.

Aspen se le leccò e vide le sue pupille dilatarsi in risposta. «Ma prima o poi lo *farai*, vero?» chiese un po' sfacciata.

«Oh, sì» sussurrò Kane. «Puoi contarci. Dormi bene.»

«Anche tu.»

«Vai. Entra e chiudi la porta. Me ne andrò quando saprò che sei al sicuro all'interno.»

Lei annuì e mantenne il contatto visivo con lui fino all'ultimo secondo. Girò la chiave e inserì la catenella.

«Buonanotte, Aspen» lo sentì dire, poi i suoi passi risuonarono mentre percorreva il corridoio.

Fece un respiro profondo e si appoggiò alla porta, scivolò giù finché non si sedette per terra e piegò le gambe. Trattenne il respiro per un secondo, poi fece un sorriso enorme e strillò come se fosse di nuovo un'adolescente.

Le prove confermavano che l'attrazione che provava per Kane fosse ricambiata. Grazie a Dio.

CAPITOLO TRE

LA SETTIMANA e mezza successiva fu piena di impegni per entrambi. Non erano riusciti a vedersi, ma avevano parlato al telefono almeno una volta al giorno. Una sera l'avevano fatto per più di due ore e un'altra solo per una decina di minuti, ma a ogni telefonata, Brain si sentiva sempre più a suo agio con lei.

Finalmente erano riusciti a pianificare di trovarsi dopo due giorni, esattamente a due settimane dal loro primo appuntamento, e non vedeva l'ora. Era nervoso e fremeva per vederla. Non si era mai sentito così per una donna in passato e ciò lo elettrizzava ma allo stesso tempo lo spaventava a morte.

Lui e il team avevano appena interrotto la riunione mattutina sulla situazione sempre più instabile in Afghanistan e stavano andando a pranzo, poi sarebbero tornati per continuare l'incontro. Gli ufficiali superiori stavano parlando della possibilità di inviare truppe per cercare di stabilizzare l'area, e finora i team Delta non erano nell'elenco delle forze speciali scelte, ma ciò sarebbe potuto cambiare da un momento all'altro.

«Trigger?» chiamò Brain mentre erano tutti diretti alla mensa della base.

«Che c'è?» chiese il suo amico.

«Posso parlarti un secondo?»

«Ovvio. Ci sono problemi?»

«Nessun problema» lo rassicurò subito. «È solo che... ho pensato molto a una cosa ultimamente. Come hai *capito* che Gillian era qualcosa di più che una ragazza qualsiasi con cui uscivi?»

Le spalle di Trigger si rilassarono quando si rese conto che non voleva parlare di una questione di sicurezza nazionale. Salutò gli altri, facendo capire loro che li avrebbero raggiunti presto. Poi si voltò di nuovo verso Brain scrollando le spalle. «Non so, c'era qualcosa in lei. Mi era impossibile *non* pensarla costantemente. Quando siamo andati in Venezuela per eliminare quei dirottatori, e Gillian era stata costretta a trattare con i negoziatori, era così calma. Capace. Non c'era alcun dubbio che fosse spaventata a morte, ma stava facendo il possibile per non darlo a vedere. Mi ha intrigato fin dall'inizio. È stato davvero doloroso lasciarmela alle spalle una volta finito il lavoro, e in seguito ho pensato a lei ogni giorno.»

Brain annuì.

«Aspen?» gli chiese Trigger.

«Già. L'ammiro. Non solo per essere un soccorritore militare tosto che sa tenere il passo con una squadra di Ranger, ma perché lo fa nonostante sia più difficile a causa del suo sesso. E non intendo a livello fisico, ma per tutta la merda che deve affrontare per dimostrare di esserne capace.»

«E?»

«E cosa?»

«Dev'esserci di più. Voglio dire, abbiamo incontrato

molte donne in ambiti dominati da uomini che sono più che capaci. Cosa la rende diversa?»

Invece di rispondere subito, pensò per un momento alla domanda del suo amico. Perché Aspen *era* diversa dalle altre donne che aveva incontrato? «È una che ascolta. Voglio dire, ascolta *davvero,* e non aspettando l'occasione per prendere in mano la conversazione. E non giudica. Le ho parlato dei miei genitori e di come sono cresciuto e non ha battuto ciglio.»

«Se quando torniamo alla riunione questo pomeriggio ci dicessero che partiremo per una missione entro due ore, quale sarebbe il tuo primo pensiero?» gli chiese Trigger.

Brain inspirò bruscamente.

«*Quello*» insistette. «Che pensiero era?»

«Vorrei chiamarla per dirle personalmente cosa sta succedendo. Spiegarle che se non dovesse sentirmi per un po', non è perché la voglio scaricare.»

«Già. Non hai pensato di chiamare la tua vicina per chiederle di prendersi cura delle tue piante e ritirare la posta. Non hai immaginato vari scenari che avremmo potuto incontrare durante la missione. Il tuo primo pensiero è stata Aspen e assicurarti che non si preoccupasse e che capisse perché non sarai disponibile.»

Lui annuì.

«*Quello* è il motivo per cui è diversa dalle altre donne» gli disse con fermezza Trigger. «Quando il tuo primo pensiero è per lei e la sua tranquillità.»

«Non la conosco da molto» sostenne Brain.

«Non importa. Solo perché pensi che sia speciale non significa che la sposerai domani e farai una decina di bambini. Vuoi un consiglio? Asseconda i tuoi sentimenti. Non analizzarli troppo. Vuoi parlarle? Chiamala. Vuoi vederla? Fa in modo che succeda. Non attaccarti alla stronzata che qualcuno usa, di aspettare un certo numero di giorni prima di chiamarla solo per non dare l'impressione di essere troppo impaziente di vederla.»

«Sì, quello non è un problema» mormorò.

Trigger ridacchiò e gli diede una pacca sulla spalla.

«Abbiamo parlato ogni sera da quando ci siamo incontrati» ammise Brain.

«Bene. Il modo migliore per conquistare il cuore di una donna è essere prima di tutto suo amico. Lasciala lamentarsi della sua giornata, non offrirti di risolvere tutti i suoi problemi; in genere, vogliono solo che qualcuno le ascolti. Ma quando serve, difendila e non permettere a nessuno di trattarla male. Sarà anche forte e dura, ma è sempre bello avere qualcuno al tuo fianco quando ci sono problemi.»

Era vero. Lo sapeva meglio di chiunque altro. Aveva trascorso la maggior parte della sua infanzia da solo. I ragazzini della sua età non volevano mai giocare con lui e quando aveva iniziato il liceo e poi il college, era troppo giovane per avere dei veri amici tra i suoi compagni di classe. E anche se non sapeva se Aspen avesse avuto bisogno di qualcuno che la supportasse, sarebbe stato lì quando possibile. «Grazie.»

«Quando vuoi. Ora, non so tu, ma io sto morendo di fame. Andiamo a mangiare» gli disse.

«Arrivo tra un secondo. Prima devo fare una chiamata.»

Trigger fece un sorrisetto. «Sono sicuro che a Gilly non dispiacerebbe conoscerla meglio prima o poi.»

Brain rispose al suo amico con un cenno del mento. Voleva che Aspen conoscesse meglio sia Gillian sia Kinley, ma al momento si sentiva un po' egoista. Voleva sapere tutto di lei prima che lo facessero i suoi amici.

Toccò il numero di Aspen e si portò il telefono all'orecchio. Non sapeva se avrebbe risposto o meno, anche se sperava che avesse tempo e magari si stesse prendendo una pausa per pranzare.

Ma il telefono squillò quattro volte poi passò alla segreteria telefonica. Esitò, chiedendosi se stesse facendo una cosa stupida. Se avrebbe dovuto riattaccare e parlarle più tardi. Ma prima che riuscisse a prendere una decisione, il segnale acustico risuonò nel suo orecchio. «Ciao. Sono io. Brain... ehm... Kane. Siamo in pausa pranzo e ho pensato di provare a vedere se sarei riuscito a beccarti. Non ti ho chiamata per un vero motivo... se non per farti sapere che ti stavo pensando.»

Fece una smorfia. Dio, suonava proprio come il nerd che era. «Ad ogni modo, spero che la tua giornata vada meglio delle ultime. Ti chiamo stasera. Ciao.»

Spense il telefono e chiuse gli occhi disgustato. Era sembrato un completo idiota. Sospirando, mise in tasca il cellulare e attraversò il parcheggio per andare alla mensa. Aspen gli piaceva. Molto. Ma non aveva molta esperienza per quanto riguardava le relazioni e l'ultima cosa che voleva era starle troppo addosso, apparire disperato tanto da spaventarla e farla scappare.

Ma il punto era proprio quello, *sentiva* davvero un bisogno disperato di parlare con lei. Di sapere come stava. Se avesse scoperto altre informazioni sulla missione del suo team. Voleva sapere cos'aveva intenzione di mangiare per cena e che tipo di programmi televisivi avrebbe guardato quella sera.

Per farla breve, era avido di ogni piccola informazione che avrebbe potuto ottenere su di lei.

Fece un respiro profondo e si sforzò di mitigare la sua curiosità verso Aspen. Lui era il cervellone, quello a cui tutti si rivolgevano quando avevano bisogno di risposte, e doveva essere lucido e concentrato una volta tornato alla riunione quel pomeriggio e non permettere alla sua mente di vagare. Avrebbe avuto tempo per conoscerla. Non doveva imparare tutto nelle prime settimane.

Con quel pensiero in un certo senso calmante, Brain entrò nell'edificio, determinato a non pensare ad Aspen... almeno per alcune ore.

———

Aspen era esausta. Erano le otto di sera ed era sveglia dalle cinque e mezzo. Derek era stato ancora più stronzo del solito ultimamente. Non riusciva a capire se si comportasse in modo meschino, sfogandosi su entrambe le squadre, solo perché non voleva più uscire con lui, o se fosse nervoso per l'escalation delle tensioni in Medio Oriente e la possibilità di una missione imminente.

A prescindere dalle ragioni, gli ultimi giorni erano stati brutali. Il suo team di Ranger, insieme ad altri due che includevano quello di Derek, si era allenato nelle "città" costruite nella desolata campagna di Fort Hood. Avevano strisciato nella terra e si erano bruciati sotto il sole. In qualità di soccorritore della sua squadra, non le era richiesto di completare lo stesso addestramento degli uomini, ma si sentiva obbligata. Se fossero stati nel bel mezzo del nulla in Afghanistan, avrebbe dovuto stare al fianco dei suoi commilitoni, curando eventuali ferite e assicurandosi che rimanessero idratati.

E se non voleva essere trattata diversamente perché era una donna, sentiva di dover sudare e soffrire insieme ai suoi compagni di plotone.

Quella sera avevano fatto un esercizio in cui dovevano tentare di intrufolarsi in una "roccaforte" talebana senza essere scoperti. Era un po' una missione del cazzo, perché ovviamente i "nemici" sapevano dell'irruzione e quindi erano estremamente vigili. In una situazione reale, i terroristi non avrebbero saputo che stavano entrando. Ma avevano dovuto interpretare quel ruolo. Erano stati catturati un sacco di volte e avevano preso rimproveri da tutti, a partire dai sergenti di plotone fino agli ufficiali che sovrintendevano all'addestramento. Era stato deprimente e frustrante e Aspen era più che pronta a crollare nel letto e a dormire per ventiquattr'ore di fila.

Solo che la mattina successiva avrebbe dovuto alzarsi di nuovo alle cinque e mezzo per tornare alla base e ricominciare da capo.

Era in cucina e stava fissando con aria assente dentro il frigorifero. Doveva mangiare qualcosa ma non sapeva di cos'avesse voglia. Non aveva l'energia per cucinare nulla e a essere sincera, l'aria fresca del frigo era comunque meglio di qualsiasi pensiero sul cibo.

Il bussare alla porta la spaventò facendola uscire dallo stordimento. Si girò per andare a vedere chi fosse quando squillò il telefono. Senza controllare lo schermo premette sul tasto verde, mentre guardava attraverso lo spioncino.

«Ehi, sono Brain.»

«Ciao, Kane» gli disse Aspen con voce stanca, aggrottando la fronte alla vista di un uomo sul pianerottolo, che indossava una sorta di divisa e teneva in mano un sacchetto di carta marrone. «Puoi aspettare un secondo? C'è un ragazzo alla mia porta che penso si sia perso.»

«Non si è perso» replicò. «L'ho mandato io.»

Confusa, aprì.

«Aspen Mesmer?» le chiese.

«Sì, sono io.»

«Questo è per lei. Buon appetito.» Il fattorino le porse

il sacchetto e non appena lei lo prese, si voltò e si avviò lungo il corridoio.

«Che diavolo?» borbottò.

«Mi sono preoccupato quando stasera non rispondevi al telefono, così ho chiamato un amico alla base e mi ha detto che il tuo plotone non era ancora tornato dall'esercizio di addestramento. Gli ho chiesto di farmi sapere quando avessi finito e ti ho ordinato la cena. La prima volta che siamo usciti insieme ti ho fatto scegliere dove mangiare e mi hai detto che quelle successive avrei dovuto scegliere io, quindi... è quello che ho fatto. Spero non sia un problema.»

«Mi hai mandato la cena?» chiese. Conosceva già la risposta, ma al momento il suo cervello non funzionava a pieno regime. Il suo stomaco brontolò quando il profumo del cibo salì dal sacchetto, riempiendo l'aria e facendole capire esattamente quanto fosse affamata.

«Sì. Non so se ti piacerà, ma ho pensato che probabilmente avessi bisogno di proteine. Dopo essere stata al sole tutto il giorno, devi sostituire i nutrienti persi. Ho ordinato da Hawaiian Grill, ho scelto il piatto Lau Lau, che è maiale avvolto in foglie di taro e cotto a vapore per diverse ore finché non è così tenero da spezzarsi sulla forchetta. È delizioso. Ma se non sei un'amante del maiale, ti ho anche preso un hamburger di manzo che servono con la salsa teriyaki di loro produzione. È fantastico. C'è anche una porzione di spaghetti di soia con pollo in stile hawaiano.»

Aspen aveva posato il sacchetto sul bancone e tirato fuori i contenitori mentre Kane spiegava cos'avesse ordinato. Le porzioni erano enormi ed era impossibile poter mangiare tutto, ma era così grata per quel gesto e per non dover cucinare nulla che rimase senza parole per un momento.

«Aspen? Spero di non aver oltrepassato qualche limite. Ci sono passato anch'io. Arrivavo a casa così stanco a causa dell'addestramento che non riuscivo a trovare l'energia per cucinarmi qualcosa. Ma ciò rendeva il giorno successivo più difficile e doloroso. Da quello che ho sentito nelle riunioni che ho avuto oggi, credo che la tua formazione non diventerà più facile molto presto, quindi... ho pensato di fare il possibile per semplificarti la vita.»

Sentì gli occhi riempirsi di lacrime e li chiuse. Stringendo il telefono con una presa ferrea sussurrò: «Grazie.»

«Tutto a posto allora?» le chiese. «Non a tutti piace il cibo hawaiano.»

«Non ho idea se mi piaccia o meno, ma posso garantirti che mangerò la maggior quantità possibile di questa carne dal profumo delizioso e poi credo che sverrò per la stanchezza e la pancia piena» replicò.

«Bene. E giuro che non sono uno stalker. Ero solo preoccupato per te quando non sono riuscito a contattarti per tutto il giorno. E quel vocale che ho lasciato a pranzo... mi dispiace anche per quello.»

Non si era nemmeno preoccupata di guardare le notifiche sul telefono. «Mi hai lasciato un vocale?»

«Oh... ehm... sì. Puoi tranquillamente eliminarlo.»

Incuriosita, si chiese come mai sembrasse così a disagio per il messaggio che aveva lasciato. «Cos'hai detto?»

«Niente. Ero in pausa pranzo e ho pensato che magari sarei riuscito a beccarti.»

«Sai che non appena ci salutiamo lo ascolterò, vero? Non puoi dire a una donna di non ascoltare un messaggio vocale e aspettarti che lo cancelli» scherzò. «Ti sei comportato da stronzo? Mi hai urlato contro perché non ti ho risposto?»

«No!» esclamò. «Dio, non lo farei mai! Qualcuno si è comportato così in passato? Fanculo a chiunque sia.»

Amò che si arrabbiasse per lei. «Stavo scherzando, Kane!»

Lui sospiro. «È che dopo aver chiuso la chiamata mi sono solo reso conto di essere sembrato ridicolo. Come un quattordicenne alla disperata ricerca di attenzioni da parte della ragazza che gli piace.»

Aspen deglutì a fatica. «Ti piaccio?»

Non esitò nemmeno. «Sì.»

«Pensavi che potessi arrabbiarmi perché mi hai chiamata a metà giornata e lasciato un messaggio?»

La sua risposta non fu così rapida questa volta. «Non lo so.»

«Non succederà. Grazie per averlo fatto. Oggi non ho avuto nemmeno cinque minuti per respirare. Quando ci siamo presi una pausa, ho dovuto andare a controllare i miei ragazzi per assicurarmi che rimanessero idratati e che non svenissero. Poi ho avuto appena il tempo di ficcarmi in bocca un panino prima che ci mettessimo a correre di nuovo.»

«Devi ricordarti di prenderti cura anche di te» le disse Kane con fermezza. «Non farai bene alla tua squadra se crolli. Credimi, l'ho imparato a mie spese.»

Amava che fosse così preoccupato. Le piacevano i ragazzi con cui lavorava, ma nessuno aveva mai pensato di assicurarsi che si stesse prendendo cura di sé.

«Se dipendesse da me, mi assicurerei che la tua squadra si rendesse conto che sei una delle persone più importanti al loro fianco. Prendersi cura del proprio medico dovrebbe essere la loro priorità assoluta, perché ti posso garantire che se si trovassero nel bel mezzo di uno scontro a fuoco e venissero colpiti, sarebbero dannatamente tristi se tu non ci fossi.»

Aspen ridacchiò. Sapeva di essere un po' stordita quando era stanca e affamata, ma non riuscì a trattenersi. «Saranno tristi?» gli chiese.

«Tristi. Incazzati. Morti, insomma» rispose Kane senza la minima traccia di umorismo.

«È tutto ok. Sto bene» mormorò. «Grazie per la cena.»

«Prego. Siamo ancora d'accordo per dopodomani sera?» le chiese.

«Sì, sempre che Derek e gli altri sergenti di plotone non pensino che abbiamo bisogno di un altro allenamento serale. Cos'avevi in mente?»

«È stata una lunga settimana per te. Cosa ne pensi se non usciamo? Se vieni a casa mia, posso cucinare delle bistecche alla griglia e possiamo guardare un film o qualcosa del genere. Sono il classico ragazzo con una TV enorme e un sacco di DVD. Oppure possiamo scegliere qualcosa su Netflix. Quello che preferisci.»

«Stare a casa mi sembra fantastico.»

«Bene. Dovrei finire di lavorare verso le quattro, salvo disastri. Tornando mi fermo al supermercato e poi devo falciare il prato della mia vicina. Ho continuato a rimandare e ora sembra una giungla, quindi devo proprio farlo. Che ne dici di arrivare verso le sei e mezza? Non ci vorrà molto per grigliare le bistecche e posso anche cuocere delle verdure al vapore abbastanza velocemente. Non ceneremo tardi.»

«Mi sembra perfetto» disse Aspen. Ed era vero. «Kane?»

«Sì, *liebling*?»

Ridacchiò e per un secondo si dimenticò ciò che stava per dire. «Che lingua era quella?»

«Tedesco.»

«Giusto. Comunque, grazie per esserti ricordato di me oggi.»

«Non devi ringraziarmi. Sembra che non riesca a *smettere* di pensare a te. È un po' sconcertante, se vuoi sapere la verità. Ma ho parlato con Trigger e ha detto che anche lui era così con Gillian, e mi ha fatto sentire un po' meglio.»

Aspen inspirò bruscamente. «Hai parlato di me al tuo compagno di squadra?»

«Sì. Niente di troppo personale. Solo per cercare di capire questo insolito bisogno costante di sentirti e sapere come stai. Lui e Gillian si sposeranno presto e sono *molto* legati. Ho pensato che lui o Lefty fossero le persone migliori a cui chiedere consigli, dato che hanno delle relazioni serie. Non mi sono mai sentito così... mai... e avevo bisogno di sapere se fosse normale.»

Le piaceva. «Non lo è.»

«Cosa, normale?» le chiese.

«Sì. Nemmeno io mi sono mai sentita così e ti ho pensato molto oggi. Quando ero così stanca che non credevo di riuscire a strisciare per terra per un altro centimetro, ho pensato a te lì vicino che mi spronavi. Mi ha aiutato molto.»

«Bene. Ma non hai bisogno di essere spronata. Sei tosta e fantastica proprio così come sei, Aspen.»

«Grazie» sussurrò.

«Vai a mangiare» le ordinò. «Prima che si raffreddi troppo. Anche se devo ammettere che il maiale è buonissimo anche se non è caldo.»

«Ci sentiamo domani?» gli chiese.

«Sì. Se non riuscirò a trovarti, ti lascerò un altro messaggio imbarazzante... come quello di oggi, che ascolterai quando ci saluteremo» disse con una risatina.

«Sono sicura che non sia così» protestò lei.

«E io invece sono sicuro che lo sia. Ma fanculo, mi va bene essere un imbranato perché *non posso* essere in nessun altro modo. Io sono il cervellone, ora e per sempre. Dormi bene, *liebling*.»

«Lo farò. Anche tu.»

«Buonanotte.»

«Notte.»

Aspen chiuse la chiamata e invece di iniziare a mangiare, toccò subito l'icona del messaggio vocale che si era persa.

"Ciao. Sono io. Brain... ehm... Kane. Siamo in pausa pranzo e ho pensato di provare a vedere se sarei riuscito a beccarti. Non ti ho chiamata per un vero motivo... se non per farti sapere che ti stavo pensando. Ad ogni modo, spero che la tua giornata vada meglio delle ultime. Ti chiamo stasera. Ciao."

Lo ascoltò altre due volte con un sorriso enorme sul volto. Era un po' impacciato, ma si sentiva che proveniva dal cuore. L'aveva chiamata solo perché stava pensando a lei. Come avrebbe potuto non amare quelle parole?

Alla fine, posò il telefono decidendo che non avrebbe mai cancellato quel messaggio e tirò fuori una forchetta dal cassetto delle posate. Senza preoccuparsi di usare un piatto, prese il contenitore con la carne di maiale e ne mangiò un boccone enorme, gemendo in estasi per l'esplosione di sapore delle spezie hawaiane sul suo palato.

Si ripromise di lasciare a Kane la decisione di dove andare e cosa mangiare; divorò il resto della cena in piedi vicino al bancone, gemendo di soddisfazione a ogni forchettata.

Più tardi quella notte, sdraiata a letto, Aspen ascoltò ancora una volta il messaggio prima di mettere il telefono sul comodino e girarsi sul fianco. Non avrebbe mai pensato che la richiesta di un bacio per cercare di scaricare Derek avrebbe portato a questo... lei stesa a letto che sognava ad occhi aperti un commilitone. Un uomo che sembrava non riuscire a togliersi dalla testa.

Non era pronta a scappare a Las Vegas e sposarlo, ma non poteva negare di voler vedere dove sarebbe potuta andare la loro storia. Erano entrambi nell'esercito e ciò non favoriva le relazioni a lungo termine. Inoltre, lui era nelle forze speciali, e anche quello non era l'ideale. Ma era davvero carino, divertente, intelligente e sì, impacciato. Non vedeva l'ora di scoprire come sarebbe andato il loro prossimo appuntamento.

CAPITOLO QUATTRO

BRAIN ERA IN RITARDO. La riunione era andata per le lunghe, così era corso al supermercato. Arrivato a casa aveva messo le bistecche in frigo ed era andato a infilarsi un paio di pantaloncini. Non si era preso la briga di mettersi la maglietta, dato che avrebbe sudato qualcosa come circa quindici litri falciando il prato della sua vicina.

Faceva ancora caldo e Aspen sarebbe arrivata entro un'ora. Si rese conto che avrebbe avuto appena il tempo di tagliare l'erba, fare la doccia e preparare le bistecche prima del suo arrivo. Ovviamente non aveva calcolato che Winnie Morrison, la sua vicina vedova di novantun anni, che cercava di andare a controllare almeno a giorni alterni, volesse parlare così a lungo.

Quando finalmente riuscì a iniziare, erano già passati venti minuti. Non che Brain non volesse parlarle, Winnie era simpatica e molto divertente, era solo cosciente che il tempo passava e Aspen sarebbe arrivata presto. Ma si rifiutava di fare un lavoro sbrigativo sul prato; vedere l'erba tagliata in modo irregolare lo avrebbe solo infastidito e non sarebbe stato giusto nei confronti di Winnie.

Era solo a metà quando vide Aspen entrare nel suo vialetto. Spense il tosaerba e andò verso di lei sorridendo e passandosi un braccio sulla fronte sudata, ma mentre si avvicinava si accigliò.

Aveva un aspetto orribile. Era pallida e poteva vedere le sue mani tremare.

«Cosa c'è che non va?» le chiese non appena le fu accanto.

«Accidenti, non è esattamente il saluto che mi aspettavo» scherzò.

«Cos'è successo?» insistette Brain, senza farsi distrarre dal suo debole tentativo di scherzare.

Lei sospirò. «Sono solo stanca.»

Era sicuro che ci fosse altro, ma non voleva rimanere a discutere sotto il sole. Avrebbe voluto abbracciarla, ma era ricoperto di sudore e non pensava che l'avrebbe apprezzato. Così la prese per il gomito e la condusse verso la porta di casa. «Andiamo» disse.

«Sono in anticipo?» gli chiese, aggrottando le sopracciglia.

«No. Scusa, sono io a essere in ritardo. Ho promesso a Winnie che le avrei falciato il prato, ma ho finito tardi al lavoro. Ti dispiace aspettarmi dentro mentre finisco?»

Aspen si fermò di colpo e anche lui non ebbe altra scelta che fermarsi.

«Mi lasci in casa tua quando non ci sei?»

Rise sbuffando. «Hai intenzione di rubare qualcosa?»

«No!» esclamò.

«Controllare dentro gli armadietti del bagno?»

«Certo che no.»

«Non che mi importi se dovessi farlo, troveresti solo la normale aspirina, cerotti e forse qualche lozione antifungina o qualcosa del genere. Aspen, non mi importa se rimani in casa mia senza di me. Questo sarà anche solo il nostro secondo appuntamento ufficiale, ma ci parliamo da quasi due settimane. Mi piace pensare che sto iniziando a conoscerti bene, senza contare che sei esausta. Potrei scommettere che rimanere seduta dentro con l'aria condizionata sia abbastanza allettante in questo momento. Mi ci vorranno altri venti minuti circa per finire, poi farò la doccia e comincerò a preparare la cena. Tu devi solo rilassarti.»

Si allarmò quando vide i suoi occhi riempirsi di lacrime.

«Merda. Aspen?»

«Va tutto bene» gli disse, poi fece un respiro profondo. «È stata solo una settimana infernale.»

Incapace di trattenersi, Brain le scostò una ciocca di capelli castano chiaro dalla guancia e la sistemò dietro l'orecchio... e notò che non era sudata, anche se fuori c'erano almeno trentadue gradi. Si accigliò. «Sei disidratata» le disse.

«Lo so.»

«E probabilmente soffri un po' di esaurimento da calore.»

«So anche quello» mormorò stancamente.

Rimproverandosi per averla tenuta all'esterno, le prese di nuovo il braccio e andò alla porta. Aveva pensato di farla entrare e poi tornare subito a tagliare l'erba, ma per niente al mondo l'avrebbe lasciata sapendo che non era solo stanca, ma che stava anche male.

La portò dritta in cucina e le indicò uno sgabello alto dell'isola. «Siediti.»

Fece come richiesto. Brain aprì un armadietto e tirò fuori una grande tazza di metallo. Ci mise dentro dei cubetti di ghiaccio e la riempì fino all'orlo con l'acqua filtrata di una caraffa presa dal frigo. La mise di fronte a lei e ordinò: «Bevi.»

Aspen se la portò alle labbra. Brain poi prese un melone che aveva comprato per prepararlo come dessert e lo tagliò rapidamente a pezzetti che mise in una ciotola, spingendola verso di lei.

«Mangia anche quelli. Lo zucchero ti aiuterà a farti sentire meglio. Bevi tutta l'acqua della tazza, poi riempila di nuovo.» Sapeva di essere autoritario, ma odiava vederla così. Fece il giro dell'isola e la prese di nuovo per il gomito. «Dai, tu prendi l'acqua io la frutta. Starai più comoda sul divano mentre mi aspetti.»

Lei sospirò e si alzò. Andarono al divano, la fece sedere e si allungò su di lei per prendere il telecomando. Le spiegò brevemente le funzioni dei vari pulsanti.

«Vai, Kane. Sto bene.»

Avrebbe voluto dissentire, dirle che non stava affatto bene e che non era contento che nessuno avesse notato il suo stato. Sì, era un'adulta e un medico, e avrebbe dovuto prendersi cura di se stessa, ma non gli piaceva comunque che fosse in cattive condizioni. Alla fine annuì e tornò fuori. Se fosse rimasto lì, probabilmente avrebbe detto qualcosa di cui in seguito si sarebbe pentito.

Sapeva che il plotone di Aspen si era allenato duramente. Girava voce che presto i Ranger sarebbero andati in Afghanistan. Lo odiava, ma capiva che faceva parte del suo lavoro, proprio come le missioni facevano parte di quello di Brain.

Ma di certo non gli piaceva che i sergenti di plotone e gli ufficiali responsabili della sua unità non si prendessero cura dei loro soldati. Sì, avevano bisogno di acclimatarsi al caldo, dato che l'Afghanistan non aveva esattamente un clima temperato, ma sfiancarli in quel modo non era intelligente.

Brain odiava ammetterlo, ma anche il fatto che Aspen fosse una donna era in cima ai suoi pensieri. Era ovvio che fosse abbastanza forte da superare l'addestramento dei Ranger e il corso di soccorritore militare, ma era comunque fisicamente più debole della maggior parte degli uomini. Di sicuro lei non avrebbe voluto sentirglielo dire, quindi la cosa migliore da fare era trattenersi finché non fosse riuscito a tenere sotto controllo la rabbia.

Voleva parlare con Trigger e vedere se poteva mettere la pulce nell'orecchio di qualcuno su quello che stava succedendo nelle unità dei Ranger. Non gli piaceva interferire, ma se Aspen era a un passo dal collassare a causa di un esaurimento da calore, probabilmente lo erano anche gli uomini con cui lavorava, e ridurli così era una cosa pericolosa e stupida da parte degli ufficiali.

Brain non era sicuro di essere più calmo quando finì di falciare il prato, ma sperava che i venti minuti di riposo e l'assunzione di liquidi avessero aiutato a regolare la temperatura corporea di Aspen.

Salutò con la mano Winnie che stava guardando da dietro una finestra e dovette sorridere per il modo entusiasta con cui ricambiò. Una volta gli aveva confessato che nonostante potesse avere il triplo della sua età, non significava che non le piacesse mangiarselo con gli occhi.

I suoi pensieri tornarono rapidamente ad Aspen mentre entrava in casa e andava in soggiorno, dove l'aveva lasciata. Si era aspettato di vederla seduta sul divano, invece era in piedi davanti alle porte di vetro scorrevoli che conducevano sul cortile. Aveva pensato di mettere una recinzione, ma non aveva ancora trovato il tempo. Inoltre, senza, era più facile tenere sotto controllo la casa di Winnie.

Guardò la tazza d'acqua e notò che era quasi piena; doveva averla riempita di nuovo. Anche la ciotola di frutta era mezza vuota. «Aspen?»

Si voltò, e notando le sue spalle curve e le occhiaie, Brain capì che i loro piani per la serata erano cambiati. Le si avvicinò e le tese la mano; la afferrò subito. Senza dire nulla, si avviò verso le scale, prendendo la tazza d'acqua quando passò vicino al tavolino.

La sua casa non era enorme, circa centoquaranta metri quadrati. La condusse nella camera matrimoniale, aveva apportato dei ritocchi ed era la sua stanza preferita. Aspen lo seguì senza protestare e non disse nulla nemmeno quando aprì la porta, la trascinò vicino al letto e le fece cenno di sedersi; lei lo fece e poi lo guardò.

Brain mise la tazza sul comodino e andò alla poltrona di pelle nell'angolo su cui c'era un quilt che aveva comprato alcuni anni prima. L'aveva notato in un negozio e pensato che fosse qualcosa che avrebbe potuto creare una mamma o una nonna. Non era riuscito a resistere alla tentazione di comprarlo. A volte, quando non riusciva a dormire, si sedeva sulla poltrona, si avvolgeva in quella coperta e cercava di pensare alle cose belle della sua vita, piuttosto che ai brutti ricordi che di tanto in tanto lo tenevano sveglio.

Portò il quilt sul letto. «Sdraiati, *tesoro*.»

Quando piegò la testa con uno sguardo interrogativo, lui sorrise. «Italiano. Sdraiati.»

Obbedì senza discutere, e ciò gli fece capire quanto fosse davvero stanca. Si chinò e le tolse le scarpe da ginnastica, poi la coprì rimboccando la coperta intorno a lei. «Vado a fare la doccia. Tu pensa a riposarti.»

«Sto bene, Kane» gli disse.

«Lo so» mentì.

«Mi sento meglio dopo aver bevuto tutta quell'acqua e mangiato il melone.»

«Bene.»

Lo fissò per un lungo momento con uno sguardo assonnato. «Sei davvero bello.»

Brain ridacchiò. «Grazie?»

«Sul serio. Quando avrò novant'anni, voglio farmi falciare l'erba da qualcuno come te con indosso solo un paio di pantaloncini.»

Sempre sorridendo, si chinò e le baciò la tempia. «Riposa.»

«Ok. Kane?»

Si era appena incamminato verso il bagno, ma si voltò al suono del suo nome sulle labbra di Aspen. «Sì?»

«Perché gli uomini sono così stronzi?»

Ogni muscolo del suo corpo si irrigidì, ma si costrinse a mostrarsi il più calmo possibile. «Non siamo tutti stronzi.»

Lei sospirò. «Lo so. Ma gli stronzi a volte offuscano tutti gli altri.»

Brain non poté trattenersi. Tornò vicino al letto e si sedette. Aspen era girata su un fianco con le gambe piegate, si chinò su di lei mettendo le mani ai lati delle sue spalle. «Vorrei poterti dire che non sono mai stato un coglione, ma mentirei. Quando sono entrato nell'esercito, non pensavo che le donne dovessero essere nelle unità di combattimento. Non ero nemmeno sicuro che avrebbero dovuto pilotare un elicottero in un territorio ostile. Non perché pensassi che non fossero abbastanza forti, ma perché mi sembrava intrinsecamente sbagliato che si mettessero in pericolo. Nel corso degli anni sono arrivato a capire quanto mi sbagliassi a pensarla così.»

«Come mai?»

«Tutto è iniziato quando una donna mi ha salvato la vita. E anche quella dei miei compagni di squadra. Eravamo rimasti incastrati in una città dell'Africa, non posso dirti dove o cosa stesse succedendo, ma ti è sufficiente sapere che eravamo fottuti. Più tempo passava, più la situazione peggiorava. La gente appariva dal nulla sempre più armata, ed era solo questione di tempo prima che venissimo sopraffatti. Noi eravamo solo sette contro centinaia di cittadini che non erano felici che fossimo lì.»

Aspen spalancò gli occhi. «Cos'è successo? Come avete fatto a uscirne?»

«Sentimmo un elicottero arrivare da ovest; un secondo prima eravamo da soli e il successivo, il rumore più bello che avessimo mai sentito ci giunse all'orecchio. Il pilota volava come non avevo mai visto fare a nessuno prima. Sfiorò le cime degli edifici, spaventando a morte la gente. Quell'elicottero atterrò nel mezzo di un quartiere con – giuro che non sto mentendo – circa trenta centimetri di spazio libero sui lati delle pale. Il portello si aprì e tutti e sette ci lanciammo dentro in un groviglio di braccia e gambe. Il pilota non aspettò nemmeno che venisse chiuso; *lei* aveva avvistato qualcuno con un lanciarazzi puntato proprio verso di noi.»

«Lei?»

«Sì. I ragazzi sul retro stavano tentando di chiudere il portello e il mio team era inutile in quel momento perché eravamo tutti aggrovigliati. Portò in aria l'elicottero, lo fece virare e usando la mano sinistra puntò una pistola fuori dal finestrino sparando al tizio con il lanciarazzi proprio in mezzo agli occhi. L'uomo cadde all'indietro e lei molto tranquillamente posò la pistola, afferrò i comandi e ci tirò fuori da lì. Giuro su Dio che non ha versato nemmeno una goccia di sudore.

Quando siamo atterrati, e questo non lo dimenticherò mai, si è voltata verso di noi, ha sorriso e ha detto: "È stato divertente". Ho visto la morte in faccia diverse volte nel corso della mia carriera, ma quella è stata la peggiore. E lei ha pensato che fosse "divertente".» Scosse la testa incredulo.

«Sai dove si trova adesso?» gli chiese.

«Lavora per una compagnia aerea. Probabilmente guadagna moltissimo, ma di sicuro si annoia a morte» rispose Brain. «Mi dispiace che i ragazzi con cui lavori non possano vedere che risorsa rappresenti per loro.»

«Non sono tutti così» ammise Aspen.

«Derek» replicò Brain a denti stretti.

«È sempre stato duro con i team. Immagino di aver scusato il suo comportamento prima di uscire con lui perché mi ero innamorata del suo bell'aspetto o qualcosa del genere. Ma ora che pensa che scaricandolo gli abbia mancato di rispetto, ci sta *davvero* rendendo la vita impossibile.»

«Dovresti dire qualcosa» le suggerì.

«A chi?» gli chiese. Non suonava arrabbiata, solo sconfitta, il che lo fece infuriare. «Non ho prove che si comporti così a causa mia. Non puoi sapere cosa vuol dire essere una donna nelle forze speciali. Inoltre, so di non essere una *vera* Ranger ma...»

«No» la interruppe. «Non sminuirti. *Sei* una vera Ranger. Magari non hai la mostrina sull'uniforme che ti definisce tale, ma in missione sei accanto a loro. Fai le stesse cose. Hai superato l'addestramento.»

«Hai ragione» disse un po' più sicura. «Comunque, non

posso fare la spia come se fossimo bambini ai giardinetti. Le regole del gioco sono di stare zitti e seguire gli ordini. Sarei etichettata come una che non riesce a farcela e dovrei affrontare i problemi che ne seguirebbero. Non ne vale la pena. È più semplice continuare a sopportare le sue stronzate.»

Brain avrebbe voluto dissentire. Dirle di andare dal maggiore della sua unità e fargli sapere ciò che stava succedendo, ma sapeva che Aspen aveva ragione. La prima cosa che qualcuno avrebbe pensato era che si stesse lamentando perché non riusciva a gestire l'addestramento. E quello lo faceva incazzare.

«È tutto ok» ripeté.

«Vuoi parlare di oggi? Di questa settimana?» le chiese.

«Sì, ma non ora. Hai bisogno di fare la doccia. Puzzi.» Fece un sorrisetto. «E ho fame.»

Brain sorrise a sua volta. Gli piaceva che non lo stesse chiudendo fuori; magari non aveva voglia di parlarne in quel momento, ma l'avrebbe fatto. Era sufficiente. «Va bene, *tesoro*. Riposa gli occhi mentre faccio la doccia.»

«Riposa gli occhi» ripeté con una piccola risata. «Non credo di averlo mai sentito dire.»

«Mia madre me lo diceva quando stavo alzato fino a tardi per studiare. Veniva nella mia stanza e mi diceva che era ora di riposare gli occhi, che la matematica sarebbe stata lì anche la mattina successiva.»

Aspen sorrise a quell'aneddoto.

«Stai davvero meglio?» le chiese con dolcezza.

Per la prima volta da quando era arrivata, sentì che un po' della tensione si era allentata e annuì. «Adesso sì.»

«Bene.»

«Kane?»

Scosse la testa esasperato. «Non riuscirò mai a lavarmi se continui a chiedermi qualcosa» le disse.

Le sue labbra si contrassero, ma continuò. «Mi dispiace essere una guastafeste. Non vedevo l'ora di vederti da quando mi hai riportata a casa dopo la nostra prima uscita.»

Fu come se qualcosa dentro di lui si consolidasse, si sentiva come se la conoscesse da secoli. Non si erano baciati, tranne quella volta al bar, ma la conosceva meglio di quanto avesse conosciuto la maggior parte delle donne con cui era uscito nel corso degli anni. Parlare al telefono li aveva costretti a imparare cose l'uno dell'altra senza mettere di mezzo l'attrazione fisica. «Anch'io. E non sei una guastafeste, questa serata sarà un momento di relax come previsto.»

«Probabilmente non avevi pianificato che dormissi nel tuo letto» disse.

Brain non poté fare a meno di inarcare un sopracciglio in modo allusivo.

Aspen ridacchiò. «Va bene, forse sì.»

«No, sul serio, non era nei miei piani. Mi sta piacendo conoscere tutto di te. Il bello *e* il brutto. Le relazioni non sono sempre rose e fiori e non voglio che pensi di non poter condividere i tuoi veri sentimenti, qualunque essi siano. Se sei incazzata, sii incazzata. Se sei turbata, sii turbata. Se sei felice, sii felice. Capito?»

«Capito» rispose. «Va bene se faccio un pisolino mentre fai la doccia?»

«Certo.»

«È solo che ultimamente non dormo bene e oggi è stata dura.»

Brain le mise il dito sulle labbra. «Non devi darmi spiegazioni. Sono onorato che ti fidi abbastanza di me da abbassare la guardia e dormire.»

«Non mi fai paura, Kane.»

Sapeva che lo stava prendendo in giro, ma lui era serio quando disse: «Bene.» Poi si chinò, le baciò di nuovo la tempia e si alzò. Andò in bagno senza voltarsi indietro. Sapeva che se l'avesse fatto, non sarebbe riuscito a lasciare di nuovo il suo fianco.

Dieci minuti dopo, si era fatto la doccia e aveva messo un paio di pantaloni della tuta e una maglietta. Rimase a piedi nudi e non si prese la briga di radersi o di pettinarsi. Voleva che Aspen si sentisse il più a suo agio possibile, e immaginava che mostrandosi con vestiti confortevoli, lei avrebbe potuto rilassarsi ancora di più.

Quando uscì dal bagno, si fermò di colpo guardando il letto.

Lei era raggomitolata sotto il quilt... e non aveva mai visto niente di così bello in tutta la vita. Aveva le guance arrossate, cosa di cui era contento dopo averla vista tanto pallida prima. Provò un'improvvisa necessità di unirsi a lei sul letto, ma costrinse i suoi piedi a muoversi verso la porta. Probabilmente avrebbe voluto che la svegliasse dopo aver finito la doccia, ma non lo avrebbe fatto nel modo più assoluto. Se aveva bisogno di dormire tutta la sera, glielo avrebbe lasciato fare.

Ci sarebbero state altre serate da passare insieme. Brain sapeva meglio di chiunque altro quanto potesse risucchiarti la vita essere stanco. Nelle ultime settimane si era fatta il culo per prepararsi alla possibilità di essere inviata in Afghanistan con il suo plotone. Era più che felice di lasciarla dormire.

Chiuse quasi del tutto la porta della camera da letto, lasciando uno spiraglio di qualche centimetro, poi scese le scale. Aspen aveva detto di avere fame, quindi avrebbe preparato qualcosa che potesse essere facilmente riscaldato quando si sarebbe svegliata. Poteva comunque cucinare la carne che aveva comprato, ma non come una tipica bistecca.

Due ore dopo, la zuppa di chili con carne che aveva messo insieme stava bollendo nella Crock-Pot e lui era seduto sul divano con i piedi sul tavolino, a guardare una partita di football sul maxi schermo. Il volume era basso e stava sorseggiando un bicchiere di vino.

Sentì qualcosa dietro di sé, si voltò e vide Aspen in fondo alle scale. Aveva la coperta intorno alle spalle e i capelli appiattiti su un lato, la tazza d'acqua in mano e gli occhi vitrei; sembrava che stesse camminando nel sonno.

Si alzò subito e tese un braccio. «Vieni qui, *chérie*.»

«Francese» mormorò andando verso di lui. «Quella la conosco.»

Le prese la tazza, le circondò le spalle e la attirò al suo fianco. Sorprendentemente, lei si appoggiò al suo petto con tutto il peso. Brain le mise le braccia intorno alla vita e la tenne stretta mentre gli affondava il naso nel collo. Con la loro altezza simile, si adattava perfettamente a lui.

«Ti senti meglio?» le chiese.

Lei scosse la testa. «No. Non sono mai stata il tipo da pisolini, mi sveglio più stanca di quando mi sono sdraiata.»

«E anche più scontrosa» scherzò Brain.

Lei sbuffò.

«Hai fame?»

Scosse la testa, ma disse: «Sì.»

Non poté trattenersi dal ridacchiare di nuovo. «Giusto. Che ne dici di sederti mentre ti preparo un po' di zuppa.»

Aspen alzò la testa e fece un respiro profondo. «Ha un profumo incredibile.»

Brain scrollò le spalle. «Non è niente di speciale, chili con carne. Ho comunque grigliato le bistecche che ho comprato e poi le ho tagliate per la zuppa. Ho aggiunto dei pomodori in scatola e dei peperoncini verdi. Un po' di brodo di manzo, acqua e alcune carote per completare il tutto. È semplice ma abbondante. E ti libererà le narici» la avvertì. «Ho pensato che dopo aver mangiato tutta quella salsa piccante quando siamo usciti a cena, avresti potuto farcela.»

«Certo che posso» confermò, guardandolo negli occhi.

Avrebbe voluto baciarla in quel momento, ma si costrinse a lasciarla andare e a fare un passo indietro. «Ti porto anche dell'altra acqua» le disse, sollevando la tazza. «Essere esausta e surriscaldata non è qualcosa con cui scherzare.»

«Lo so. E grazie» mormorò mentre si sedeva, stingendosi di più addosso la coperta.

Brain preparò due ciotole e tornò al suo fianco in pochi minuti. Mangiarono senza parlare, guardando la partita in TV e godendosi il semplice pasto. Dopo aver finito, le chiese se ne volesse ancora.

«No, sto bene così» rispose. «Grazie. Era delizioso.»

«Quando vuoi» replicò lui, prendendo la sua ciotola. Prima di andare in cucina a mettere le stoviglie nel lavandino, prese la tazza d'acqua e gliela porse senza dire una parola.

Aspen ridacchiò e ne bevve diligentemente un sorso. «Prepotente» mormorò sottovoce.

Brain sorrise. Non voleva essere prepotente, ma solo prendersi cura di lei. Era sicuro che non avesse ricevuto molte coccole di recente ed era felice di farlo.

Tornò in soggiorno e le si sedette accanto, le mise un braccio intorno alle spalle e lei si rannicchiò contro il suo fianco. Sarebbe stato felice di starsene seduto lì tutta la sera senza dire una parola. Si sentiva così a suo agio con Aspen. Non l'avrebbe costretta a parlare di ciò che era successo quel giorno per farla andare da lui completamente esausta e di cattivo umore. Se avesse voluto condividere, l'avrebbe ascoltata. Altrimenti, sarebbe solo stato lì per lei.

Aspen si sentiva cento volte meglio di quando era arrivata da Kane, il che era significativo, visto che si sentiva ancora di merda. Sapeva di essere stata disidratata e sull'orlo del collasso, e il sonnellino di due ore che aveva fatto nel suo letto, circondata dal profumo delle lenzuola di cotone pulite e da quello di Kane stesso, era stato la dormita più decente che avesse fatto in una settimana.

Da quando avevano iniziato l'addestramento per qualsiasi inferno li attendesse in Afghanistan, il suo sergente e Derek, che era al comando dell'altro plotone, li avevano spinti quasi oltre i loro limiti. Era più che ovvio che presto sarebbero stati inviati dall'altra parte del mondo, ma non avevano ancora dettagli reali su ciò che avrebbero dovuto fare. Quindi si stavano allenando per il peggio.

Ma secondo la sua opinione professionale, i sergenti di plotone erano degli idioti. Non si stavano prendendo cura degli uomini sotto il loro comando, li stavano invece distruggendo. E anche se non poteva provarlo, sospettava che Derek fosse la forza trainante dietro a quegli allenamenti esagerati.

Il sergente Vandine, che guidava il suo plotone, di solito era piuttosto rilassato. Ma con Derek che lo istigava, era diventato un rompipalle. Nell'ultima settimana si era ritrovata spesso a dover fronteggiare il suo atteggiamento, ma era stato lo stesso anche per tutti gli altri Ranger. Quel pomeriggio, quando aveva provato a parlargli, lui si era fatto forte del proprio grado e le aveva detto che se non riusciva a sopportare ciò che ci voleva per essere il loro medico, avrebbe chiesto che venisse sostituita. Quello l'aveva ferita. *Molto.* Soprattutto dato che si era sempre occupata solo del benessere fisico degli uomini del suo plotone.

Non sapeva cosa aspettarsi da Kane quando si era presentata a casa sua. Aveva avuto intenzione di dirgli che era troppo stanca per fare qualsiasi cosa, ma vederlo senza maglietta, con il corpo che luccicava per il sudore, l'aveva lasciata letteralmente senza parole. Aveva capito subito che era disidratata e provveduto a cercare di rimediare... il che era più di quanto avessero fatto gli uomini che avrebbe dovuto ritenere suoi compagni di squadra.

Dopo aver bevuto l'acqua e mangiato un po' di frutta si era sentita meglio e l'aveva osservato falciare il prato della vicina. Kane aveva già lavorato tutto il giorno e sapeva che stava facendo molti straordinari, eppure si era comunque prodigato per fare qualcosa di gentile per l'anziana signora.

Poi era rientrato, l'aveva messa a letto e lasciata lì a dormire.

Non si era preoccupata nemmeno per un secondo che potesse approfittarsi di lei mentre era vulnerabile. Magari non lo conosceva da molto, ma si sentiva più al sicuro con lui che con la sua squadra, ed era deprimente da morire dato che era con loro da più di due anni.

Aveva sempre ammirato il cameratismo dei team delle forze speciali ed era rimasta entusiasta quando aveva superato la selezione per essere un soccorritore militare assegnato ai Ranger. Ma la realtà era stata molto diversa da quello che aveva immaginato. Allora come adesso, era un'emarginata, semplicemente a causa del suo sesso. Ciò la intristiva più di ogni altra cosa.

Si era svegliata un po' intontita, confusa e affamata. Un

profumo delizioso permeava l'aria e si era alzata senza pensarci, seguendolo giù per le scale.

Aspen non aveva mai frequentato un uomo altruista come Kane. Ora che ci pensava, durante le loro telefonate aveva parlato di se stessa più di quanto avesse fatto lui. Le chiedeva sempre come stava e com'era andata la *sua* giornata e della sua infanzia. Era confortante parlargli, e non si accorgeva nemmeno di rimanere così tanto tempo al telefono. Una notte avevano chiacchierato per tre ore e mezza, e aveva avuto l'impressione che fossero passati solo quindici minuti o giù di lì.

Ora era seduta contro il suo fianco, con la pancia piena, non era più disidratata e nemmeno esausta come quando era arrivata, e non riusciva a pensare a un posto migliore in cui essere.

Alzò lo sguardo su di lui e lo vide completamente rilassato mentre guardava la partita in TV. Vedendo il bicchiere di vino che stava bevendo quando era scesa, non riuscì a trattenere la domanda che le sfuggì dalle labbra. «Vino?»

La guardò e scrollò le spalle. «I miei genitori sono intenditori e ho iniziato a berlo con loro intorno ai quattordici anni. Bevo anche birra, ma in realtà adesso preferisco il vino. E tu?»

Aspen arricciò il naso. «Sono una ragazza da cocktail. Dammi un bel Sex on the Beach o un Malibu Sunset e sono a posto.»

«Me lo ricorderò» promise.

Sapeva che l'avrebbe fatto.

Rimase in silenzio per un po', poi gli chiese all'improvviso: «Ti senti vicino alla tua squadra?»

Come se avesse capito che non stava solo facendo chiacchiere futili, Kane disattivò l'audio della TV e si voltò un po' verso di lei, dandole la sua completa attenzione. «Sì.»

«No, intendo proprio se ti senti *legato*?»

«Darei volentieri la mia vita per uno qualsiasi dei miei compagni di squadra, se fosse necessario» disse solennemente. «E soprattutto, farei lo stesso per Gillian o Kinley, semplicemente perché so quanto Trigger e Lefty le adorino. Il mio team è la famiglia che non ho mai avuto crescendo. Non sempre mi capiscono, ma so con certezza assoluta che mi coprono le spalle. Che sia sul campo di battaglia o in un parcheggio del Walmart a Natale mentre si litiga per prendere l'ultimo carrello della spesa.»

Aspen fece un piccolo sorriso a quell'ultima parte, ma non replicò.

«Cos'è successo oggi?» le chiese con dolcezza.

«Penso di avertelo già detto... ho deciso di arruolarmi nell'esercito e diventare un soccorritore perché mi piaceva il cameratismo che c'è nelle squadre.»

Kane annuì.

«Sapevo che non sarebbe stato facile, dato che sono una donna, ma pensavo davvero di poter superare qualsiasi pregiudizio. Che la mia squadra avrebbe visto quanto sono brava nel mio lavoro e mi avrebbe guardato le spalle come fai tu con il tuo team, e viceversa.»

Fece una pausa, cercando di decidere come continuare. Una cosa che le piaceva di Kane era che non la interrompeva mai mentre pensava, o non provava a riempire un eventuale silenzio imbarazzante.

«Oggi è iniziato come gli altri giorni della scorsa settimana. Abbiamo passato un po' di tempo a esaminare le ultime informazioni da oltreoceano e quale avrebbe potuto essere il nostro ruolo se dovessimo venire inviati. Solo che credo sappiamo tutti che non è una questione di se, ma di quando. Verso le dieci siamo saliti sui camion e andati alla piccola città che è stata realizzata a nord della base. Abbiamo affrontato uno scenario dopo l'altro per ore. Faceva caldo e non avevamo fatto la pausa per pranzare. Derek e il sergente Vandine continuavano a spingerci, e naturalmente tutti si limitavano a fare quello che dicevano.

Intorno alle tre e mezza, due dei ragazzi della mia squadra avevano finito l'acqua e non avevano un bell'aspetto. Cazzo, nessuno di noi se la passava molto bene a stare sdraiati a terra sotto il sole, e ho detto qualcosa al riguardo al sergente Vandine. Ho suggerito che avevamo bisogno di una pausa, che eravamo sull'orlo di un esaurimento da calore. Per un secondo ho pensato che sarebbe stato d'accordo con me, ma poi Derek, che aveva ascoltato, mi ha criticata aspramente davanti a tutti.

Mi ha detto che non era sorpreso che me la sarei fatta sotto. Che ero l'anello debole della squadra e che avrei fatto uccidere tutti quando saremmo andati in Afghanistan. Ho aspettato che il sergente Vandine mi difendesse, che gli dicesse di smetterla... ma non l'ha fatto.» Aspen abbassò lo sguardo sulle sue mani e si torturò un'unghia.

Gliele coprì con le sue e disse: «Cos'hanno fatto i ragazzi della tua squadra?»

Lo guardò. La sua voce era calma, ma sotto sotto c'era una connotazione che non riuscì a interpretare. «Niente.»

«In che senso niente?» le chiese, non più molto calmo.

Lei scrollò le spalle. «Eh, proprio niente. Hanno ascoltato, ma non hanno detto nulla. Ma va bene così. Voglio dire, non mi avevano chiesto di parlare e l'ultima cosa di cui avevano bisogno era che l'ira di Derek si abbattesse su di loro.»

«No» disse Kane in tono piatto. «Cazzo, no. Primo, tu

sei il *medico*, hai a cuore gli interessi del team. Se dici che hanno bisogno di una pausa, hanno bisogno di una pausa. Non sei una novellina appena uscita dall'addestramento di base. Sai cosa significa essere un Ranger. Cazzo, hai superato lo stesso addestramento che hanno fatto loro. Secondo, un buon leader non spingerebbe la sua squadra al limite del collasso. È stupido ed è un invito a un'imboscata o al rischio che le sue truppe vengano catturate. Terzo, e questa è la cosa più importante, un team difende il proprio compagno quando ha ragione. E avevi ragione.»

Aspen chiuse gli occhi che si erano di nuovo riempiti di lacrime e si abbandonò contro di lui. Si sforzò di non piangere. Bel super soldato che era, frignava per l'amor di Dio. Se Derek l'avesse vista in quel momento, gli avrebbe solo dimostrato che aveva ragione, che non era in grado di essere un soccorritore delle forze speciali.

«Smettila» le ordinò Kane.

Aspen lo guardò sorpresa. «Smettila cosa?»

«Smettila di pensare a quello stronzo e a cosa potrebbe pensare *lui*. Non sei un robot e nemmeno gli altri della tua squadra. Stavi cercando di fare il lavoro che non stava facendo il tuo sergente di plotone, vale a dire, proteggere il benessere degli uomini al tuo fianco. Questo è ciò che dovrebbe fare un buon leader, Aspen. Prendere decisioni difficili anche quando è ovvio che non saranno prontamente accettate.»

Quello bastò. Le lacrime scesero a rigarle le guance. «Scusa» disse con voce soffocata, torcendo il collo per asciugarsi il viso sulla spalla.

Kane la prese sotto il mento e la voltò di nuovo verso di lui. «Non scusarti mai per aver mostrato delle emozioni, *elskling*. La gente pensa che noi soldati siamo macchine, quando in realtà probabilmente abbiamo a che fare con più emozioni rispetto a una persona normale. Vediamo più cose. Sperimentiamo più sofferenza e paura. Ci sentiamo in colpa per le cose che dobbiamo fare, e i film dell'orrore sono niente in confronto a ciò che abbiamo visto nella vita reale. Forza, piangi, ma non farlo per quello stronzo o per come ti ha trattato. Non vale nemmeno una delle tue lacrime.»

Con la sensazione di aver finalmente trovato qualcuno che la capiva veramente, Aspen pianse più intensamente. Inzuppò la maglietta di Kane, ma lui non sembrò affatto infastidito. Le accarezzò i capelli e la tenne stretta mentre liberava le emozioni accumulate nell'ultima settimana. Tristezza, frustrazione e rabbia per il rifiuto dei sergenti di vedere ciò che accadeva davanti ai loro occhi.

«Per quanto riguarda la tua squadra che non ti copre le spalle... mi dispiace» le disse quando smise di piangere. «È spiacevole, perché da tutto quello che so di te, sono certo che sei un medico dannatamente bravo e dovrebbero ringraziare la loro buona stella di averti nel loro plotone.»

«Magari faccio schifo» mormorò lei.

«No» replicò con così tanta convinzione, che Aspen non poté fare a meno di scoppiare a piangere di nuovo. «Non conosco gli uomini con cui lavori, ma proverò a dare loro il beneficio del dubbio. Stavano soffrendo di esaurimento da calore, come te. Probabilmente sono nervosi all'idea di essere inviati oltreoceano ed è molto stressante allenarsi per una situazione che sai quasi per certo non sarà quella che troverai. Anche la pressione dei pari è una cosa molto difficile da sconfiggere. Scommetto che alcuni di loro sono venuti da te quando sei tornata alla base e ti hanno ringraziato per aver provato a intervenire, vero?»

«Sì. Sembrava che si sentissero in colpa per non avermi difeso.»

«Ecco, appunto» disse Kane.

Guardò l'uomo che la stringeva e vide che la sua mascella era ancora contratta. «*Tu* avresti detto qualcosa.»

Lui annuì subito.

«E anche uno qualsiasi del tuo team.»

Annuì di nuovo.

Aspen si rannicchiò più vicino, mettendo un braccio dietro la sua schiena e l'altro intorno alla sua pancia. Le gambe erano appoggiate sulla sua coscia; praticamente era seduta sulle sue ginocchia, ma non le importava. Si sentiva a suo agio e più rilassata di quanto non fosse stata per tutta la settimana. «È quello che voglio. È per questo che mi sono arruolata nell'esercito.»

«E non è ciò che hai avuto» concluse Kane.

«No. E mi rende davvero triste.»

«Pensi di poterlo trovare in un altro lavoro?» le chiese.

Aspen si strinse nelle spalle. «Non lo so. Forse sì o forse no, ma almeno ora posso abbassare le mie aspettative.»

«Odio che ti stia succedendo.»

Prima che lei potesse commentare, continuò.

«Non sono un indovino. Non ho idea di cosa succederà domani, la prossima settimana o il mese successivo. Ma una cosa *so* per certo, se questa relazione dovesse funzionare... se continueremo a vederci e legheremo sempre di più, quel cameratismo lo avrai con me e la mia squadra.»

Lo guardò sorpresa.

«Dico sul serio» ribadì, gli occhi nocciola penetranti nella loro intensità. «Gillian e Kinley sono meravigliose e penso che andrai d'accordo con loro. E se hai bisogno di qualcosa, qualsiasi cosa, tutto ciò che devi fare è chiamare Trigger. O Lefty, Oz, Lucky, Doc o Grover. Verranno, senza fare domande.»

«Il Team Brain, eh?» scherzò, avendo bisogno di fare una battuta altrimenti avrebbe ricominciato a piangere.

«Cazzo, sì» ribatté.

«*Elskling?*» gli chiese, ricordando come l'aveva chiamata poco prima.

Kane distolse lo sguardo dal suo. «È Norvegese.»

«Non essere imbarazzato. Mi piace.»

«Solo un nerd sa come dire "tesoro" in due dozzine di lingue» ribatté.

«Be', io so che la velocità di infusione di una flebo per duecento millilitri di soluzione di Ringer lattato, è di cinquanta gocce al minuto per un'ora, quindi se tu sei un nerd, allora lo sono anch'io. Noi nerd dobbiamo sostenerci a vicenda.»

Adorò il sorriso che si aprì sulle labbra di Kane. Era davvero bello, dentro e fuori. Ma non glielo avrebbe detto. Agli operatori della Macho Delta Force probabilmente non piacerebbe essere definiti belli.

«Domani lavori?» le chiese dopo un po'.

«No. In realtà abbiamo il giorno libero, ma domenica sì. Ci dovrebbe essere un'altra riunione riguardo al nostro possibile invio.»

Lui arricciò il naso e Aspen non poté fare a meno di ridere. «Lo so. Ma la cosa positiva è che non sarà una rotazione di sei mesi o più. Parlano di due. Sperano che sia un tempo sufficiente per i Ranger per catturare il tizio che ultimamente sta causando problemi. Per tagliare la testa del serpente e tutto il resto.»

«Va bene» disse Kane. «Scriverai?»

«A te?» scherzò.

«No, a Winnie, la mia vicina» ironizzò a sua volta.

«Potrei, se avessi la sua email.»

«Non usa la posta elettronica. Forse dovrei darti la mia così da trasmetterle i tuoi messaggi.»

«D'accordo» replicò Aspen con un sorriso. Amava quegli scambi. Le piaceva scherzare con Kane. Le piaceva anche fare discorsi seri. Insomma, le piaceva tutto di lui.

«Dato che domani non devi lavorare, ti va di guardare un film?»

«Rinunceresti al football per guardare un film con me?» gli chiese.

«Certo... la partita la posso registrare.»

Scoppiò a ridere. «A una condizione.»

«Spara.»

«Il film lo scelgo io.»

Gemette in modo comico. «Va bene, ma hai imposto una condizione difficile. Non posso promettere di non iniziare a russarti nell'orecchio se scegli qualcosa di totalmente orribile.»

«Ti sembro una che sceglierebbe qualcosa di orribile?» gli chiese fingendo di essere offesa.

In risposta, Kane si allungò e prese il telecomando dal tavolino davanti a loro e glielo porse senza dire altro.

———

Brain strinse Aspen e chiuse gli occhi. Si era addormentata circa a metà di *Scuola di Geni*. Aveva sempre amato quel film degli anni Ottanta, soprattutto perché i protagonisti erano un gruppo di adolescenti super intelligenti.

Era ancora molto incazzato per l'atteggiamento della squadra di Aspen. Come avevano osato lasciarla prendersi tutte le critiche da quell'idiota di Derek. Non era nemmeno il loro sergente, eppure quegli stronzi non l'avevano difesa.

Non le aveva mentito; aveva il massimo rispetto per i medici, e avrebbe scommesso un milione di dollari che i Ranger non sarebbero stati così pronti a cacciarla via semplicemente perché era una donna, una volta stesi a terra con le gambe maciullate da un ordigno esplosivo. No, l'avrebbero implorata di salvarli, senza preoccuparsi che in quel modo l'avrebbero messa in pericolo.

Prendendo un respiro profondo e cercando di controllare la sua ira, Brain le lanciò un'occhiata. Si era spostata e al momento stava usando la sua coscia come cuscino. Aveva fatto scorrere le dita tra i suoi capelli nell'ultima ora e non gli andava di smettere o muoversi. Era contento che stesse dormendo un po', era ovvio che ne avesse bisogno.

Odiava l'idea che probabilmente sarebbe partita presto, ma capiva perfettamente dato che facevano lo stesso lavoro. Sarebbe arrivato il momento in cui lo avrebbero inviato in missione e lei sarebbe invece rimasta a casa.

Bloccando subito quei pensieri, Brain scosse la testa. Stava andando troppo oltre. Avevano appena iniziato a frequentarsi... almeno *pensava* che lo stessero facendo. Erano stati insieme solo due volte, ma avevano parlato al telefono, quindi si sentiva come se stessero consolidando il rapporto.

Sembrava che lei lo capisse. Forse perché era nell'esercito o forse era solo fatta così. Qualunque cosa rendesse il loro legame così intenso... gli piaceva. E gli piaceva *Aspen*.

Chiuse gli occhi e mentre ascoltava la scena del film in cui il laser puntato sulla casa di Jerry faceva scoppiare centinaia di chili di popcorn, Brain fece il possibile per rilassarsi. Non poteva controllare il futuro, ma si sarebbe goduto il presente.

Avrebbe tenuto gli occhi chiusi solo per pochi minuti. Una volta finito il film avrebbe svegliato Aspen, le avrebbe preparato un caffè così che potesse tornare al suo appartamento in sicurezza, poi l'avrebbe seguita per assicurarsi che arrivasse sana e salva. Le piaceva averla nei suoi spazi, ma probabilmente lei avrebbe voluto tornare a casa presto, nel suo letto.

L'ultima cosa che Brain ricordò di aver pensato prima di addormentarsi, fu quanto gli fosse piaciuto vedere Aspen dormire nel *suo* di letto.

CAPITOLO CINQUE

ASPEN SI SVEGLIÒ LENTAMENTE. Era così comoda che non avrebbe voluto muoversi. In effetti, anche solo il pensiero di farlo le risultava ripugnante. Era dolorante a causa della settimana di addestramento e l'ultima cosa che voleva fare era aprire gli occhi, alzarsi, fare la doccia e andare al lavoro. Alla fine si ricordò che quel giorno era di riposo, ma comunque non aveva voglia di alzarsi.

Fu solo quando il suo cuscino si spostò che finalmente si rese conto di dove si trovasse e perché fosse così comoda.

Kane.

Spalancò gli occhi di scatto e piegò indietro la testa, fissando i suoi occhi nocciola.

«Ciao» la salutò, con voce bassa e roca.

«Ciao.»

«Hai dormito bene?»

Aspen annuì. «Incredibilmente sì. Ma non chiedermi di muovermi in fretta questa mattina.»

Sorrise. «Dolori?»

«Ovunque» ammise.

«Non volevo addormentarmi» le disse.

Aspen fu contenta che non ci girasse intorno. Era sorpresa ma non turbata del fatto che lei e Kane fossero ancora sul suo divano e che ovviamente c'erano stati tutta la notte. «Non c'è problema» replicò.

«Sul serio. Avevo grandi progetti: ti avrei svegliata, preparato un caffè così saresti stata vigile mentre tornavi a casa in auto e ti avrei seguita fino al tuo appartamento per assicurarmi che arrivassi sana e salva.»

Lo fissò per un attimo senza commentare.

«Che c'è?» le chiese.

«Mi avresti seguita fino a casa?»

«Ovvio. Perché ti sorprende?»

«Be', perché non abito molto lontano e anche tu eri stanco.»

«Non ti avrei mai salutata semplicemente dalla soglia e lasciata andare via da sola. Non succede niente di buono dopo mezzanotte e sebbene Killeen non sia esattamente la capitale mondiale dei delitti, ciò non significa che non succedano cose brutte. E non ti succederà niente finché ci sarò io, se potrò evitarlo.»

Era letteralmente senza parole. Non poté fare a meno di ricordare il suo secondo appuntamento con Derek; aveva avuto bisogno di usare il bagno dopo cena, quando se ne stavano andando. Lui aveva scherzato sul fatto che dato che era "praticamente" un Ranger, era sicuro che sarebbe riuscita a tornare a casa senza problemi. All'epoca aveva riso, ma quando era uscita dal bagno, lui se n'era già andato. Il parcheggio era buio e nonostante fossero state solo le dieci di sera, le era parso un comportamento scortese.

Sebbene entrambi gli uomini fossero belli, le differenze

tra Kane e Derek erano come il giorno e la notte. Mentre Derek era di bell'aspetto esteriormente – e lo sapeva – nel profondo era presuntuoso ed egoista. Kane invece, era un po' goffo e insicuro del suo fascino, ma era generoso e sinceramente preoccupato del benessere degli altri. Il tempo avrebbe mostrato quali fossero i suoi difetti, ma Aspen stava cominciando a pensare che, qualunque fossero, sarebbero stati offuscati dalle sue buone caratteristiche.

«Sei arrabbiata?» le chiese, scrollandola dalle sue riflessioni.

«Arrabbiata perché non mi hai svegliata, lasciandomi riposare una notte intera dopo una settimana totalmente infernale? O magari turbata dal fatto di essere stata praticamente sdraiata sopra di te sul tuo divano meravigliosamente comodo tutta la notte? Ehm... no.» Fece un sorrisetto dicendo le ultime parole.

«Be', dormire con te al nostro secondo appuntamento non era proprio nei miei piani» scherzò Kane.

Per un secondo, Aspen poté solo sbattere le palpebre sorpresa, poi rise. «Invece lo abbiamo fatto, no?»

«E senza scambiarci nemmeno un bacio.»

«Sono sicura che si possa rimediare... ma non finché non mi sarò lavata i denti per togliermi il terribile alito mattutino» gli disse. Amò vedere lo sguardo di desiderio misto a tenerezza sul suo viso.

Era sdraiata sul fianco accanto a lui, con le spalle contro il divano. Kane aveva il braccio intorno a lei e l'altro sopra la mano che teneva posata sul suo petto. Erano belli accoccolati e non aveva alcun desiderio di muoversi. Non ricordava come fossero finiti in quella posizione, ma di sicuro non si sarebbe lamentata.

«Quali sono i tuoi programmi per oggi?» le chiese. «Hai

detto di avere il giorno libero, ma non sapevo se avessi dei piani.»

«Devo solo sbrigare qualche faccenda» rispose arricciando il naso. «Devo andare a fare la spesa, ma non voglio comprare troppe cose nel caso venissimo inviati oltreoceano, come tutti pensano succederà. Devo sostituire alcune lampadine e ho anche in programma di stare seduta a non fare assolutamente nulla per alcune ore. Perché?»

Per la prima volta quella mattina, Kane distolse gli occhi dai suoi, come se fosse incerto di ciò che stava per dire. Era interessante quanto fosse sicuro di sé in alcuni ambiti, ma reticente in altri. «Oggi i ragazzi vengono tutti qui. Anche Gillian, Kinley e forse Devyn. Ho pensato che potresti stare con noi per un po' dopo che avrai svolto le tue faccende.»

«Chi è Devyn?»

«La sorella di Grover. Si è trasferita qui dal Missouri di recente. Siamo tutti abbastanza sicuri che Lucky abbia messo gli occhi su di lei, ma il fratello non ne ha idea, quindi siamo in attesa di vedere quando inizieranno i fuochi d'artificio» le disse.

Aspen avrebbe voluto farlo. Lo voleva *davvero*. Tutto il discorso della sera precedente, su quanto fosse delusa di non aver trovato con i Ranger la squadra che desiderava disperatamente, la rendeva sia esitante sia smaniosa di accettare il suo invito. Esitante perché guardare Kane con il suo team le avrebbe dimostrato esattamente ciò che lei non aveva, e smaniosa perché forse, avrebbe potuto trovare ciò che stava cercando al di fuori dal lavoro.

«Non c'è problema se non ti va, so quanto possa essere prezioso un giorno libero, soprattutto quando ti stai allenando per una missione.»

«Mi va» si lasciò sfuggire.

Il sorriso che attraversò il suo viso fu meraviglioso. «Bene» replicò.

«A che ora?»

«Verso le quattro? Preparerò degli hamburger e altra roba poi staremo qui a chiacchierare finché non sarà ora di mangiare. Non sorprenderti se vedrai Winnie girovagare. Ama quando faccio le grigliate perché può venire a "mangiarsi con gli occhi i soldati sexy". Parole sue non mie.»

«Penso che la tua vicina mi piacerà» disse con una risata.

«Piace a tutti» ammise Kane. «Penso che Gillian e Kinley l'abbiano adottata. Si prendono cura di lei quando siamo in missione, il che mi fa sentire meglio.»

«Cosa devo portare?»

«Niente» rispose pronto.

«No. Non esiste. O mi dici cosa portare, oppure mi metterò in imbarazzo arrivando con un'esagerazione di cibo» gli disse imbronciata.

Sorrise. «Va bene, visto che comunque devi andare a fare la spesa, che ne dici di preparare qualche tipo d'insalata. Non sto dicendo che l'apprezzerà qualcun altro oltre alle donne, perché sai, noi uomini virili dobbiamo mangiare la carne eccetera, ma...»

Alzò gli occhi al cielo. «Ok. Farò un'insalata di patate. Anche gli uomini virili come te e i tuoi amici non possono rifiutarla... voglio dire, carne e patate vanno insieme come burro di arachidi e marmellata.»

«La prepari tu?» chiese Kane.

«Ovvio. La roba acquistata in negozio è disgustosa.»

«Con maionese o senape?»

Lo fissò. «È un elemento determinante?»

«Potrebbe» la stuzzicò. «Smettila di tergiversare, quale delle due?»

«Senape, ovviamente» rispose.

Kane tirò un sospiro di sollievo esagerato. «Grazie a Dio.»

Aspen ridacchiò. «Sei pazzo.»

«No, sono solo schizzinoso per l'insalata di patate» le disse. Poi il suo sorriso svanì. «Grazie per non esserti arrabbiata per questa mattina. Non volevo davvero che succedesse.» Indicò loro sdraiati sul divano.

«Nessun problema. A essere sincera, sono contenta che tu non mi abbia svegliata. Non ho dormito molto bene ultimamente e stamattina mi sento meglio di quanto non succedesse da un po'. Mi hai fatto un favore.»

«Non posso dire che sia stato un sacrificio. Quando mi sono svegliato alle due con il torcicollo, ci ho sistemati in questa posizione. Dormivi come un sasso e hai a malapena protestato quando ti ho trascinata contro di me.»

Aspen si strinse nelle spalle. «Quando dormo, dormo, ma non succede tutte le notti. A volte mi giro e rigiro. Troppi ricordi che mi passano per la mente.»

«Ti capisco» mormorò Kane, e lei immaginò che fosse proprio così. Non avevano parlato delle missioni in cui erano stati, entrambi sapevano che era fuori discussione raccontare dettagli, ma non era ingenua da pensare che lui non avesse visto cose orribili nel suo lavoro di operatore delle forze speciali.

«Penso di avere uno spazzolino in più in bagno» le disse, alleggerendo l'atmosfera.

«Hai così tante donne che si fermano la notte da aver bisogno di spazzolini di riserva?» gli chiese senza riflettere sulle parole.

Ma lui non perse un colpo. «Assolutamente no. Credo che me lo abbia dato il dentista l'ultima volta che sono stato lì e non l'ho sostituito. Lo so, lo so, dovrei, ma non sono un fan dei cambiamenti e inoltre, non mi sembrava ce ne fosse bisogno.»

Stava parlando un po' a vanvera ma Aspen pensò che fosse carino. «Lo so» gli disse, accarezzandogli il petto. «Mi dispiace, è stata una cosa scortese da dire. Sei un adulto e ci siamo appena conosciuti.»

«Sono passati più di sei mesi da quando sono uscito per un appuntamento» la informò. «E almeno due anni da quando sono *stato* con una donna.»

Diventò rosso quando ammise quell'ultima parte e lei non poté fare a meno di essere scioccata. «Che problemi hanno le donne da queste parti?» gli chiese.

La fissò per un momento prima di dire: «Tu non mi vedi come fanno tutti gli altri.»

«Be', è stupido» dichiarò, un po' infastidita. «Sei stupendo, Kane. Voglio dire, i tuoi occhi non potrebbero essere più belli. E i tuoi capelli sono sempre arruffati in modo adorabile, e mi fanno venir voglia di passarci le dita per sistemarli, il che è sciocco perché sei un uomo adulto. E quando mi sorridi, mi fai piegare le ginocchia.»

«Poi apro la bocca e dico qualcosa di esageratamente nerd, che provoca uno sguardo vuoto nelle donne e si rendono conto che devono per forza *sopportarmi* per avere il privilegio di guardare i miei attributi fisici da vicino.»

«Oh, per l'amor di Dio» disse, decisamente incazzata. Si raddrizzò a sedere e gli lanciò un'occhiataccia. «Per la cronaca, la tua intelligenza non mi scoraggia. Sono sicura che se confrontassimo il punteggio dei test attitudinali, il tuo probabilmente sbaraglierebbe totalmente il mio, ma chi se ne frega! Ogni volta che vorrai blaterare qualcosa in Zulu con me, fai pure, non mi disturberà.»

«*Sithandwa*» disse Kane.

«Grazie mille.»

Sorrise. «Era tesoro in Zulu» la informò.

«Merda, davvero?» chiese, distratta per un momento dal suo sproloquio. «Stavo scherzando sul fatto che conoscessi la lingua Zulu. Cavoli, non so nemmeno in quale parte dell'Africa si parli.»

«Per lo più in Sud Africa. Gli Zulu sono un gruppo etnico Bantu e il più grande in quella regione, con circa dieci/dodici milioni di persone» le spiegò.

Aspen sorrise e gli mise una mano sulla guancia. «Il punto è che penso sia fantastico quanto sei intelligente, Kane. Trovo incredibile che tu abbia superato il tuo percorso scolastico così in fretta. Sono impressionata dal fatto che ti sia arruolato nell'esercito come soldato semplice, ed è più che ovvio che i tuoi compagni di squadra ti stimano enormemente. Tutte le prove indicano che non sei solo intelligente, ma anche un brav'uomo, e per me è la cosa più importante.»

Kane la studiò per un lungo momento, una serie di emozioni passarono sui suoi occhi e sul viso. «Grazie» sussurrò.

«Prego» sussurrò a sua volta Aspen, sentendo l'aria crepitare di trepidazione e desiderio tra di loro.

«Lo spazzolino da denti dovrebbe essere in uno dei cassetti a sinistra del lavandino» la informò.

«Non ti interessa se ci frugo dentro?»

«Sei sempre la benvenuta se vuoi frugare in qualcosa di mio.»

Aspen non poté fare a meno di ridere per l'insinuazione poco velata. «Che ne dici di iniziare con qualche bacio prima?»

«Ci sto» disse, poi si raddrizzò e la portò con sé alzandosi. Aspen non avrebbe dovuto essere sorpresa dalla sua forza, ma lo era comunque. L'aveva spostata come se fosse minuta, invece che una donna di un metro e settantacinque. Anche se erano quasi alti uguali, non ebbe problemi a sollevarla e ad aiutarla a mettersi in piedi.

Aspen gemette. «Dio, ho male dappertutto.»

«Dovresti fare un lungo bagno caldo quando torni a casa. Poi anche qualche allungamento. Aiuterà.»

«Un bagno sembra meraviglioso» disse con un sospiro.

La fissò e poté praticamente leggergli nella mente. «Non ho intenzione di spogliarmi e fare il bagno nella tua vasca» scherzò. «Potrebbe sfidare un po' la questione del secondo appuntamento. Voglio dire, so che abbiamo dormito insieme e tutto il resto, ma strofinare il mio sedere nudo nella tua vasca prima di sapere quand'è stata l'ultima volta che l'hai pulita, mi sembra esagerato.»

Come sperava, lui rise. «Giusto. E devo ammettere che non ho idea di quando sia stata lavata l'ultima volta, ma lo farò oggi per ogni evenienza. Sai, per i futuri pigiama party.»

«Bravo» gli disse con un sorriso. Annotò "non pulisce abbastanza la vasca da bagno" nella colonna dei contro che stava tenendo mentalmente, ma dovette aggiungere, "disposto a lavarla quando richiesto" in quella dei pro.

«Vado a preparare il caffè mentre tu ti lavi i denti.»

«Spero che tu abbia zucchero e panna» mormorò Aspen. «Mi piace dolce.»

«Me lo segno» replicò Kane. «Me l'avevi detto anche per le bevande alcoliche.»

Lei scrollò le spalle. «Che vuoi che ti dica, ho un debole per i dolci.»

«Mi segno anche quello. Vai, il tuo caffè dolce ti starà aspettando quando tornerai giù.»

«Kane?»

«Sì?»

«Grazie.»

«Per cosa?» le chiese, inclinando la testa.

«Per essere così sorprendente. Per non averne approfittato. Per avermi lasciato scegliere il film e per non essere uno stronzo.»

«Posso esserlo» disse candidamente.

«Ne sono sicura, proprio come posso essere una stronza io. Ma dubito che lo faresti apposta, e mai con uno dei tuoi amici.»

«È vero.»

«Mi sento al sicuro con te e non posso dirlo di molte persone.»

«È un peccato» replicò con la fronte un po' aggrottata. «Dovresti poterlo dire degli uomini con cui lavori.»

Aspen scrollò le spalle.

«Sarai sempre al sicuro con me» le giurò.

«Grazie» sussurrò, poi indietreggiò prima di fare qualcosa di cui avrebbe potuto pentirsi in seguito, come afferrarlo e infilare la mano nei suoi pantaloni per vedere se l'erezione che aveva sentito contro la gamba mentre erano sul divano, era enorme come sembrava.

Mantennero il contatto visivo finché lei non raggiunse le scale e si voltò per salirle. Pensò di sentirlo gemere, ma poi decise che si stava immaginando le cose.

Doveva darsi una regolata. Si stava innamorando di Kane profondamente e in fretta e francamente la spaventava. Non era da lei. Di solito era cauta e non si buttava mai a capofitto nelle relazioni. Ma c'era qualcosa in lui che la mandava su di giri tanto da voler gettare al vento la cautela.

Mentre provava a pensare alle commissioni che avrebbe dovuto fare prima di tornare lì per trascorrere la serata con lui e i suoi amici, Aspen trovò lo spazzolino di riserva.

Trenta minuti dopo, era accanto alla portiera della sua macchina nel vialetto, sentendosi nervosa.

«Allora... alle quattro, giusto?» gli chiese.

«Già.»

«Vuoi che porti altro oltre all'insalata di patate?»

«Solo te stessa» rispose. Poi le sfiorò lo zigomo con il pollice. «Mi dispiace che tu abbia avuto una giornata difficile ieri. Grazie per avermi permesso di provare a renderla migliore.»

«Non ci hai provato, l'hai *fatto*.»

«Bene.» Fece un passo verso di lei. «Posso baciarti?» le domandò con dolcezza.

Fissandolo negli occhi, Aspen annuì.

Ma lui non abbassò subito la testa. Studiò il suo viso, come se stesse cercando di memorizzare i suoi lineamenti. Poi fece scorrere il pollice sul labbro inferiore.

«Kane?» gli chiese esitante.

«Hmmm?»

Aspen si leccò le labbra e vide le sue pupille dilatarsi. «Mi bacerai o cosa?»

Invece di rispondere, abbassò la testa. Le sfiorò le labbra con le sue in una casta carezza. Una volta, due. Poi le mise una mano sulla parte bassa della schiena e la attirò contro di sé, e con l'altra andò sulla nuca. Si sentì circondata da lui quando catturò improvvisamente la sua bocca in un bacio feroce e intenso.

Solo una volta un bacio le aveva provocato un formicolio alle dita delle mani e dei piedi, quella al bar, con Kane. Aprì le labbra e lui fu lì, a leccare, succhiare, mordicchiare. Quello non era un semplice bacio, ma una rivendicazione, e Aspen fu più che felice di essere rivendicata.

Gli strinse i bicipiti con una mano e con l'altra gli afferrò la camicia sul fianco mentre si prendeva ciò che lui le stava offrendo. La sua barba leggera le graffiò lievemente la pelle, esaltando ancor di più quell'esperienza travolgente.

Fu solo quando sentirono fischiare dalla porta accanto che Kane alzò la testa senza però togliere le mani dal suo corpo. Si limitò a girare la testa e a ridacchiare.

Anche lei si voltò e sorrise quando vide Winnie sulla sua veranda con il giornale in mano che li salutava. Kane ricambiò con un cenno del mento, poi tornò a guardare Aspen.

«So che dovrei lasciarti andare, ma non voglio» ammise in tono sommesso.

In quel momento capì di essere spacciata. «Hai delle cose da fare» gli ricordò.

«Lo so.»

«E anch'io.»

«So anche quello» disse, ma non la lasciò andare.

Lei sorrise e fece scorrere la mano su e giù sul suo braccio. «Ci vediamo oggi pomeriggio.»

Kane fece un respiro profondo e lo buttò fuori lentamente, poi si raddrizzò e si scostò passandosi una mano tra i capelli, sparandoli ancora più in alto di quanto non fossero già.

Si leccò le labbra e Aspen avrebbe voluto saltargli addosso proprio lì. Ma si trattenne... a malapena.

«Mi fai sapere quando arrivi a casa?» le chiese.

«È un tragitto breve in auto» protestò.

«Per favore?»

Come avrebbe potuto negarglielo quando glielo aveva chiesto così gentilmente? «Va bene.»

«Non è che ti voglia controllare, ma solo assicurarmi che non abbia avuto problemi.»

«Lo so.» Ed era vero. Era bello sapere che si preoccupava per lei. «Ti mando un messaggio quando arrivo.»

«Va bene. Ci vediamo più tardi.»

Annuì e Kane le aprì la portiera. Notò che anche dopo essersi seduta, aver avviato la macchina ed essersi allontanata dal suo vialetto, era rimasto lì a guardarla. Si sentì un po' a disagio; nessun altro ragazzo si era mai concentrato su di lei così intensamente.

Quando arrivò alla fine della strada e guardò nello specchietto retrovisore, vide che era andato da Winnie e le stava parlando. Era l'uomo più premuroso che avesse mai conosciuto... e in un certo senso ciò la spaventava a morte. Non poteva essere così perfetto, giusto? Alla fine, gli avrebbe trovato qualche difetto e pregò che non rovinasse tutto ciò che aveva imparato di lui. Non voleva un uomo perfetto, non ne aveva bisogno, ma finora Kane era tutto ciò che sognava da bambina.

Lo avrebbe scoperto col tempo se lui si era solo sforzato di essere esageratamente gentile, ma aveva la sensazione che non fosse così. Kane Temple era esattamente ciò che sembrava essere. Un bravo ragazzo che era stato ignorato dalle donne che desideravano un uomo più rude e pericoloso. Ma non era ciò che voleva Aspen. Viveva già una vita abbastanza rischiosa. Voleva qualcuno che stesse al suo fianco nella buona e nella cattiva sorte, e fino a quel momento sembrava che lui potesse essere proprio quell'uomo.

Ancora una volta i suoi pensieri la spaventarono a morte. Decise di fare un passo indietro. Si stava lasciando coinvolgere troppo profondamente e in fretta. Sarebbe comunque andata a casa sua quel pomeriggio, ma prima avrebbe fortificato le sue barriere mentali. Aveva bisogno di rallentare, di conoscerlo molto di più. Poi avrebbe potuto decidere se voleva proseguire la loro storia.

Dopo aver preso quella decisione, anche se non le piaceva molto, parcheggiò nel suo complesso di appartamenti e fece un respiro profondo. Il profumo pulito di Kane permeava i suoi vestiti, facendola già dubitare della sua scelta. «Per favore, fa che lui sia esattamente ciò che sembra» sussurrò, prima di scendere dalla macchina e andare verso il suo appartamento.

CAPITOLO SEI

Erano le quattro e un quarto e Brain si trovava in cucina a parlare con Oz. Gli altri erano fuori o seduti in soggiorno. La sua casa era gremita, ma gli piaceva invitare i suoi amici.

«Aspen viene?» gli chiese Oz.

«Aveva detto di sì» rispose.

«Va tutto bene con lei?»

Brain annuì. «Sì. Quasi *troppo*.»

«Cosa intendi?»

«Solo quello. È una ragazza che lavora sodo, simpatica, divertente, intelligente... sembra troppo in gamba per essere vera» disse al suo amico. «Non sono mai stato bravo a giudicare le persone in passato e l'ultima cosa che voglio è innamorarmi di lei solo per vederla cambiare una volta che avremo una relazione.»

«Posso capire. Non avete passato molto tempo insieme però, giusto?»

«No. Solo un paio di volte. Ma abbiamo parlato al telefono e ci siamo scritti molto. Mi sembra comunque di conoscerla già più di chiunque altro con cui sia uscito.»

«Non voglio che interpreti questa cosa nel modo

sbagliato ma... vuoi che la osservi mentre è qui? Non intendo spiarla, ma solo per darti la mia opinione su come interagisce con gli altri. A volte è più facile vedere la vera natura di qualcuno quando non desideri entrare nelle sue mutande.»

Brain sapeva che stava arrossendo, ma si sforzò di ignorare il suo disagio. «Ascolta, sono sempre aperto ad ascoltare la tua opinione, ma non voglio assolutamente che la spii. La metterebbe a disagio.»

«Sai che non se ne accorgerebbe nemmeno.»

«Lo so, ma comunque no. Mi piace davvero tanto, Oz. E penso che sia questo che mi crea una certa inquietudine.»

«Sono felice per te» disse il suo amico, dandogli una pacca sulla spalla.

«Grazie.»

«Ricorda solo che non è perfetta. Nessuno lo è. Se cerchi troppo per trovarle difetti, potresti trascurare tutte le sue buone qualità.»

«Non c'è la minima possibilità» replicò Brain con una piccola risatina. «La sua bontà risplende così luminosa che è impossibile vedere qualcos'altro, e ciò è parte della mia preoccupazione.»

«Cos'è che non puoi vedere?» chiese Kinley entrando in cucina, con Lefty alle calcagna.

«Qualsiasi cosa, quando c'è vicino qualcuno bello come te» scherzò Oz.

Lei arrossì ma alzò gli occhi al cielo.

«Ci stai provando con la mia ragazza?» domandò Lefty, afferrandola intorno alla vita e attirandola contro di sé.

«No, non mi sognerei mai» rispose con un sorriso. Poi fece un cenno con il mento a Brain e oltrepassò la coppia per andare nell'altra stanza.

«Quando arriva Aspen?» gli chiese Kinley.

«Potreste farmi venire un complesso continuando tutti a chiedermi di lei» scherzò.

Kinley aggrottò la fronte e scosse la testa. «No, io sono sempre felice di vederti.»

«Lo so. Stavo scherzando. E spero che sia qui a momenti. Doveva fare alcune cose e potrebbe essere in ritardo.»

«L'hai chiamata o le hai scritto un messaggio?» gli chiese.

Scosse la testa. «Non volevo disturbarla.»

Lei alzò di nuovo gli occhi al cielo e tirò fuori il telefono. «Qual è il suo numero?»

Brain esitò. Non era sicuro di poterglielo dare senza l'approvazione di Aspen, ma allo sguardo impaziente nei suoi occhi, cedette e lo snocciolò.

Le dita di Kinley si spostarono rapidamente sulla tastiera. «Ecco.»

Pochi secondi dopo, il telefono vibrò nella sua mano. Lefty lesse il testo ad alta voce da sopra la sua spalla. «Sto per partire. Sono in ritardo, come al solito. Scusate.»

«Non arrabbiarti, Brain» disse Kinley, desiderando sempre fare da paciere. «Sono sicura che non sia sempre in ritardo.»

Non poté fare a meno di ridere. Si era appena lamentato con Oz di non aver trovato alcun difetto e ora ne sapeva almeno uno. Non era arrivata in ritardo il giorno prima, ma probabilmente perché era andata lì direttamente dal lavoro. Ripensò alle loro telefonate dell'ultima settimana e mezza e si rese conto che la maggior parte delle volte, se avevano pianificato un orario, lei aveva chiamato più tardi di quanto preventivato.

Ma era una cosa che poteva sopportare. Tirò fuori il cellulare e le scrisse un breve messaggio.

«Non la stai rimproverando, vero?» gli chiese Kinley.

«Che cosa? No» disse con fermezza. «Le ho solo detto di prendersi il suo tempo, di non rischiare di fare un incidente o di prendere una multa per correre qui.»

«Bene. Mi piace, non voglio che tu faccia nulla per farti scaricare.»

Brain alzo gli occhi al cielo. «Penso che quella possibilità sia passata» le disse con sincerità. «Sa che sono autoritario e iperprotettivo. Mi sono addormentato con lei la notte scorsa e alle due, quando mi sono svegliato, non mi sono scusato e non l'ho portata a casa, invece l'ho lasciata dormire sopra di me. Ho anche parlato male della sua squadra e l'ho fatta piangere. Non sono sicuro che avrei potuto far di peggio.»

Kinley scosse la testa. «Essere iperprotettivo non è una brutta cosa» affermò, voltandosi per guardare l'uomo che la stringeva. «E credimi, svegliarsi sopra il ragazzo che ti piace non è una sofferenza. Non essere così severo con te stesso» gli ordinò. «Però, non comportarti da stronzo, così lei non scapperà, ok?»

Brain e Lefty ridacchiarono. «Ok. Farò del mio meglio.»

«Bene. Fammi sapere quando arriva» gli disse.

«Uh, la casa non è tanto grande, penso che te ne accorgerai» replicò lui.

«Potrei essere nel cortile dietro» ribatté, poi si voltò e uscì dalla cucina trascinandosi dietro Lefty.

Tempo prima, Brain avrebbe preso in giro il suo compagno di squadra e accusato di farsi tenere al guinzaglio dalla sua ragazza, ma aveva la sensazione che se Aspen avesse trascinato in giro *lui*, non se ne sarebbe lamentato. L'avrebbe seguita ovunque.

In passato, nei ritrovi a casa sua, lui e i suoi compagni di squadra si limitavano a mangiare hamburger e a parlare di lavoro fino a tarda notte, ma ora che Kinley, Gillian e Devyn si erano unite a loro, avevano anche tutti i tipi di contorni e si era persino comprato un frullatore per preparare i Margarita per quando le donne ne avevano voglia. Anche Winnie andava spesso a unirsi al divertimento. E di solito, dopo che Trigger e Lefty se ne andavano con le loro ragazze prima dell'orario a cui erano abituati un tempo, sparivano subito anche tutti gli altri.

Quei cambiamenti non gli avevano dato fastidio. Amava vedere i suoi compagni di squadra felici, e il fatto che le donne si unissero al loro gruppo li portava a parlare di meno di lavoro e a godersi di più la compagnia. Prima di arruolarsi nell'esercito, Brain non aveva mai fatto quel tipo di ritrovi. Quando lo avevano invitato a cose simili erano più che altro gruppi di studio e se ne andava sempre prima che uscisse l'alcol. Amava far parte di quel gruppo di amici. Era uno dei motivi per cui li invitava sempre a casa sua, così da poter essere al centro di tutto.

Aveva appena finito di preparare un'altra serie di Margarita quando sentì bussare. Sapendo che era passato un tempo sufficiente perché Aspen arrivasse, intercettò Doc e aprì lui stesso la porta d'ingresso.

Ed eccola lì sulla soglia, con un'aria deliziosamente scompigliata.

«Scusa del ritardo. Mi sono addormentata, se riesci a crederci. Ho fatto tutte le mie commissioni, ma mi facevano male le gambe per l'allenamento, così mi sono seduta sul divano per fare una breve pausa e mi sono svegliata tre ore dopo. Ho dovuto finire l'insalata di patate, anche se probabilmente non è rimasta abbastanza a lungo in frigo, e poi mi sono cambiata.»

Brain non commentò, le prese semplicemente la mano e la fece entrare in casa. La baciò con forza, ma troppo brevemente per i suoi gusti. «Sono contento che tu sia venuta» le disse.

«Anch'io» sussurrò lei.

«E sono contento di sapere che non sei perfetta.»

«Che cosa? Chi l'ha mai detto? Sono tutt'altro che perfetta, Kane.»

Lui scosse la testa. «Posso sopportare i tuoi ritardi. Soprattutto se è perché hai fatto un pisolino. Era ovvio che ne avessi bisogno.»

«Non sono sempre in ritardo» protestò.

Lui sollevò un sopracciglio.

«Va bene, forse *tendo* ad esserlo il più delle volte, ma non lo faccio apposta. E che mi dici di te? Anche tu sei dannatamente perfetto. Dimmi quali sono i *tuoi* difetti, almeno non sarò così contrariata che tu sappia già della mia tendenza ad arrivare in ritardo.»

Aprì la bocca per dire che ne aveva molti, ma Gillian parlò da dietro le sue spalle prima che potesse farlo lui.

«Brain dubita troppo di se stesso» disse.

«E i suoi piedi puzzano!» incalzò Trigger con un sorriso. «Sul serio, quando siamo in missione e si toglie gli anfibi, sveniamo quasi tutti.»

Brain arrossì e lanciò un'occhiataccia al suo amico. «Chiudi quella cazzo di bocca.»

Ma sorprendentemente, sentì Aspen ridacchiare. Si voltò di nuovo verso di lei. Gli si avvicinò e lo prese sottobraccio. «Lavorerò per aiutarti a non dubitare di te stesso e posso sopportare i piedi puzzolenti.»

«Pensavo che non saresti mai arrivata» le disse Gillian, facendo scoppiare la bolla intima in cui si trovavano. «Brain ha fatto i Margarita e per qualche motivo hanno un sapore molto migliore stasera che in passato. Devi provarne uno.»

«Questo perché li ho fatti extra dolci» spiegò, senza staccare gli occhi da quelli di Aspen. Vide il momento in cui registrò le sue parole.

«Grazie» mimò con la bocca, prima di lasciarsi trascinare da Gillian in cucina per posare il contenitore di insalata di patate e prendere un drink.

«Gillian ha parlato di Aspen per tutto il pomeriggio» lo informò Trigger. «Le piace davvero.»

«Bene. Potrebbe aver bisogno di amiche» ribatté, guardandola ridere di qualcosa che aveva detto l'altra. In un attimo, la sua piccola cucina diventò affollata quando entrarono anche Kinley e Devyn. Tutte riempirono i loro bicchieri e fecero un brindisi.

«È una bella sensazione, vero?» disse Trigger.

«Cosa?» gli chiese, distogliendo gli occhi da Aspen per guardare il suo amico.

«Volere che qualcun altro sia felice più di quanto lo desideri per te stesso.»

Pensò per un secondo alle sue parole, poi annuì. Era esattamente ciò che provava. Quello che desiderava per sé sembrava non avere molta importanza quando c'era Aspen. Voleva solo che lei si adattasse, che trovasse il cameratismo che aveva cercato per tutta la vita.

«Andiamo» disse il suo amico, mettendogli un braccio sulle spalle. «Ho fame. Devi grigliare gli hamburger. Non preoccuparti, le ragazze si prenderanno cura di lei.»

Sapeva che aveva ragione, era in buone mani.

Due ore dopo, mentre Brain e Aspen lavavano i piatti, tutti gli altri si sedettero nel soggiorno. Ridevano e parlavano dopo essersi riempiti la pancia di hamburger, della migliore insalata di patate che avesse mai mangiato e degli altri contorni che tutti avevano portato. Winnie era seduta tutta contenta sulla sedia a dondolo; una volta gli aveva accennato quanto le mancasse quella che un tempo aveva in veranda e che era stata distrutta da una tempesta di vento, così lui ne aveva acquistata una. Lefty era sul divano con Kinley in braccio e accanto a loro c'erano Trigger e Gillian. Lucky gironzolava intorno a Devyn cercando di far finta di niente, e gli altri ragazzi si erano sistemati sulle sedie che avevano preso dalla cucina.

Stavano parlando delle tempeste tropicali che si erano verificate negli ultimi tempi nei Caraibi e di quanto fossero state distruttive, quando Trigger si schiarì la gola e si alzò in piedi.

«Non riesco a immaginare un posto migliore per farlo se non qui, circondato dai migliori amici che abbiamo mai avuto.»

Brain percepì Aspen irrigidirsi accanto a lui prima che gli sussurrasse: «Oh mio Dio.»

Posò la padella che stava lavando e si asciugò velocemente le mani, voltandosi verso i suoi amici.

Trigger stava ancora parlando. Si era voltato a guardare Gillian, che era seduta sul divano e lo fissava a occhi spalancati.

«Gilly, ogni giorno che passiamo insieme scopro qualcosa di nuovo. Mi tieni costantemente sull'attenti e vivere senza di te mi ucciderebbe. Ammiro la tua forza, invidio la tua capacità di farti amici e adoro svegliarmi ogni mattina e andare a dormire con te tra le mie braccia. Voglio passare il resto della mia vita a imparare ogni tua sfaccettatura e a fare tutto ciò che è in mio potere per darti la migliore vita possibile. Vuoi sposarmi e rendermi l'uomo più fortunato dell'universo?»

Sentì Aspen inspirare profondamente e la attirò contro

di sé. Appoggiò il mento sulla sua spalla e guardò uno degli uomini che ammirava di più al mondo trattenere il respiro mentre aspettava la risposta della donna che amava.

«Scemo» disse lei con tenerezza e sollevò la mano sinistra. «Me l'hai già chiesto e io ho detto di sì, ricordi? Porto già il tuo anello.»

«Lo so, ma non c'è stata ancora alcuna cerimonia e sono stanco di aspettare di farti mia ufficialmente.»

Gillian sorrise. «Ti sposerò quando vorrai, Walker, ma come ho detto, non lo organizzerò io.»

«Bene. Perché ho i documenti da farti firmare e la prossima settimana abbiamo l'appuntamento con il giudice di pace per portare a termine questa faccenda.»

Lei sbatté le palpebre sorpresa. «Ah sì?»

«Già. Che mi dici?»

In risposta, balzò dal divano e si lanciò tra le braccia di Trigger. «Sì!»

Tutti gli amici applaudirono e acclamarono.

Aspen girò la testa e guardò Brain con un sorriso. «È stato bellissimo.»

«Sì. Hai capito cos'avrebbe fatto nel momento in cui ha iniziato a parlare, vero?» le chiese.

Lei si strinse nelle spalle. «Be', sì, era abbastanza ovvio. Non vi ha detto che si sarebbe proposto?»

Brain scosse la testa. «No. Mi ci è voluto un po' di più per capirlo dato che tecnicamente lo aveva già fatto, ma sono elettrizzato per entrambi.»

«Anch'io. Le donne sognano questo tipo di proposte. Che l'uomo che adorano dichiari pubblicamente il suo amore e chieda la loro mano.»

«È qualcosa che vorresti?» le chiese.

«Cosa?»

Brain indicò Trigger e Gillian, ancora abbracciati.

«Be', certo.» Scrollò le spalle. «Se stai parlando di trovare qualcuno da amare e che voglia sposarmi, sì. Aspetta» disse, voltandosi completamente verso di lui. «E *tu*? Voglio dire, non ora ovviamente, ma un giorno lo vorresti?»

«Sì» rispose subito. «Voglio qualcuno su cui contare a prescindere da qualunque cosa accada nella nostra vita. Voglio creare una famiglia con lei e affrontare insieme le sfide. Voglio qualcuno che ami i nostri figli, indipendentemente che siano super intelligenti o portatori di handicap.»

«Ti fa soffrire non parlare molto con i tuoi genitori, vero?» gli chiese con dolcezza.

Brain sospirò. «Sì. Avrebbero voluto che fossi uno dei futuri vincitori del Premio Nobel o qualcosa del genere, e quando la mia vita ha preso una svolta diversa, hanno praticamente pensato che avessi gettato via tutto ciò che avevo fatto fino al momento in cui mi sono arruolato nell'esercito.»

Gli sembrava quasi che loro due fossero gli unici nella stanza, il che era un miracolo considerando il trambusto che li circondava.

«Mi dispiace» sussurrò Aspen.

«Va bene così. A essere sincero, penso che ci perdano loro.»

«Se mai si presentasse l'occasione, mi piacerebbe comunque incontrarli... se per te va bene.»

«Assolutamente sì. Non è che li odio, semplicemente non faccio il possibile per andare a trovarli, ma per te, farei lo sforzo. I miei genitori ed io siamo solo persone molto differenti. Penso che dubitassero che avrei potuto trovare una ragazza diversa da me.»

«Cosa intendi?» gli chiese inclinando la testa.

«Sai, una che non abbia il naso incollato su un libro e

non parli in continuazione della tavola periodica o formule matematiche.»

«Non c'è niente di sbagliato nell'essere intelligenti» protestò. «In effetti, scommetto che i tuoi saranno leggermente delusi dal fatto che non sia un genio come te.»

«Vuoi scommettere, *Dorogoy?*»

«Non lanciarmi paroline dolci in serbo cercando di prendermi alla sprovvista» lo guardò accigliata.

«Era russo» disse ridendo. Poi si fece serio. «Mi tieni con i piedi per terra come nessun altro è riuscito a fare. Non mi chiedo in continuazione cosa pensano gli altri di me perché sono troppo occupato a pensare a *te*. Mi accetti per come sono e questo significa tutto per me» le disse con sincerità.

«Perché mi piaci così come sei» ammise con dolcezza.

«Se la nostra relazione arriverà a quel punto, ti farò una proposta di matrimonio che non dimenticherai mai» giurò Brain.

Aspen arrossì e scosse la testa. «Non ho bisogno di niente di eccezionale, Kane. Un semplice "mi vuoi sposare?" sarebbe sufficiente... *se* le cose tra noi dovessero progredire fino a lì.»

Lui annuì, ma dentro di sé stava già pensando a cosa avrebbe potuto fare che fosse romantico e stravagante allo stesso tempo. Avrebbe dovuto andare fuori di testa solo al pensiero di come chiederle di sposarlo, ma invece si sentiva... contento.

«Dai, andiamo a congratularci con i tuoi amici.»

«I *nostri* amici» la corresse.

Il sorriso di Aspen non avrebbe potuto essere più enorme. «I nostri amici» concordò.

Ma proprio mentre si voltava per trascinarlo fuori dalla

cucina, facendogli tornare in mente che Kinley aveva fatto la stessa cosa con Lefty, le squillò il telefono.

Aspen fece una smorfia, sospirò e scrollò le spalle. Brain non le suggerì di non rispondere. Sapeva bene quanto lei che con il loro lavoro non potevano ignorare le telefonate.

«Pronto?» rispose dopo essersi portata il telefono all'orecchio.

Brain ascoltò la sua parte di conversazione e i suoi muscoli si irrigidirono sempre di più a ogni parola.

«Sì, Signore. Capisco, Signore. Zero quattro zero zero, sì, Signore, ci sarò. Grazie. Anche a lei. Arrivederci.»

Quando riattaccò, Brain sapeva che non solo i piani di Aspen per la serata erano cambiati, ma sarebbe anche partita la mattina successiva per il Medio Oriente.

«Era il maggiore» gli disse.

«Parti domattina» terminò per lei.

Annuì.

Senza esitare, la prese tra le braccia e lei lo lasciò fare con piacere.

«Per la prima volta nella vita, non voglio andare» gli mormorò contro il collo. «Di solito ero sempre eccitata di partire, felice di *fare* qualcosa.»

«Lo so.» Lo sapeva eccome, si sentiva sempre così anche lui quando scopriva di dover andare in missione. Ma aveva la sensazione che da quel momento in poi sarebbe stato tutto diverso.

La scostò un poco e le mise le mani sulle spalle fissandola negli occhi. «Questo non cambia nulla tra noi» disse con foga.

Lei annuì.

«Parlo sul serio. Non mi interessa per quanto tempo starai via, non cambierà nulla.»

«Dovrebbero essere solo due mesi, più o meno.»

«Una passeggiata» ribatté Brain, anche se gli sembrava di avere lo stomaco in gola. Non voleva stare due mesi senza vederla. Per la prima volta, comprese cosa provassero Gillian e Kinley quando venivano a sapere che la squadra sarebbe andata in missione. Cazzo, si rese conto che Trigger e Lefty probabilmente si sentivano come lui in quel momento, quando dovevano separarsi dalle loro donne. Ma assunse un'espressione tranquilla per Aspen.

«Ci scriveremo» la rassicurò.

«Certo» confermò, annuendo rapidamente.

«Tutto ciò che ti chiedo» continuò con voce più gentile «è che ti guardi le spalle. Ci sono ancora troppe cose che devo imparare su di te.»

«E io di te.»

«Potrai chiedermi quello che vuoi quando ci scriveremo e ti risponderò con onestà» le disse Brain. «Anche se pensi che sia troppo personale, tu chiedi. Va bene?»

«Ok. Vale lo stesso per te.»

«Questa non è la fine per noi. Dobbiamo solo abituarci, purtroppo. Continueremo a venire inviati in missione entrambi, ma la vita va avanti e siamo noi che scegliamo se permettere a queste separazioni di avvicinarci o allontanarci.»

«Non capisco perché sia così emotiva per questa situazione quando usciamo solo da due settimane» borbottò con la fronte aggrottata.

«Non cercare di capirlo. Sono scioccato anch'io, ma mi sta più che bene.»

«D'accordo. Anche a me allora. Ma non dimenticare chi ha fatto la prima mossa» replicò sfacciatamente, cercando di alleggerire il momento.

Brain ridacchiò. «Come potrei? Non ero così entusiasta

di essere usato in quel modo, ma nel momento in cui le mie labbra hanno toccato le tue, sono stato spacciato. Non permettere a Derek di trattarti male» disse, ricordandosi solo in quel momento che sarebbe partita con quel coglione del suo ex.

«Ci proverò.»

«Bene. Mi mancherà parlarti» ammise.

«Anche a me.»

«Ehi, questa è una festa!» gridò Trigger. «Prepara altri Margarita per le donne e birre per noi. E ok, tu puoi bere il tuo vino, Brain!»

Si voltò verso i suoi amici e scosse la testa. «Aspen deve andarsene.»

Ci furono grugniti e lamentele tutt'intorno.

Lei scrollò le spalle. «Il dovere mi chiama.»

Quelle parole zittirono i Delta che si fecero subito tutti seri. Uno a uno, entrarono in cucina e l'abbracciarono, augurandole ogni bene e dicendole di stare attenta. Le altre donne si resero conto che Aspen non stava andando a casa, ma in missione, e le augurarono buona fortuna.

Brain l'accompagnò alla porta quando tutto ciò che avrebbe voluto fare era portarla di sopra e chiuderla a chiave nella sua camera da letto, in modo che non potesse andare da nessuna parte. Fu un pensiero scioccante, considerando ciò che faceva per vivere. Le tenne la mano fino alla macchina, che era parcheggiata sul vialetto insieme ai veicoli dei suoi compagni di squadra.

Le prese la testa tra le mani e la baciò senza prima chiederle il permesso. La baciò con frustrazione perché non avrebbe potuto vederla per un po' e con preoccupazione nel cuore.

E Aspen lo ricambiò con la stessa emozione.

Dopo pochi istanti, Brain si tirò indietro e appoggiò la fronte sulla sua.

«Dico sul serio, sii prudente là fuori, *Dorogoy*. Non riuscirò a dormire bene finché non saprò che sei tornata a casa sana e salva.»

«Lo farò» lo rassicurò.

«Di' a quei Ranger che se non ti copriranno le spalle in ogni momento, scopriranno *esattamente* quanto possa essere vendicativo» le disse un po' troppo bruscamente.

Ma Aspen si limitò a ridacchiare. «Mi piace che non ti faccia problemi a minacciare un plotone di Ranger.»

«Sono un Delta, posso prenderli a calci in culo tranquillamente. E se devo raccogliere tarantole per infilarle nei loro letti di notte, quando saranno tornati, lo farò.»

Aspen rise di nuovo e lo abbracciò forte. Brain la strinse e inspirò profondamente.

Gardenie. Non avrebbe mai dimenticato quel profumo finché fosse vissuto.

Fece un altro respiro profondo sapendo che avrebbe dovuto lasciarla andare; doveva sistemare delle cose prima di partire. Indietreggiò e s'infilò le mani in tasca. «Ti chiamo alle tre e un quarto per assicurarmi che ti sia svegliata» la informò.

Gli sorrise. «Grazie, lo apprezzerei. Non sarebbe bello se dormissi troppo e perdessi lo schieramento. Il sergente maggiore mi prenderebbe a calci in culo.»

Non riuscì a ricambiare il sorriso e a far uscire altre parole dalla sua gola improvvisamente chiusa.

La guardò aprire la portiera e sedersi al posto di guida, avviare il motore e abbassare il finestrino.

«Ti manderò una mail appena posso» gli disse.

«Ok.»

«Grazie per la serata divertente. Di' a tutti che mi

scuso per essere dovuta scappare e fai le congratulazioni a Trigger e Gillian da parte mia. Mi dispiace perdere il loro matrimonio.»

Lui deglutì a fatica e annuì.

«Ciao, Kane.»

Quando non rispose, inserì la marcia e iniziò ad accelerare.

«Aspen!» la chiamò.

Si fermò. «Sì?»

«Fa il culo a qualche terrorista, ok?»

Sorrise. «Lo farò.»

Poi se ne andò.

Brain guardò i fanali posteriori dell'auto finché non svoltò alla fine della strada e scomparve dalla vista.

«Cazzo» mormorò.

«Fa male, vero?» disse all'improvviso Lefty dietro di lui.

«Da morire» concordò senza voltarsi.

«Quando ho scoperto che Kinley era entrata nella protezione testimoni e non avevo idea di dove fosse, se stesse bene o se fosse al sicuro, mi ha ucciso. Mi ha messo in ginocchio. Ma quello che mi ha fatto andare avanti è stato che sapevo quanto lei fosse forte, che sentiva fino in fondo alla sua anima che stava facendo la cosa giusta. Odiavo non poter essere al suo fianco per proteggerla, ma ho dovuto fidarmi del fatto che sarebbe riuscita a farlo *da sola*. Che stava facendo ciò che era necessario per poter tornare da me.»

E a quello Brain si sentì meglio.

Si voltò verso il suo amico. «Aspen è straordinaria. È forte, deve esserlo per far parte di una squadra di Ranger. Starà bene.» Credeva veramente a quelle parole. Odiava non poter stare con lei. Odiava non poterla proteggere, ma non poteva essere al suo fianco ogni minuto di ogni giorno.

Non ce n'era bisogno, sapeva prendersi cura di se stessa. E anche se magari non era in sintonia con la sua squadra di Ranger come le sarebbe piaciuto, avrebbe scommesso tutto ciò che possedeva che se ce ne fosse stato bisogno, gli uomini con cui lavorava l'avrebbero aiutata.

Doveva crederci, altrimenti non sarebbe riuscito a lasciarla andare.

«È così» convenne Lefty. «Ora, torna dentro. Stiamo organizzando un gran ricevimento per Trigger e Gillian, perché lei si rifiuta di organizzare qualsiasi cosa. Winnie sta parlando di spogliarellisti e bambole gonfiabili e qualcuno deve convincerla a smettere.»

Brain rise; non poté farne a meno. Era proprio da Winnie includere degli spogliarellisti sexy al ricevimento di un matrimonio. Tornò in casa, ma appena prima di entrare, guardò in fondo alla strada dove aveva visto Aspen prima che sparisse.

«Sii prudente, piccola» sussurrò, prima di unirsi al gioioso gruppo nel suo soggiorno.

CAPITOLO SETTE

Da: Aspen

A: Kane

Oggetto: Sono arrivata finalmente!

Kane,

ciao! Finalmente siamo arrivati. Non posso dire dove, come sai, ma nonostante la sabbia che c'è intorno a noi, non ho avuto la possibilità di usare la mia tavola da surf. ;) Il volo e andato bene però non sono riuscita a dormire. Il mio sedile non era comodo come il tuo divano. Ci siamo sistemati tutti nei nostri alloggi e, come al solito, non sono nello stesso posto della mia squadra. Lo capisco, davvero, ma è frustrante. Come posso conoscerli, e viceversa, se non stiamo insieme?

Ad ogni modo, credo che non staremo qui molto, presto partiremo per esplorare, ma volevo inviarti un breve messaggio per farti sapere che sono arrivata e che è tutto a posto. Ci sentiamo.

- Aspen

. . .

Da: Brain
   A: Aspen
   Oggetto: Re: Sono arrivata finalmente!
   Aspen,

grazie per avermi scritto. Aspettavo con ansia di avere tue notizie. Sono contento che il volo sia stato tranquillo e che tu sia arrivata lì senza alcun problema. Non avevo davvero pensato alle sistemazioni, ma posso capire quanto possa essere frustrante. E hai ragione, consolidiamo di più il legame prima e dopo le escursioni, quando io e la mia squadra passiamo il tempo a rilassarci. Parliamo della giornata, di tutto quello che è successo e di quello che potrebbe esserci in serbo per noi il giorno seguente. Non abbatterti.

Winnie e le altre mi hanno detto di dirti che ti mandano pensieri positivi. Gillian e Trigger sono pronti per la cerimonia, ed è stato deciso che poi saremmo tornati tutti a casa mia per fare un piccolo ricevimento. Purtroppo, non so nulla di come si organizzi e Gillian si rifiuta di farlo. Non che possa biasimarla, dato che fa quel genere di cose ogni giorno per lavoro. Hai qualche suggerimento da darmi?

L'ho già detto e lo ripeto, Fai attenzione. Le onde anomale possono arrivare dal nulla e travolgerti. E ho sentito che sta arrivando il brutto tempo dalle tue parti.

   - Brain

Da: Aspen
   A: Kane
   Oggetto: Il tempo
   Kane,

sì, il tempo è piuttosto brutto e si prevede che sarà così per tutto il periodo che rimarremo qui. Ma mi assicurerò di indossare l'impermeabile e di portarmi un ombrello ovunque vada. :)

Per quanto riguarda la festa, mi dispiace perderla, ma penso che la cosa migliore che puoi fare sia servire un sacco di antipasti. Sono pratici da mangiare e abbastanza semplici da realizzare/acquistare. Penso che potresti comprare molte cose già pronte al supermercato, ma chiederei anche a tutti di portare qualcosa, ti farebbe risparmiare un sacco di tempo. Qualche esempio di ciò che le persone potrebbero preparare: uova alla diavola, spiedini di caprese, spiedini di frutta, tortillas e salsa (o patatine e salsa), polpette di carne, bastoncini di formaggio, ali di pollo, patate al forno ripiene, rustici con i wurstel o taglieri di affettati (e ora ho fame, maledizione; il cibo qui fa schifo).

Ti prego fa le congratulazioni a Trigger e Gillian da parte mia. Forse porterò un po' di sabbia come regalo. Scherzo!

So che sono passati solo pochi giorni... ma mi manchi.

- Aspen

Da: Brain

A: Aspen

Oggetto: Re: Il tempo

Mi manchi anche tu, *gráinne* (è irlandese. * sorrisetto *). A volte mi chiedo come abbiamo fatto a entrare in sintonia così velocemente, ma poi mi dico di non pensarci troppo. Ci sono molte cose in questo mondo che non capisco e mi piace sentirmi così per qualcuno.

Com'è il tempo? I miei amici e io abbiamo sentito cose

spiacevoli riguardo a qualche tempesta, e mi rende nervoso. Girano voci che potremmo prenderci anche noi una vacanza laggiù nel prossimo futuro. Ne saprò di più tra una settimana circa.

Grazie per i suggerimenti. Ho parlato con Kinley ed è stata entusiasta di aiutare con gli antipasti. Ha chiamato le amiche di Gillian e aiuteranno anche loro. Winnie si è persino offerta di fare un dolce; non sarà una torta nuziale tradizionale, ma con poco preavviso dovrà bastare.

Mi manca sentire la tua voce. Mi sono talmente abituato a parlarti ogni sera che mi sembra strano cenare e sistemarmi davanti alla TV senza poter sentire com'è andata la tua giornata.

Guardati le spalle, *gráinne*.

- Brain

Da: Aspen

A: Kane

Oggetto: Re: Re: Il tempo

Oggi ha fatto schifo. Ci sono giorni in cui odio il mio lavoro e oggi è stato uno di quelli. Ricordi quando sono venuta a casa tua dopo quell'allenamento duro ed ero disidratata? Sì, le cose qui stanno andando come quel giorno. I ragazzi con cui lavoro sono scostanti e mi sento molto sola anche quando sono circondata da persone. Devo comportarmi da adulta e stringere i denti. E Dio non voglia che pianga. Verrei chiamata mammoletta e mi direbbero che non ce la posso fare. Derek è uno stronzo e mi vergogno di aver pensato per un secondo che fosse un bravo ragazzo. Fa schifo come leader e l'unica cosa positiva della giornata è che non è il mio capo.

Mi dispiace di non avere voglia di essere ottimista e positiva oggi. Mi manchi.

- Aspen

Da: Brain

   A: Aspen

   Oggetto: Resisti

Ho appena ricevuto la tua mail. Mi dispiace così tanto di non essere lì per abbracciarti forte. Vorrei tanto esserci. E mi dispiace anche che Derek sia uno stronzo. Mi fa così arrabbiare che la tua squadra non ti stia supportando come dovrebbe. Non devi mai essere positiva con me se non ti senti così. Voglio che tu sia te stessa, emozioni spiacevoli e tutto il resto.

Mi manchi anche tu. Confessione: la coperta che hai usato quando sei rimasta qui tutta la notte ha ancora il tuo profumo, e io ci dormo da quando te ne sei andata. Mi fa sentire più vicino a te.

- Brain

Da: Aspen

   A: Kane

   Oggetto: Giornata fantastica!

Kane,

oggi è stata una giornata incredibile! E lo so, lo so, la mia ultima mail era piuttosto deprimente, ma oggi è stato fantastico. Stavamo andando in giro come abbiamo fatto ogni giorno da quando siamo qui, e abbiamo sentito delle urla provenire da una casa. Un bambino stava piangendo fuori dalla porta e quando ci ha visti, ci ha fatto cenni frenetici perché ci avvicinassimo. Sono rimasta in disparte, lasciando che gli altri facessero le loro cose, ma il piccolo è venuto subito da me quando ha visto la croce rossa sul mio zaino.

Sono entrata e ho scoperto che sua madre era in travaglio. Urlava di dolore ed era sola in casa. Nessuno la stava aiutando. Mi sono messa subito al lavoro e i ragazzi con me mi hanno aiutato tantissimo! Non sembravano irritati per il fatto di dover aiutare una donna a partorire. Abbiamo lavorato come un team ed è stato *bellissimo*.

L'abbiamo aiutata a mettere al mondo una bambina stupenda. L'avevo fatto solo una volta e in quell'occasione avevo solo assistito. Vedere un dono della vita così straordinario è sempre speciale. Un miracolo.

La mamma era così grata, continuava a baciarmi la mano e l'altro figlio era adorabile. Mi sarebbe servita la tua abilità con le lingue, ma nel complesso non credo che abbiamo fatto un brutto lavoro.

Oh... com'è andata la festa? È stata ieri, giusto? O stanotte? Non riesco a capire i fusi orari.

- Aspen

Da: Brain

A: Aspen

Oggetto: Re: Giornata fantastica!

Sono così felice che tu abbia avuto una buona giornata. Quella famiglia è stata fortunata che tu fossi lì nel momento del bisogno. Sono fiero di te!

Il ricevimento è andato bene. Gli antipasti sono stati un successo; grazie per il suggerimento. La cerimonia di nozze in municipio è stata breve, ma molto romantica (almeno, credo che la penseresti così). Trigger ha sorpreso Gillian facendo arrivare lì i genitori di entrambi. Oltre a tutti noi, c'erano ovviamente anche Wendy, Ann e Clarissa, le sue amiche di lunga data. La stanza era affollata, ma a nessuno sembrava importare.

Dato che sei una ragazza e probabilmente vuoi saperlo, la sposa indossava un vestito rosa lungo fino al ginocchio con un paio di scarpe da ginnastica Converse sempre rosa con i brillantini. Era assolutamente bellissima. Trigger ha deciso d'indossare l'uniforme e non credo che nessuno dei due abbia mai distolto gli occhi dall'altro per tutta la cerimonia. Sono abbastanza sicuro che Ann o qualcun altro abbia filmato il tutto e te ne invierò una copia non appena mi passeranno il video.

Anche la torta di Winnie era fantastica. Un po' sbilenca, ma non è importato a nessuno.

Vorrei che fossi qui. Hanno chiesto tutti di te e volevano sapere se ti avevo sentita. Che tu lo sappia o no, hai una squadra qui a casa. Manchi a tutti.

- Brain

Da: Aspen

A: Kane

Oggetto: Re: Re: Giornata fantastica!

Sto bene. Ho voluto iniziare così per non farti spaventare.

Oggi c'è stato un incidente, ma ripeto, sto bene. Non sapevo se ti fossero arrivate voci al riguardo. Stavamo esplorando proprio come tutti gli altri giorni quando alcuni tizi poco gentili hanno deciso che non erano felici di vederci nel loro territorio. Holman e Buckland, due dei ragazzi del mio gruppo, sono rimasti feriti, ma non gravemente. Io ho sbattuto la testa sul muro di un edificio quando Hamilton mi ha gettata a terra per impedire a uno di quegli stronzi di prendermi, ma ripeto, sto bene.

Sai, in alcuni giorni mi sento come se stessimo facendo la differenza e liberando la terra dal male, altri invece, è come se tutto il mondo fosse contro di noi. Mi sembra di essere sulle montagne russe, un giorno felice ed eccitata e quello successivo, depressa e sconfitta. So che non è salutare e dopo giorni come oggi, mi sto davvero chiedendo cosa diavolo stia facendo della mia vita.

Ed ecco che sono di nuovo deprimente. Cazzo, lo odio.

Allora... cosa sta succedendo lì? Lucky e Devyn sono venuti a patti con i loro sentimenti? :) Hai parlato con i tuoi genitori? Dimmi qualcosa di normale, per favore.

- Aspen

Da: Brain

A: Aspen

Oggetto: Normale

Aspen,

cos'è normale comunque? Capisco perfettamente ciò che stai passando e sebbene questo potrebbe non essere molto utile, spero che ti faccia sentire meno sola.

Ho saputo dell'incidente e apprezzo che tu mi abbia inviato una mail così rapidamente dopo che è successo, altrimenti sarei andato completamente fuori di testa; sì, succede anche agli uomini. Odio che tu sia stata ferita, ma sono contento che Hamilton ti abbia protetta. È così che dovrebbe funzionare un team.

Non so come stia andando tra Lucky e Devyn. Non

sono un fan dei pettegolezzi e siamo stati molto occupati. Ma a prescindere da quanto siamo impegnati, non sei mai lontana dalla mia mente. È passato un mese dall'ultima volta che ti ho vista e mi manchi di più ogni giorno che passa. Avevo dimenticato quanto fosse noiosa la mia vita prima che ti incontrassi. Ora torno a casa dal lavoro e mi siedo lì da solo a guardare la TV finché non mi addormento sul divano.

Tornando all'incidente...

Mi terrorizza, piccola. Non mi piace pensarti nel mezzo di qualcosa del genere e il pensiero che tu possa venire ferita mi fa impazzire, dato che non posso essere lì per vedere di persona che stai bene. Non è che non mi fidi di come fai il tuo lavoro, è solo che... mi preoccupo. Ho bisogno che tu ti prenda cura di te in modo da tornare a casa, così possiamo vedere dove va questa cosa tra di noi. Ho passato troppo poco tempo con te.

Fai attenzione.

XOXO, Brain

Da: Aspen

A: Kane

Oggetto: Pensieri

Kane,

questo viaggio mi sta facendo davvero pensare a cosa voglio fare della mia vita. Amo ciò che faccio, amo l'ambito medico, ma penso che probabilmente potrei essere altrettanto efficace e più felice se lo facessi in un altro modo. Ciò non significa che non ho intenzione di farmi il culo nel lavoro attuale, ma ci sto riflettendo bene.

E sai cosa? Avevo pensato che questo viaggio sarebbe stato un bene per me. Per mettere un po' di spazio tra di noi perché ero troppo presa da te. Non mi sono mai innamorata di qualcuno così in fretta. Ho pensato che la distanza sarebbe stata una cosa positiva, ma mi rendo conto che più di un mese dopo, provo esattamente gli stessi sentimenti di quella sera quando ci siamo salutati. Controllo con ansia la mia mail per vedere se hai scritto e quando lo fai, leggo in continuazione il tuo messaggio, disperata di sentirmi vicina a te. Immagino che il detto "la lontananza rafforza l'amore" sia corretto. Almeno da parte mia.

Certo, magari quando leggerai, rabbrividirai e penserai al modo migliore per andarci più piano, per mettere una certa distanza tra noi. Più di quella che abbiamo adesso. Lol.

Detto questo, la smetto. Domani faremo una lunga camminata e so già che Derek sarà uno stronzo.

Mi manchi,

XOXO, Aspen

Da: Brain

A: Aspen

Oggetto: Re: Pensieri

Provo le stesse cose anch'io per te e non sto rabbrividendo. Minimamente.

E... potrebbe esserci meno distanza di quanto pensiamo tra noi nel prossimo futuro. Sai quella possibile vacanza che io e i miei amici potremmo fare? Sembra sia una realtà.

A *presto*.

Kane

· · ·

Da: Aspen

A: Kane

Oggetto: Viaggio

Non ti sento da giorni. Spero che ciò significhi che sei partito per quella vacanza.

- Aspen

CAPITOLO OTTO

ASPEN SI SVEGLIÒ dopo aver dormito di merda tutta la notte. Era nervosa ed eccitata come una bambina di sei anni la mattina di Natale.

Kane sarebbe arrivato quel giorno.

Le missioni che lei e le squadre dei Ranger avevano svolto nell'ultimo mese non erano andate come previsto. Non erano riusciti a scovare l'uomo dietro alle rivolte più recenti nella zona e l'esercito aveva chiamato un'unità della Delta Force per assistere.

Derek si era infuriato quando aveva saputo che Kane era nella squadra Delta che presto sarebbe arrivata alla base. Gli ultimi tre giorni di pattuglia erano stati un inferno. Derek aveva spinto oltre il limite il suo team e quello di Aspen nel tentativo di trovare il leader terrorista prima dell'arrivo dei Delta. Le due squadre dei Ranger svolgevano missioni congiunte e anche se in genere pensava che ci fosse più sicurezza in gruppo, soprattutto quando pattugliavano la città fuori dai cancelli della base, in quella circostanza aveva desiderato che non lavorassero così a stretto contatto. Le sembrava che Derek vedesse la caccia al terrorista come una competizione, quando invece non lo era affatto.

Ma Aspen non aveva detto niente. Non lo aveva segnalato al loro ufficiale in comando, dato che lui non aveva fatto nulla di illegale ma solo agito tra lo spericolato e il determinato. Aveva invece sofferto in silenzio, a fianco di entrambi i plotoni.

E finalmente, dopo tutte le mail che aveva scritto a Kane nell'ultimo mese, in cui aveva tentato di fargli sapere cosa stesse succedendo senza dire nulla che avrebbe infranto i protocolli di sicurezza, lui sarebbe arrivato lì. Avrebbe potuto vederlo, parlargli di persona. Aspen sapeva che non sarebbe potuto succedere nulla di fisico tra loro, non mentre erano in missione, ma andava bene così. Le era sufficiente poter vedere un viso familiare e amichevole.

Le cose tra lei e la sua squadra erano andate meglio negli ultimi giorni – trovarsi in mezzo al pericolo tendeva a farlo succedere – ma continuava ad avere l'impressione che ci fosse un muro tra loro in cui non poteva far breccia. Aveva chiesto di poter dormire nella loro tenda, ma glielo avevano proibito categoricamente. Uomini e donne dovevano avere alloggi separati, punto.

Dato che Derek, il sergente Vandine e i loro ufficiali in comando si sarebbero incontrati per esaminare le informazioni con la squadra Delta non appena fosse arrivata, i Ranger avevano una rara mattinata libera. Aspen sapeva che gli altri sarebbero andati alla tenda mensa per fare una vera colazione e poi di nuovo alla loro per giocare a carte, ma non era stata invitata. Una settimana prima, probabilmente l'avrebbe devastata, ma quel giorno niente avrebbe potuto turbarla, perché avrebbe visto Kane.

Sentendosi come una groupie o una dodicenne disperata in attesa di vedere la sua boy band preferita, gironzolò vicino alla piattaforma di atterraggio degli elicotteri provenienti dalla vicina base più grande.

Le sue speranze erano state già deluse quando ne erano atterrati due che non trasportavano i Delta. Il terzo fu quello buono, e osservò con un enorme sorriso i sette volti familiari uscire dall'enorme velivolo. Fremeva per gettarsi tra le braccia di Kane e riuscì a controllarsi a malapena.

I ragazzi si avvicinarono a lei e Aspen era pronta a comportarsi in modo professionale e accoglierli con una stretta di mano, ma Trigger rovinò i suoi piani quando lasciò cadere lo zaino e la strinse in un forte abbraccio.

Sconvolta e sorpresa, poté solo ricambiare.

«Grazie per il regalo di nozze» le disse quando finalmente la lasciò andare.

«Regalo di nozze?» chiese.

«Sì. Da parte tua e di Brain. Ho già portato Gillian due volte al poligono; quella Glock che le avete regalato è una bomba.»

«Ehm... prego.» Non aveva idea che Kane avesse messo entrambi i nomi sul regalo e ciò le provocò un rimescolio nella pancia.

Poi fu il turno di Lefty di abbracciarla, mentre le diceva quanto fosse felice di vederla e di scoprire che stesse bene.

Proseguì così anche con gli altri ragazzi del team, ognuno la strinse con affetto. Lucky, che era il penultimo della fila, le sussurrò all'orecchio: «È così bello vederti viva e vegeta. E nel caso te lo stia chiedendo, non ti stiamo abbracciando solo perché sei un'amica... ma siccome sappiamo che Derek ti renderebbe la vita un inferno, se lo facciamo *tutti* non può affermare che ti sia comportata in modo inappropriato con Brain.»

Si scambiarono un sorriso quando si tirò indietro e Aspen avrebbe voluto piangere. Era incredibile quanto velocemente quegli uomini l'avessero accettata, mentre la sua stessa squadra la teneva ancora a distanza. Ma non era il momento di pensarci, era così grata di avere la possibilità di sentire le braccia di Kane intorno a lei, che riusciva a malapena a elaborare qualsiasi altra cosa.

Poi se lo trovò di fronte. I suoi occhi nocciola scintillavano e le ci volle tutta la sua forza di volontà per non lanciarsi contro di lui. «Ciao» gli disse timidamente, pensando a tutto ciò che aveva condiviso nelle mail.

Senza dire nulla, Kane l'afferrò. Erano stati belli gli abbracci dei suoi compagni di squadra, ma sentirsi circondare dalle *sue* braccia, inspirare il suo profumo pulito anche dopo quelle che dovevano essere state ore e ore di viaggio, la fece sciogliere contro di lui.

«Cazzo, è bellissimo» le sussurrò.

Sapendo che non potevano fare altro che condividere un rapido abbraccio, Aspen chiuse gli occhi e fece il possibile per memorizzare quel momento. Ma ovviamente finì tutto troppo presto. Kane fu il primo a staccarsi, ma non si allontanò da lei come avevano fatto gli altri ragazzi. Portò una mano sulla sua tempia e le scostò i capelli dal viso, esaminando il livido provocato dal colpo contro il muro di cemento della settimana precedente.

«Fa ancora male?» le chiese sommessamente.

Scosse la testa. «Ho avuto un mal di testa continuo, ma non è più così forte.»

Si acciglò, ma disse: «Bene.»

«Abbiamo regalato a Gillian una Glock per il matrimonio?» chiese, volendo alleggerire l'atmosfera e per cercare di impedirsi di piantare le labbra sulle sue.

Sorrise. «Sì. È viola scuro, quasi malva. E spacca, se mi è permesso dirlo.» Poi tornò serio «Quanto è stato rompipalle Derek?»

Aspen scrollò spalle. «È frustrato dal fatto che non siamo riusciti a trovare il mullah Abbas Akhund. Penso che sia alla ricerca della gloria che ne potrebbe derivare uccidendolo.»

«È un idiota» disse Kane scuotendo la testa. «Voglio dire, sì, quell'uomo deve morire, ma chiunque nel nostro tipo di lavoro, sia più preoccupato per la fama e la gloria personale, non ha il *diritto* di essere al comando di qualcuno.»

«Sono d'accordo» disse. «Però girano voci che l'uomo di cui preoccuparsi veramente sia Abdul Shahzada.»

Quando Kane non disse nulla, Aspen si morse il labbro. «Ti sto dicendo cose che sai già, non è vero?»

«Sì, ma vai avanti. Voglio sentire i tuoi pensieri su ciò che sta succedendo qui.»

Guardandosi intorno, vide che anche il resto della squadra stava ascoltando attentamente ciò che aveva da dire.

«Va bene. Be', Akhund è il volto della rivolta in corso. È colui che guida le manifestazioni e che gli abitanti del villaggio presi in custodia sostengono sia il capo, anche se alcuni insistono nel dire che non abbia davvero il controllo. Hanno menzionato Shahzada, ma nessuno sa dove sia o quale alias stia usando.»

Kane annuì, dandole la certezza che non stava dicendo cose che loro non sapessero già.

«Troveremo Akhund» affermò Doc dalla sua destra.

«E ci dirà tutto ciò che dobbiamo sapere su questo Shahzada» aggiunse Lucky.

«Dobbiamo andare» sollecitò Trigger. «Il comandante della base ci sta aspettando.»

«Datemi un secondo» disse Kane, e tutti annuirono e si allontanarono.

Aspen lo guardò e si leccò nervosamente le labbra. Era così felice di vederlo e sembrava che anche per lui fosse così, ma quando non disse nulla per un lungo momento rimanendo solo a fissarla con uno sguardo serio, ebbe la folle idea che magari stesse per dirle che, dopotutto, pensava che le cose non avrebbero potuto funzionare tra loro. O forse che si stavano muovendo troppo in fretta e dovevano rallentare.

«Smettila di preoccuparti» le ordinò con incredibile intuizione.

«È che... sono così felice di vederti.»

«Anch'io. Mi sei mancata così tanto che non puoi capire.»

«In realtà, penso di *capirlo*» replicò con un piccolo sorriso.

«Anche se non posso toccarti o baciarti come vorrei, essere qui e vedere di persona che stai bene mi fa sentire meglio di quanto sia stato da più di un mese. Ero davvero preoccupato quando ho saputo che avevi sbattuto la testa.»

Le aveva detto una cosa bellissima e deglutì a fatica, cercando di trattenere le lacrime di gioia. «Sto bene. Lo giuro.»

Vide il suo sguardo fissare il livido sulla tempia prima di guardarla di nuovo negli occhi. «Avrò delle riunioni per un po', ma dopo ti va di pranzare con me e i ragazzi?»

«Sì» gli rispose senza la minima esitazione. Di solito cercava di mangiare con il suo team di Ranger, ma era più che altro perché si assicurava di arrivare alla tenda mensa nello stesso momento, non perché la squadra le avesse chiesto di unirsi a loro.

«Bene. Probabilmente subito dopo andremo di pattuglia, per studiare il territorio, ma nel frattempo voglio passare ogni secondo possibile con te. Anche se non faremo altro che mangiare uno accanto all'altra.»

Non le piaceva pensare che lui o i suoi amici uscissero dalla base per dare la caccia al mullah Abbas Akhund, dato che sapeva per esperienza quanto fossero ostili gli abitanti del villaggio, ma non aveva alcun controllo su ciò che i suoi ufficiali superiori avevano pianificato per il team, quindi accantonò quel pensiero. Kane era bravo nel suo lavoro e aveva una squadra eccezionale di uomini che gli coprivano le spalle. «Anch'io» gli disse con tutto l'affetto che riuscì a dimostrare.

«Cosa farai stamattina?» le chiese.

Aspen era ben consapevole che lui non avesse tempo per chiacchiere futili, eppure era proprio ciò che stava facendo. «I ragazzi della mia squadra si sono ritrovati nella loro tenda, quindi probabilmente tornerò alla mia, magari a fare un pisolino.»

Kane aggrottò la fronte. «Non ti hanno invitata a stare con loro?»

Scrollò le spalle.

«Stronzi» mormorò.

«In realtà non lo sono» ribatté Aspen. «Tranne Derek, ma per fortuna non è nel mio plotone. È che non sanno come trattarmi.»

«Dovrebbero trattarti come un elemento prezioso della loro squadra» grugnì Kane.

«È a posto così.»

«Brain, dobbiamo sbrigarci» lo avvisò Trigger.

«Ci vediamo alla mensa intorno all'ora di pranzo» lo rassicurò.

«Certo. Mi sei mancata, *kochanie*.»

Lei inclinò la testa in una muta domanda.

«Polacco» spiegò.

«Dio, mi è mancata questa cosa» sussurrò.

Kane le toccò la guancia con il dorso delle dita per un breve secondo, poi si chinò e raccolse lo zaino. «A dopo» sussurrò.

«A dopo» ripeté Aspen pensando all'improvviso di non poter più vivere senza lui, e lo osservò raggiungere i suoi amici e avviarsi verso la tenda del comandante della piccola base americana nel deserto.

———

Brain riusciva a malapena a concentrarsi sulla riunione. Sapeva che avrebbe dovuto prendere appunti e prestare attenzione a ciò che stava dicendo il comandante, ma tutto ciò che riusciva a fare era fissare con rabbia il sergente Derek Spence. Quell'uomo era presuntuoso e non si curava dei soldati sotto il suo comando. Era così preoccupato di "vincere", cioè arrivare per primo al mullah Akhund, da non riuscire a vedere le proprie pecche.

Ed erano tante.

Non aiutava il fatto che l'avesse riconosciuto, anche lui gli stava lanciando occhiatacce. L'ultima cosa che voleva era litigare con lui, ma il modo in cui trattava non solo Aspen, ma tutti gli altri soldati, prima o poi avrebbe messo nei guai quel coglione. E purtroppo, chiunque intorno a lui avrebbe pagato per i suoi errori.

Quando Derek e il sergente Vandine finirono di raccontare ai Delta ciò che avevano fatto nell'ultimo mese per cercare il leader talebano, iniziarono tutti a riflettere sui passi successivi.

C'era preoccupazione per il misterioso Abdul Shahzada, ma il loro obiettivo per quella missione era Akhund. Se fossero riusciti a ucciderlo, ci sarebbe voluto un po' di tempo prima che i talebani potessero riorganizzarsi e nominare qualcun altro nella zona, e se avessero scelto Shahzada, alla fine avrebbe dovuto mostrare la sua faccia e l'esercito sarebbe stato in grado di ottenere più informazioni su di lui.

Quando l'incontro terminò erano le dodici e mezzo e Brain non voleva altro che rivedere Aspen. Si chiese come avesse trascorso la mattinata e sperò che fosse riuscita a fare un pisolino come aveva programmato.

Stava uscendo dalla tenda quando il sergente Spence lo raggiunse. Lo afferrò per il braccio e lo fece voltare, cogliendolo alla sprovvista.

«Se pensi di venire qui e scoparti la Mesmer, farò rapporto così velocemente che non ti renderai nemmeno conto di cosa sia successo» ringhiò.

Brain lo attaccò così in fretta che l'altro non ebbe il tempo di difendersi; lo spinse forte con una mano sul petto, tanto da farlo rimbalzare contro la robusta tela della tenda dietro di lui. «Primo, non *toccarmi*, cazzo» gli sibilò, percependo il team raggrupparsi dietro di lui. Notò vagamente che non c'era nessuno lì a sostenere il bastardo. «Secondo, se pensi che farei qualcosa per danneggiare la carriera di Aspen, sei un coglione ancora più grande di quanto pensassi – il che la dice lunga perché pensavo già che fossi un coglione enorme.»

«Vaffanculo» borbottò Derek.

«A differenza di te, so tenere le cose personali separate da quelle professionali. Devi superare il fatto che ti abbia mollato e andare avanti. È un grande medico e dovresti lavorare *con* lei, non contro di lei, e con il resto della tua squadra.»

«Non sai di cosa parli» sibilò l'altro. «Non mi pare che tu e il *tuo* team vi trasciniate dietro un fardello femminile in più. Ci rallenta, e a quest'ora avremmo catturato Akhund se non avessimo dovuto fare costantemente degli aggiustamenti a causa sua.»

«Quali aggiustamenti?» chiese Brain.

«Ci rallenta» ripeté, invece di offrire esempi concreti.

«Fammi indovinare» disse Grover «sei arrabbiato di non poter tirare fuori il cazzo e pisciare dove vuoi perché c'è una donna nel tuo gruppo.»

Il coglione scrollò le spalle. «Quella è solo una delle centinaia di cose che dobbiamo fare per lei. Dovremmo occuparci di trovare e uccidere un fottuto terrorista, invece ce l'ho sempre alle costole perché vuole coccolare le squadre. Si lamenta che i soldati sono disidratati e che li spingo troppo. È già ridicolo che l'esercito permetta alle donne di entrare nei Ranger, ma che ci costringa a trascinarcene una dietro come medico è un insulto!»

«Non penserai più che sia un insulto quando ti troverai nella merda» sogghignò Lefty. «Scommetto che sarai quello che piagnucolerà di più chiedendo il suo aiuto per una cazzo di scheggia nel mignolo.»

Derek arricciò le labbra. «Ragazzi, pensate proprio di essere invincibili. Notizia flash: non lo siete. Non siete migliori di me e dovete seguire le stesse regole.» Lanciò un'occhiataccia a Brain. «Se ti vedo toccare la Mesmer in modo inappropriato per un'unità schierata in missione, farò rapporto per entrambi. Vedremo quanto sarai invincibile di fronte a una corte marziale. Anche se» rifletté con un luccichio diabolico negli occhi «a pensarci bene, fallo. Bacia quella stronza come hai fatto al bar. Mi darà una buona ragione per farla buttare fuori dalla sua squadra in modo che possa essere sostituita da un *vero* medico.»

Brain si fece avanti per tirare un pugno in faccia al bastardo, ma Trigger e Oz gli afferrarono un braccio ciascuno, fermandolo. Se li scrollò di dosso e si inclinò verso l'altro uomo. Derek era più alto, ma ciò non lo intimidì minimamente. I suoi capelli erano neri come la notte e unti per non averli lavati in chissà quanti giorni. Puzzava fino al cielo e la mimetica era sporca.

«Sei una vergogna come soldato, figuriamoci come Ranger. Guardati, sembra che tu sia appena uscito da un canale di scolo. Modificare gli standard di igiene è una cosa, ma avere un aspetto e un odore come se non ti facessi la doccia da settimane, è inaccettabile. Sii un esempio per la tua squadra, Spence, invece di un imbarazzo. E se romperai *ancora* le palle alla Mesmer, o a me, te ne pentirai.»

«Non minacciarmi» ringhiò Derek.

«Non ti sto minacciando. È una promessa» gli disse Brain con voce bassa e piatta. Poi si voltò e si allontanò prima di fare qualcosa che avrebbe danneggiato la carriera di Aspen... come tirare un pugno al sergente.

Quell'uomo non stava prendendo bene il rifiuto, il che era ridicolo dato che era un adulto. Ora Brain capiva un po' di più le vicissitudini che lei sperimentava giorno dopo giorno. Lavorare con qualcuno come Derek avrebbe fatto desiderare a chiunque di smettere e trovarsi un nuovo lavoro.

«L'hai gestito sorprendentemente bene» osservò Trigger mentre andavano alla tenda mensa.

«È uno stronzo» sibilò Brain a denti stretti.

«Già.»

Fece un respiro profondo e si costrinse a tenere a freno il suo temperamento. L'ultima cosa che voleva era mettere in ansia Aspen presentandosi di cattivo umore e dover ammettere che fosse a causa di Derek. «Questo pomeriggio andiamo in perlustrazione, giusto?»

«Giusto» concordò Trigger. «Sarai lucido per allora?»

«Sì.» E sarebbe stato così. Solo vedere e poter parlare con Aspen lo avrebbe calmato.

La squadra entrò nella tenda mensa e Brain la cercò subito. La vide andare verso di lui con un gran sorriso.

«Ciao» lo salutò, fissandolo negli occhi. «Com'è andata?»

«Come previsto» rispose. «Usciamo dopo mangiato.»

La sua espressione si fece un po' delusa, ma continuò a sorridergli. «Allora è meglio che mettiate subito qualcosa nello stomaco così avrete più energia per andare in giro, eh?»

«Tu hai già mangiato?» le chiese Lucky.

Lei scosse la testa. «No. Stavo leggendo un libro sul telefono mentre vi aspettavo.»

Trigger, Oz e Grover si diressero verso la fila e Brain le mise la mano sulla parte bassa della schiena, esortandola a mettersi dietro di loro. Si assicurò che stesse nel mezzo, nel caso Derek avesse deciso di entrare e infastidirla. La sua squadra di Ranger non la proteggeva, ma lui e i suoi amici sì.

Presero i vassoi e si spostarono lungo la fila. C'era una giovane donna dietro una grande teglia di fagiolini, il nome sulla traghetta diceva "Sierra". I suoi capelli rossi erano raccolti in uno chignon dietro la testa e coperti da una retina. Salutò Aspen con un enorme sorriso.

«Ehi!»

«Ciao, Sierra» le rispose, sorridendo a sua volta. «Come va? Ti stai ambientando bene?»

«Sì, grazie.»

Aspen si voltò verso Brain. «Sierra è nuova qui. È arrivata solo una settimana fa. Lavora per l'impresa che fornisce il cibo alla base.»

Grover che si trovava dietro di loro si sporse in avanti. «Cosa ti ha portato qui in mezzo al nulla?» le chiese, con un accenno di interesse nella voce.

La ragazza scrollò le spalle. «Ho sempre voluto servire il mio Paese, ma non so sparare e sono troppo bassa per poter essere efficace in tutte le altre cose dell'esercito.»

«Troppo bassa? Non mi pare» sostenne lui.

Sierra fece un passo indietro e scese da una pedana su cui a quanto sembrava era salita per servire il cibo. Perse diversi centimetri in altezza. «Sono un metro e cinquanta-sette e la maggior parte delle persone mi scambia per una bambina» disse, senza mostrarsi affatto turbata. Tornò sopra la pedana e sorrise. «Finora il lavoro qui è stato affa-scinante, e sono entusiasta di poter finalmente servire il mio Paese in qualche modo, anche se solo cucinando e servendo cibo ai soldati che rischiano la vita ogni giorno.»

A Brain piacque subito la giovane donna, anche se suonava un po' ingenua.

«Non so per quanto tempo rimarrò qui» le disse Aspen. «Ma se ti va di passare del tempo insieme fammelo sapere. Non mi dispiacerebbe avere degli amici.»

«Ci sto» replicò Sierra con un altro enorme sorriso.

«La maggior parte delle tende dei fornitori si trovano alla periferia della base. Dimmi che non hanno messo anche te lì in fondo» disse Grover in modo brusco.

Brain guardò sorpreso il suo amico.

«Ehm... sì, certo che sto lì» rispose lei.

«Ehi, sbrigatevi!» gridò un soldato alle loro spalle, impa-ziente di prendere il suo cibo.

«Ci vediamo più tardi» disse Aspen all'altra donna e si spostò lungo la fila.

Brain la seguì da vicino e sentì Grover dire: «Stai attenta, questo non è il paesino dei sogni.»

«So che non lo è» ribatté Sierra in un tono più duro, totalmente in contrasto con il suo aspetto innocente. «Posso sembrare una bambina, ma *non* lo sono. Sono perfettamente in grado di prendermi cura di me. Non sarei arrivata fino in Afghanistan se avessi avuto paura di stare qui.»

«Sono solo preoccupato» continuò Grover. «Non sei un soldato e le cose qui intorno si stanno surriscaldando velocemente. Fai attenzione... ok?»

I due si fissarono a lungo prima che lei lo rassicurasse: «Lo farò. E mi dispiace di esserti saltata alla gola. È bello sapere che qualcuno si preoccupa per me.»

Grover annuì, poi continuò a spostarsi con il vassoio.

Brain avrebbe voluto avvertire il suo amico di stare attento a non farsi coinvolgere da qualcuno che lavorava in quel posto, dato che presto sarebbero tornati in Texas, ma tenne la bocca chiusa. Il suo amico probabilmente era solo preoccupato in generale per la donna, come lo sarebbe stato per chiunque avesse ritenuto in potenziale pericolo.

«C'è posto laggiù» disse Oz davanti a loro, indicando un tavolo rotondo vuoto con otto sedie. Tutti si avvicinarono e si sedettero. Brain spostò la sua sedia un po' più vicino a quella di Aspen, appoggiando la coscia contro la sua.

Gli rivolse un piccolo sorriso, ma per il resto fece finta di niente.

Brain avrebbe dovuto preoccuparsi di quanto fosse felice di vederla, avrebbe dovuto turbarsi perché il suo umore era migliorato subito dopo aver sentito la sua voce. Ma non lo era. Non poteva succedere niente di intimo tra loro mentre erano lì, ma sembrava che le settimane in cui erano stati separati, in un certo senso li avessero avvicinati.

«Allora, è stata una riunione interessante?» chiese Aspen a tutto il gruppo.

Doc annuì. «Sì. Sembra che tu e la tua squadra siate stati molto occupati fin dal vostro arrivo.»

Fece una smorfia. «Per quel che è servito... Akhund non è stupido e sembra essere sempre un passo avanti a noi. È irritante.»

«Pensi che qualcuno gli stia fornendo informazioni?» domandò Lefty a bassa voce.

«Non lo so» rispose, senza negare i suoi sospetti. «Vorrei dire di no, ma è possibile. Sul serio, ogni volta che pensiamo di avere un indizio su dove si trovi, quando arriviamo sul posto è come se fosse un fantasma: nessuno sa niente, nessuno ha visto niente e nessuno ha sentito niente. È stata una frustrazione continua.»

Brain ascoltava solo a metà i suoi amici, perché la conversazione in corso al tavolo *accanto* al loro aveva attirato la sua attenzione. C'erano cinque uomini afghani che parlavano in pashtu. Non ci avrebbe fatto caso se non fosse che ciò di cui stavano parlando lo preoccupava.

«Non mi abituerò mai a vedere donne in uniforme.»

«È disgustoso.»

«Sono d'accordo. Dovrebbero stare a casa a cucinare, pulire e crescere i bambini.»

«Quella donna sembra essere dappertutto. Guardala, seduta lì con gli uomini che sono arrivati oggi.»

Uno dei tizi sbuffò disgustato. *«Come se non le bastasse flirtare con quelli con cui lavora, ora è passata ai nuovi arrivati. Puttana.»*

Quello fu troppo. Brain non poté più far finta di niente. Di solito non pubblicizzava il fatto di poter capire le persone quando parlavano in una lingua diversa. Aveva usato quella conoscenza a suo vantaggio in molte missioni. Ma il bisogno di proteggere Aspen, di difenderla, sopraffece il suo buonsenso.

Spinse indietro la sedia e si avvicinò agli uomini. Sentì i suoi compagni di squadra muoversi per coprirgli le spalle, anche se non avevano idea di cosa stesse succedendo.

Appoggiando le mani sul tavolo, Brain si chinò e li fissò con rabbia, a uno a uno, prima di parlare nella loro lingua.

«Il sergente Mesmer è un medico altamente qualificato. È un soldato esperto. Se non riuscite a gestire il lavoro su questa base, dovreste cercare altrove. I soldati qui devono essere rispettati, indipendentemente dal loro sesso.»

Gli uomini lo fissarono a occhi spalancati. Era ovvio che fossero scioccati che un americano non solo capisse la loro lingua, ma la parlasse.

«Certo» rispose uno in inglese. Aveva un forte accento ma facilmente comprensibile. «Non intendevamo mancare di rispetto.»

Brain gli lanciò un'occhiataccia. *«Avrei detto il contrario. Dovete scusarvi»* replicò, sempre in pashtu.

«Mi scuso» disse subito l'uomo.

«Non con me.» Gli indicò Aspen con la testa. *«Con la signora.»*

Tutti e cinque gli uomini si alzarono, si piegarono in un inchino e si scusarono.

«Mi dispiace.»

«Chiedo scusa.»

«Sono dispiaciuto.»

«Non volevo offendere.»

«Mi dispiace tanto.»

Brain si raddrizzò e disse: *«In futuro, non dovreste dare per scontato che nessuno capisca ciò che dite. Se non siete dalla nostra parte, siete nostri nemici. Ricordatelo.»* Fece un cenno agli uomini che non si erano ancora rimessi a sedere e si voltò verso il suo tavolo.

Tutti i suoi compagni di squadra erano in piedi dietro

di lui, con aria incazzata, anche se non sapevano cosa fosse appena successo. Erano abituati a quel tipo di comportamento da parte sua. Il problema di comprendere così tante lingue diverse, era che spesso sentiva cose sgradevoli per caso. Molte persone disprezzavano gli americani in generale, si sentivano libere di spettegolare ad alta voce su di loro e in loro presenza e non avevano problemi a dire esattamente ciò che pensavano, perché credevano che non ci fosse alcuna possibilità che qualcuno capisse.

Nell'istante in cui Brain voltò le spalle agli afghani, li sentì prendere i vassoi e poi li notò ai bidoni della spazzatura mentre uscivano. Non si sentì nemmeno in colpa per aver interrotto il loro pranzo.

Il team si sedette di nuovo al tavolo e Aspen chiese: «Di cosa parlavate.»

«Non hanno pensato che qualcuno potesse capire ciò che stavano dicendo... e hanno detto alcune cose poco carine su di te» le spiegò.

Lei aggrottò la fronte. «E?»

«E cosa?»

«Tutto qua? Non hanno detto altro?»

Lui annuì.

Lo fissò. «Kane, non so cosa abbiano detto di me, ma probabilmente non è niente che non abbia già sentito a casa, da persone della nostra base. Ho lavorato con gli uomini per tutta la mia carriera. Ho dovuto combattere con le unghie e con i denti per arrivare dove sono oggi. Se mi fossi arrabbiata perdendo il controllo ogni volta che parlavano di me alle mie spalle, non ce l'avrei mai fatta. Ho la pelle piuttosto dura.»

«Non. Mi. Importa» ribatté Brain. «Nessuno parla male di te quando ci sono io.»

La vide arrossire e avrebbe voluto prenderle la mano

più di quanto volesse ammettere. Ma aveva appena fatto una scenata e tutti li stavano guardando. Derek era entrato nella tenda un attimo dopo che si erano seduti, e se avesse fatto qualche gesto inappropriato verso Aspen, l'altro coglione avrebbe sicuramente fatto rapporto. Non che avesse paura di lui, ma non avrebbe mai fatto nulla che potesse riflettersi negativamente su Aspen.

«Grazie» sussurrò.

«Allora... vuoi dirci in sintesi ciò che è stato detto?» chiese Trigger dopo che tutti ripresero a mangiare.

«No» borbottò Brain, ancora incazzato. «La mia più grande preoccupazione è il fatto che l'esercito abbia impiegato alcune persone del posto che non sono così solidali con gli Stati Uniti come potrebbero sembrare.»

«Hai intenzione di dire qualcosa?» domandò Doc.

«Cazzo, sì. Qui è già abbastanza difficile distinguere chi sia un amico, ma se abbiamo invitato il nemico a mangiare alla nostra tavola e a lavorare con i nostri soldati, è come chiedere di venire fottuti.» Guardò Aspen. «Suppongo che siano impiegati come traduttori.»

Lei scrollò le spalle. «Sinceramente non lo so. Voglio dire, potrebbero semplicemente far parte dell'esercito afghano. Da quel che ho visto li alternano, per imparare le tattiche dalle nostre unità.»

Brain sbuffò. «Stai lontana da loro» le disse.

«Non avevo programmato di invitarli nella mia tenda a bere un tè» replicò con un piccolo sorriso.

«Dico sul serio.»

Aspen aggrottò la fronte. «Lo farò. Anche se sono venuta a incontrarvi quando siete arrivati qui stamattina e poi ho pranzato con voi, non è che abbia avuto molto tempo per socializzare. Quella di oggi è una delle poche pause che abbiamo avuto in questo periodo. Di solito siamo fuori a pattugliare dall'alba al tramonto e a fine giornata cado in branda, esausta. Non mi trastullo con la gente del posto come stai insinuando.»

Brain sentì una risatina soffocata da qualcuno della sua squadra, ma non distolse gli occhi da quelli di Aspen. «Trastullo?» disse con un sopracciglio alzato.

«Sì. Passare il tempo. Socializzare. Rilassarmi. Quello che è.» Sbuffò.

«Scusa, sono stato fuori luogo. È che sono preoccupato per te» ammise Brain.

«Scuse accettate. Era tanto brutto ciò che hanno detto?»

«Abbastanza. È solo che non mi piace sentire qualcuno parlare male di te. Soprattutto dire cose che non sono vere.»

«Ok.»

Quella era un'altra delle mille e una cose che amava di Aspen. Non portava rancore.

Aprì la bocca per chiederle cos'avesse in programma per il resto della giornata quando Derek apparve all'improvviso vicino al tavolo. «Usciamo tra mezz'ora, Mesmer. Se non sei pronta, partiamo senza di te.»

Brain strinse i denti. Che stronzo.

Il sergente di plotone di Aspen apparve dietro a Derek. «Abbiamo una nuova pista su Akhund e lavoreremo con i Delta per vedere se riusciamo a catturarlo.»

«Sarò pronta» disse ai due uomini. Il sergente Vandine annuì in risposta e si voltò per uscire dalla tenda mensa. Derek lanciò un'occhiataccia a lei e al resto degli uomini al tavolo per un attimo, prima di seguire l'altro uomo.

«È proprio un coglione» borbottò Grover.

«Già» concordò Aspen, poi spostò indietro la sedia e

prese il vassoio. «Sembra che saremo tutti occupati tra un po'.»

Gli altri seguirono l'esempio, presero i vassoi e si diressero verso i bidoni della spazzatura.

Brain aveva già lavorato con altre soldatesse. Le rispettava tanto quanto chiunque altro. Ma l'istinto di proteggerla ebbe un'impennata al pensiero che pattugliasse i villaggi alla ricerca di un terrorista sanguinario, che non ci avrebbe pensato due volte a piantarle una pallottola nel cervello.

Ma ricordò a se stesso che era in quel Paese da più di un mese ed era dannatamente brava nel suo lavoro. Se non fosse così, non sarebbe stata assegnata a un'unità dei Ranger.

Dopo aver depositato i vassoi e lasciato la mensa, Brain afferrò Aspen per un braccio. Il resto della sua squadra si avviò verso la tenda dove erano stati inviati i loro borsoni e altre attrezzature. «Stai attenta là fuori» le disse.

«Lo sono sempre. *Tu* fai attenzione. Non conosci ancora la zona e alcuni abitanti del villaggio sono estremamente ostili.»

«Posso gestirli» le disse Brain.

Poi Aspen sorrise. «Allora... lavoreremo insieme? Cioè, più o meno?»

«A quanto pare.»

«Non ti comporterai da cavernicolo iperprotettivo quando saremo là fuori, vero?»

«Non posso prometterlo» rispose con sincerità. «Ma farò del mio meglio per controllarmi.»

«Lo apprezzerei.» I suoi occhi però mostravano un po' d'incertezza.

«Che c'è?» le chiese Brain.

«È solo che... non importa, è stupido.»

«Cosa, *mpenzi*? Dimmelo.»

«Che lingua era quella?» chiese, prendendo tempo.

«Swahili.»

«Sul serio? Accidenti, Kane, Dubitavo che potessi conoscere davvero così tante lingue, ma ora non più. Swahili? Buon Dio.»

«Qual era quell'altro pensiero?» le chiese con fermezza.

Sospirò prima di ammettere: «Solo che non voglio che pensi male di me per nessun motivo. So che voi siete il meglio del meglio e sebbene abbia fiducia nelle mie capacità, probabilmente non sono all'altezza degli standard a cui tu e la tua squadra siete abituati. Voglio che tu sia orgoglioso di me. Voglio essere sicura che non ti pentirai di avermi difeso.»

Incapace di tenere le mani a posto, Brain gliele posò sulle spalle. Avrebbe voluto abbracciarla, ma dovette accontentarsi. «Non mi aspetto che tu sia perfetta, proprio come spero non ti aspetti che lo sia *io*. Tutto ciò che possiamo fare è tenere gli occhi aperti ed essere pronti ad agire quando necessario, per sopravvivere e vedere il sole sorgere un altro giorno. Capito?»

«Ok.»

«Sarò sempre orgoglioso di te» le disse con dolcezza. «Da tutto ciò che ho visto e sentito, stai facendo del tuo meglio in una situazione di merda. La tua squadra dovrebbe coprirti sempre le spalle, ma per qualche motivo sembra che quei ragazzi continuino a nascondere la testa nella sabbia. Probabilmente è perché i vostri leader – più che altro Derek – li hanno così disorientati che si stanno estraniando solo per rendere le cose più facili per loro.»

«Non li biasimo» disse Aspen.

«Certo che no. Perché non sei il tipo. Ma io sì» dichiarò con fermezza. «Adesso vai a prepararti. Faremo il culo a qualche terrorista e cattureremo Akhund. Prima succede meglio è, così possiamo tornare in Texas e portare la nostra relazione al livello successivo.»

Spalancò gli occhi. «Stai supponendo che lo voglia» replicò sfacciatamente.

Brain sorrise. «Hai ragione, ma sono convinto che il bisogno di assaporare di nuovo le tue labbra, di spogliarti e sentirti sotto di me, sia reciproco.»

Lei si leccò le labbra e ammise timidamente: «Lo è.»

«Bene. Ora... vai prima che io faccia un gran casino e ti baci proprio qui.»

«Kane?»

«Sì?»

Fece un respiro profondo. «Grazie per avermi difesa oggi.»

«Lo farò sempre.»

Lei indietreggiò e lui lasciò cadere le mani. Poi si girò e andò alla sua tenda senza voltarsi indietro.

Brain si avviò verso la sua, aveva bisogno di avere la mente lucida e di iniziare a pensare alla missione che lo aspettava. Sperava che sarebbero riusciti a trovare quell'Akhund e di poter lasciare l'Afghanistan il prima possibile.

———

Abdul Shahzada, noto come Muhammad Qahhar agli ufficiali della base americana, osservava stoicamente da dietro una tenda mentre il soldato americano presuntuoso si allontanava.

Dentro stava ribollendo.

Odiava gli americani. Tutti. Stava lavorando alla base come interprete, proprio sotto il loro naso, per ottenere informazioni da passare ai talebani. Il fatto che fosse appena stato rimproverato da uno degli americani non gli andava per niente bene. Come aveva osato quell'uomo ascoltare una conversazione privata? Come aveva osato fare una predica a *lui*, Abdul Shahzada? Nessuno gli parlava così se voleva vivere, eppure era esattamente ciò che aveva fatto quel soldato.

Lo aveva costretto a scusarsi con una *donna*.

Quella cosa non sarebbe rimasta impunita.

Aveva imparato molto sulle operazioni della base, più di quanto avrebbero mai creduto, semplicemente ascoltando gli altri soldati parlare intorno a lui, supponendo che non stesse ascoltando. Per esempio, sapeva che la squadra della Delta Force era arrivata per dare la caccia al mullah Abbas Akhund. Ma come gli altri, erano degli idioti. Non avevano ancora capito che non era di lui che avrebbero dovuto preoccuparsi, era solo il volto pubblico del loro gruppo.

In realtà era Abdul l'uomo al comando nella regione e avrebbe dovuto informare Akhund di tenere un profilo basso, ma a dir la verità era stufo di nascondersi. Voleva prendere il suo posto pubblicamente come capo della loro fazione locale. Voleva dimostrare ai loro leader che poteva prendere il controllo e mantenerlo.

Akhund era da solo. Se fosse stato ucciso, pazienza. Sarebbe stata la volontà di Allah.

Abdul voleva anche farla pagare a ogni singolo americano che lavorava alla base; per la loro interferenza nel suo Paese e tutte le malefatte.

Pensò alla soldatessa. E se avesse ordinato di rapirla? Era una puttana, che frequentava molti gruppi di uomini alla base. Indossava un'uniforme che avrebbe dovuto essere riservata ai veri soldati e si comportava in modo troppo amichevole con gli uomini del luogo. Stava tentando di allontanarli da Allah con il suo fascino e non era accettabile. Rapirla sarebbe stato anche un duro colpo per l'uomo che l'aveva difesa. Probabilmente sarebbe andato fuori di testa, chiedendosi dove fosse, cosa le stesse accadendo.

Sarebbe stato uno scenario perfetto... tranne che per alcune cose. Abdul aveva visto in prima persona quanto diventassero pazzi i leader americani quando uno dei loro soldati scompariva. Non risparmiavano spese o risorse per trovare quella persona e riportarla a casa. Non solo, ma la puttana era protetta non da uno, ma da due plotoni di uomini. Tre, se si includeva il gruppo arrivato quel giorno. Non sarebbe stato facile prenderla, non importava quanto desiderasse averla.

Sentendo dei rumori, Abdul si voltò e vide un'addetta alla mensa uscire dalla tenda. Aveva i capelli del colore del diavolo ed era così bassa da essere innaturale.

Mentre si allontanava ignara della sua presenza, un'idea scaturì dentro di lui.

E se non avesse fatto rapire un soldato?

E se fosse stato un modesto collaboratore?

Seguì la piccola americana a distanza, prendendo atto del fatto che non interagiva con i soldati che incontrava. Sembrava che nessuno l'avesse notata. Era l'obiettivo perfetto. Se fosse scomparsa, non se ne sarebbero accorti in molti oppure non si sarebbero preoccupati.

Avrebbe potuto sfogare su di lei il suo disgusto verso gli americani.

Era difficile che il governo degli Stati Uniti avrebbe sollevato un polverone se fosse sparito un lavoratore a contratto. Gli americani erano così stupidi che avrebbero pensato che se ne fosse semplicemente andata... e lui avrebbe potuto prendersi tutto il tempo che voleva con lei.

Sicuramente avrebbe pianto e implorato pietà. Ma non

gliel'avrebbe concessa. Ogni goccia di sangue versato lo avrebbe reso più forte.

Vendicarsi degli americani invadenti e insopportabili era il suo obiettivo principale. Far soffrire la donna di satana insegnando ai suoi seguaci come interrogare e torturare una persona in carne e ossa, che era molto meglio che spiegare come andava fatto, era un inizio. Lei sarebbe stata un'opportunità di insegnamento per il movimento.

Sorridendo tra sé, Abdul continuò ad osservarla mentre entrava in una delle tende alla periferia della base.

Perfetto.

Scivolò di nuovo nell'ombra, sapendo che non avrebbe dovuto aspettare a lungo prima di andare pubblicamente al comando della regione. Sapeva essere paziente. Un giorno, presto, la piccola donna di satana sarebbe diventata uno strumento utile nel suo arsenale e nessuno se ne sarebbe nemmeno reso conto.

Era un altro modo per prendersi gioco degli americani infedeli che osavano provare a dire a lui e alla sua gente come vivere e in cosa credere.

Il suo momento stava per arrivare e sarebbe stato glorioso.

CAPITOLO NOVE

Aspen si sentì rizzare i peli sulla nuca; era stata una costante negli ultimi quindici minuti. Il suo plotone era stato incaricato di controllare tre vie in un quartiere sul lato ovest della città, quello di Derek le strade di un'altra zona poco distante e non aveva idea di dove fossero Kane e il suo team in quel momento. Supponeva che stessero facendo la stessa cosa... andare casa per casa alla ricerca di Akhund.

La gente del posto non era esattamente entusiasta della loro presenza, non che fosse una novità, ma quel giorno sembravano particolarmente ostili. Non sapeva il motivo. Ma gli uomini con cui stava lavorando erano tesi, era probabile che sentissero la rabbia e l'ostilità nell'aria proprio come lei.

Derek aveva pressato molto entrambe le squadre dei Ranger per tutto il pomeriggio. Aveva fatto leva sul suo grado due volte con il sergente Vandine, ingiungendogli di dimettersi quando aveva messo in dubbio i suoi ordini. Anche se erano entrambi sergenti di plotone, Derek copriva quella posizione da più tempo e ufficiosamente lo superava in grado. Aspen era in massima allerta mentre cercavano Akhund, a causa della crescente discordia tra i due e la poca disponibilità da parte dei cittadini.

L'esercito aveva notato che il leader talebano aveva molti sostenitori in quella zona della città, ed era probabile che qualcuno di loro lo stesse aiutando a nascondersi dalle autorità americane.

Imbracciò il fucile e prese posizione all'entrata di un piccolo vicolo tra due edifici a tre piani, mentre i sergenti Holman e Buckland fiancheggiavano l'ingresso di un'abitazione. I sergenti Hamilton e Vandine bussarono alla porta e si annunciarono in pashtu, ordinando agli occupanti di aprire. Quando non lo fecero, avvertirono che sarebbero entrati con la forza.

Il sudore le gocciolava lungo i lati del viso. Tra il giubbotto antiproiettile, l'elmetto in Kevlar e lo zaino pieno di attrezzature mediche che portava sempre con sé, stava soffocando nel caldo del tardo pomeriggio. Strinse saldamente il fucile e spostò lo sguardo sull'area circostante, alla ricerca di eventuali pericoli. C'erano altri tre Ranger lì vicino, tutti pronti a coprire le spalle ai membri della squadra che stavano per entrare in casa alla ricerca di Akhund.

Ma prima che i quattro soldati riuscissero a entrare, si scatenò l'inferno.

Otto uomini vestiti di nero arrivarono correndo da dietro l'angolo alla fine della strada, urlando a squarciagola e sparando contro di loro con armi automatiche.

Senza esitare, assicurandosi che nessuno dei suoi si trovasse nella traiettoria, Aspen rispose al fuoco.

Il rumore degli spari era assordante nella strada altrimenti tranquilla. Uno degli uomini che si stava avvicinando a loro cadde a terra con un urlo. La maggior parte dei soldati del plotone si unì a lei, il vicolo divenne un rifugio temporaneo per la sua squadra. Eccetto Vandine e Holman che erano bloccati sulla soglia della casa, senza possibilità di scappare per mettersi in salvo. L'unica opzione che avevano era di accovacciarsi nel limitato spazio della porta finché gli altri non fossero riusciti a liberare la strada.

Il minuto e mezzo successivo fu caotico e Aspen agì in modo automatico. Quello non era un addestramento. I proiettili che volavano erano reali. Il rischio di morire era reale.

Obbligandosi a non pensarci, si stese a terra, aggrappandosi all'edificio mentre sbirciava dietro l'angolo. I combattenti talebani che sparavano contro di loro avevano preso posizioni difensive e stavano cercando di eliminarli uno a uno mentre il plotone tentava di sparare dal vicolo.

Aspen non provò nulla quando l'uomo a cui aveva mirato con cura aspettando che facesse spuntare la testa da dietro il muro che stava usando come riparo, cadde in strada colpito in mezzo agli occhi da uno dei suoi proiettili.

Sentì Vandine gridare che gli avevano sparato e poi la sua squadra urlare che anche Holman era stato colpito.

«Non possiamo più aspettare! Copriteci!» gridò Vandine dalla sua posizione sulla soglia.

Senza pensarci, Aspen aiutò iniziando a sparare a raffica per dare il tempo al suo sergente e a Holman di arrivare nel vicolo, dove il resto della squadra era ancora accovacciato.

Quando furono a meno di tre metri, Aspen si sfilò dalla testa la cinghia del fucile, posò l'arma a terra e si precipitò in strada per aiutare i due uomini. Quando aveva visto Vandine afferrare Holman, aveva pensato che il soldato più giovane fosse quello ferito più gravemente, ma nel momento in cui vide il suo sergente, capì di essersi sbagliata.

Vandine era bianco come un lenzuolo e tutta la parte davanti della gamba destra dei pantaloni era intrisa di sangue. Troppo perché la pallottola non avesse preso un'arteria. Se non avesse fatto qualcosa in fretta, sarebbe morto dissanguato proprio davanti a lei.

Aspen portava un auricolare come il resto dei Ranger e riferì subito alla sua squadra e a quella di Derek, che doveva aver sentito gli spari e probabilmente stava andando lì ad aiutare. «Ne abbiamo due a terra. Ci serve appoggio per evacuare.»

«Negativo» disse la voce di Derek alla radio. «È uno stratagemma diversivo. Abbiamo intrappolato Akhund. Tutti gli uomini disponibili devono raggiungere la nostra posizione al più presto per creare un perimetro. Non ci scapperà!»

Aspen sbatté le palpebre scioccata. Forse non l'aveva sentita bene. Ci riprovò. «Ripeto, abbiamo due uomini a terra. Le lesioni sono gravi. Siamo bloccati e non possiamo evacuare.»

«E *io* ripeto» ribatté lui con durezza. «La nostra prima priorità è Akhund! Chiunque riesca a camminare deve portare il culo alla nostra posizione. *Adesso*. È un ordine!»

Aspen guardò i cinque uomini illesi del suo plotone. Per un secondo, tutti si fissarono l'un l'altro con evidente incredulità.

«Ricevuto?» sbraitò Derek alla radio. «Abbiamo bisogno di più uomini qui. Nel momento in cui vi unirete a noi, desisteranno. Lasciamo che il medico faccia il suo lavoro e il resto dei soldati portino il culo qui. Torneremo a prendere lei e gli altri entro qualche minuto, dopo aver trovato Akhund!»

Aspen sentì Vandine gemere e rivolse la sua attenzione a lui. Era accasciato a terra nel vicolo e a malapena cosciente. Holman non stava così male come il sergente, ma dovevano avergli sparato alla mano destra.

Nel tempo in cui aveva controllato i due uomini feriti e si era rialzata, i restanti Ranger erano scomparsi.

Fissò il punto in cui si trovavano pochi istanti prima, scioccata. Non poteva credere che se ne fossero andati. *Cazzo.*

Muovendosi rapidamente, Aspen trascinò Vandine più all'interno nel vicolo. Lanciò un'occhiata nervosa all'altra estremità dove chiunque sarebbe potuto arrivarle alle spalle, e deglutì a fatica. Dalla strada si levarono delle urla e tornò di corsa dove aveva lasciato Holman. Avrebbe voluto avere il tempo di medicargli mano, ma sarebbero tutti morti se lui non fosse riuscito a tenere a bada i combattenti talebani.

Gli porse il fucile. «Vandine sta sanguinando. Devo mettergli un laccio emostatico. Riesci a trattenerli?» gli chiese.

Holman, seduto a terra, la guardò e qualcosa di intenso passò tra di loro. Sapevano entrambi che le possibilità di sopravvivere erano scarse, soprattutto ora che erano stati lasciati soli. Ma nessuno dei due si sarebbe arreso. Holman era un Ranger, era un duro. Allungò la mano buona, la sinistra, e annuì.

Aspen gli strinse la spalla per un breve secondo, poi tornò di corsa da Vandine.

Non riusciva a credere che Derek avesse abbandonato i suoi commilitoni. Sapeva che la odiava con un fervore del tutto irrazionale, ma anche che rispettava gli altri della squadra. Quel giorno aveva messo il suo desiderio di catturare Akhund, al di sopra di tutto.

Si gettò in ginocchio accanto al sergente e si tolse lo zaino medico dalla schiena. Sì infilò una mano in una tasca dei pantaloni e tirò fuori il laccio emostatico arterioso CAT, che teneva sempre a portata di mano. Prese il coltello K-BAR dalla fondina sul giubbotto e tagliò i pantaloni di Vandine dalla coscia fino al punto in cui erano infilati nello stivale.

Il sangue sgorgava pulsante da un foro nell'interno coscia; ogni battito del suo cuore lo pompava fuori. Gli erano rimasti letteralmente pochi minuti da vivere se lei non avesse fermato l'emorragia.

Lasciò cadere il coltello e gli avvolse il laccio emostatico intorno alla parte superiore dell'arto, infilò l'estremità attraverso la fibbia e con una mano, ruotò rapidamente ed efficacemente l'astina del verricello per stringerlo. Grata che il dispositivo permettesse di operare con una mano, guardò in fondo al vicolo... e imprecò quando vide le teste di due uomini affacciarsi da dietro l'angolo.

Senza riflettere prese il fucile di Vandine. Dato che aveva una mano occupata a stringere il laccio, mirò impacciata verso i due tizi e sparò due colpi. Per fortuna, gli uomini si tirarono indietro senza rispondere al fuoco.

«Cazzo, cazzo, cazzo» mormorò. Poteva farcela a fermare l'emorragia sulla gamba di Vandine, ma erano facili bersagli lì. Alla fine i combattenti talebani sarebbero riusciti a catturarli.

«Prendi il fucile e tu e Holman sparite da qui» le disse il sergente con voce tremante.

«No, cazzo!» ribatté Aspen.

«Questo è un ordine.»

Lei lo ignorò e si concentrò a bloccare il verricello in

posizione. Il laccio avrebbe resistito fino a quando non fosse riuscita a portare il suo paziente in sala operatoria. Non aveva idea se avrebbe perso la gamba o meno, ma almeno non sarebbe morto dissanguato in quel fottuto vicolo.

«Mesmer, mi hai sentito?» chiese Vandine.

Lo fissò negli occhi. Non erano andati sempre d'accordo. Pensava che non fosse abbastanza risoluto, soprattutto quando si trattava di Derek. Si lasciava convincere dall'altro a prendere decisioni che non pensava fossero particolarmente positive per la squadra. Ma non l'avrebbe lasciato lì a morire. Nel modo più assoluto.

«Ho sentito» gli rispose, poi si voltò, aprì lo zaino medico e prese una fiala di ketamina. Il potentissimo sedativo e antidolorifico sarebbe stato più efficace somministrato via flebo, ma non avevano il tempo per farlo. Vandine stava provando un dolore tremendo e lei doveva cercare di rilassarlo un po' in modo che potessero muoversi. Dovevano andarsene da lì in qualche modo e mettersi in salvo prima di diventare "ospiti" dei talebani.

Prese il coltello e gli tagliò la maglietta, esponendo il braccio e la vena.

«Dovevi andare con loro» le disse con voce debole.

Aspen fece un respiro profondo e si concentrò ad aspirare in una siringa la giusta quantità di ketamina. Poi si voltò di nuovo verso di lui, tese il suo braccio e mentre gli infilava l'ago nella vena, disse: «Ho recitato il credo dei Ranger proprio come hai fatto tu, sergente, e una parte diceva: "Non lascerò mai che un compagno caduto finisca nelle mani del nemico".» Lo guardò negli occhi mentre gli spingeva il sedativo in vena. «Forse non sarò un vero Ranger ai tuoi occhi, o a quelli del resto della squadra, ma prendo sul serio il mio giuramento.»

Per un secondo, pensò che avesse perso troppo sangue per capire davvero cosa stesse dicendo. Poi annuì. «Situazione?» chiese con una voce sempre più debole.

«Holman è in fondo al vicolo» disse, indicando dietro di sé. «Tiene a bada gli ostili. Dovremo filarcela dall'altra parte.»

Vandine inclinò indietro la testa per guardare e Aspen vide ancora una volta due uomini sbirciare da dietro l'angolo. Sollevò il fucile e sparò alcuni colpi.

Andare verso di loro non era l'ideale, ma affrontarne due era meglio che doversi difendere dai sei o più uomini che stavano sparando dall'altra parte.

Erano nella merda e tenne l'arma puntata verso la fine del vicolo. La ketamina aveva bisogno di tre minuti per fare effetto, poi avrebbero dovuto muoversi.

Aspen aveva fatto il suo lavoro, stabilizzato e rilassato il paziente per quanto possibile, data la situazione. Se gli altri del plotone fossero stati lì, avrebbero potuto aiutarla a trasportare Vandine e farli uscire tutti da quell'inferno, ma erano da soli.

Quando ci furono altre grida e colpi di arma da fuoco, provenienti da dove aveva lasciato Holman, il suo sergente disse: «Vai. Anche se sono ferito, posso ancora sparare qualche colpo se quei due stronzi dovessero mostrare la loro faccia.»

Annuì e corse dall'altro soldato.

«Cosa sta succedendo?» gli chiese.

Non aveva un bell'aspetto. Era ancora seduto per terra, ma muoveva avanti e indietro il busto. Merda.

«Non lo so. C'era un gruppo di ragazzi che sembrava stessero venendo verso di noi, ma poi si sono voltati e sono tornati correndo da dov'erano venuti. Forse il sergente

Spence aveva ragione, quando hanno desistito, tutti gli altri li hanno seguiti.»

Altre urla risuonarono e sembravano provenire da una strada parallela e Aspen pensò che quella potesse essere la loro unica possibilità di andarsene da lì.

«È ora di andare» gli disse. «Aspetta qui.»

Corse di nuovo allo zaino e infilò dentro i pochi oggetti che aveva tirato fuori per aiutare Vandine. Usò dei secondi preziosi per prendere un rotolo di garza, un'altra fiala di ketamina e una nuova siringa, e si rimise lo zaino sulle spalle. Poi tornò da Holman. «Dammi il braccio.»

Non fece domande, le tese quello sinistro. La mano destra maciullata era posata contro il suo stomaco. Lanciando un'occhiata, Aspen vide che gli mancavano almeno tre dita e le altre due erano a malapena tenute su dai tendini e dai muscoli. Le avrebbe perse di sicuro. Uno dei combattenti talebani aveva messo a segno un colpo fortunato.

Le sembrava quasi di correre a rallentatore e gli iniettò una dose del potente antidolorifico. Non aveva bisogno di dirgli quali sarebbero stati gli effetti collaterali del farmaco, erano tutti ben consapevoli di come funzionava. Lo avevano imparato nei molti corsi di medicina da combattimento che avevano frequentato.

Si prese anche quindici secondi per bendare la sua mano maciullata. Non poteva andare in giro con le dita penzolanti. Quella fasciatura non lo avrebbe aiutato molto, ma non avrebbe nemmeno nuociuto.

«Arrivo subito con Vandine e poi possiamo andarcene da qui» gli disse non appena finì, e lui annuì.

Sperando con tutta se stessa che Holman non avrebbe avuto le allucinazioni, come succedeva ad alcune persone dopo aver ricevuto la ketamina, Aspen tornò di corsa dal suo sergente di plotone e lo trovò incosciente. Pensò che fosse meglio per lui. Era anche molto contenta che gli uomini che avevano sparato contro di loro sembravano essere svaniti nel nulla. Non sapeva il motivo, ma si prese due secondi per ringraziare mentalmente qualunque cosa li avesse fatti ritirare; aveva dato loro una piccola tregua e forse sarebbero usciti tutti vivi da quel macello.

Prese un respiro profondo, girò Vandine su un fianco e lo posizionò in modo da riuscire a sollevarlo. Era stata la cosa più difficile da conseguire durante l'allenamento; sollevare un uomo di novanta chili quando era un peso morto, era quasi impossibile.

Mentre si chinava, sentì altri spari provenire da in fondo al vicolo, e ciò le diede la scarica di adrenalina che le serviva.

Si caricò il sergente sulle spalle come facevano i vigili del fuoco, e il movimento le sganciò la radio e le strappò via gli auricolari dalle orecchie, togliendole la possibilità di comunicare con la sua squadra e gli altri Ranger.

Se avesse rimesso giù Vandine, forse non sarebbe più stata in grado di tirarlo su, così tornò dove aveva lasciato Holman barcollando. Lui era riuscito a mettersi in piedi, anche se sembrava che il muro fosse l'unica cosa che lo reggeva.

«È ora di andare» gli disse.

«Dove?» le chiese.

Sorpresa che l'uomo si affidasse a lei quando non l'aveva mai minimamente considerata, Aspen diede uno sguardo fuori dal vicolo. Non vide nessuno. Probabilmente i civili erano nascosti nelle loro case, ma anche gli uomini che erano comparsi dal nulla sembravano spariti.

Indicò con la testa alla loro destra. «Da quella parte. Lontano da dove ci stavano sparando. Giriamo tutto intorno e torniamo verso la base una volta che saremo fuori da questo quartiere.»

Holman annuì e si allontanò dal muro. I suoi passi erano instabili e camminava come se avesse bevuto per ore, ma teneva saldamente il fucile con la mano buona.

Barcollando sotto il peso di Vandine, Aspen lo seguì. I tre uscirono dal vicolo senza che nessuno sparasse e le fece pensare che fosse un buon segno. Camminarono fino alla fine della strada e si appoggiò sul muro di una casa mentre Holman sbirciava dietro l'angolo.

Quando segnalò che la via era libera, girarono verso sud.

Avevano superato poco più di un isolato quando si senti di nuovo rizzare i peli sulla nuca. Imprecando, disse: «Aspetta, Holman.»

L'altro uomo si fermò subito e scrutarono l'area.

All'inizio non era sicura di cosa avesse attirato la sua attenzione, ma poi li sentì: uomini che parlavano a bassa voce, come se stessero cercando di avvicinarsi di soppiatto a qualcuno.

Quel *qualcuno* erano Aspen e i suoi due feriti.

«Cazzo. Nemici in arrivo alle spalle» disse a Holman. Non avevano un posto dove rifugiarsi. Non c'erano vicoli nelle immediate vicinanze ed erano facili bersagli su un'area aperta. «Via! Via! Via!» lo sollecitò, e si misero a correre.

Se fossero riusciti ad arrivare alla fine dell'isolato e a girare l'angolo, avrebbero potuto avere una possibilità di sfuggire alla cattura.

Risuonarono degli spari e sussultò quando sentì qualcosa di caldo e molto doloroso sul polpaccio. Ma non smise di correre. Girarono l'angolo... e per una frazione di secondo, la vita le scorse davanti agli occhi.

Holman rimbalzò contro il petto di un soldato che si trovava lì e quasi si ribaltò. Ma l'uomo lo afferrò e impedì a entrambi di cadere.

Un secondo prima Aspen era pronta a combattere fino alla morte e quello successivo, provò un senso di sollievo così grande che quasi svenne.

Erano letteralmente andati a sbattere addosso a Kane e il suo team.

I sette operatori della Delta Force erano vestiti di nero, sembravano estremamente incazzati e pericolosi, e non era mai stata così felice di vedere qualcuno in tutta la vita.

Senza dire una parola, Trigger, Lefty e Oz girarono intorno a lei e iniziarono a sparare contro gli uomini che li avevano seguiti. Grover afferrò il braccio di Holman per aiutarlo a stare dritto, mentre Kane prese Aspen per il gomito.

«Gli altri li terranno a bada» disse Lucky mentre lui e Doc si voltavano e facevano strada nella direzione opposta rispetto allo scontro a fuoco.

«Non possiamo lasciare il tuo team» disse Aspen un po' freneticamente, mentre cercava di camminare e guardare dietro di lei i Delta che si stavano occupando dei nemici.

«Non lo stiamo facendo» la rassicurò con tranquillità Kane. «Si uniranno a noi al prossimo isolato.»

«Lo giuri?» non poté fare a meno di chiedere.

«Sì» rispose.

Gli credette e tirò un sospiro di sollievo. Kane la teneva con una mano per aiutarla a camminare senza cadere e nell'altra impugnava una pistola, pronto a far fuori chiunque potesse sorprenderli.

Non si era offerto di prendere Vandine. Non aveva preso il controllo.

In quel momento provò rispetto per lui e il suo team più di quanto avrebbe potuto esprimere a parole.

Non andarono lontano, solo altri due isolati, ma Aspen sapeva che se avessero dovuto camminare ancora, non sarebbe stata in grado di farlo. Vandine diventava sempre più pesante a ogni passo, ed era consapevole che Kane stava usando sempre più forza per aiutarla.

La visione più bella della sua vita fu il grande camion dell'esercito, parcheggiato in mezzo alla strada, che si trovarono davanti dopo aver girato ancora un altro angolo.

I Delta operavano come una macchina ben oliata. Era impressionante, ma anche deprimente perché era ciò che aveva sempre desiderato in una squadra tutta sua, ma che non aveva mai avuto.

«Lascia che lo prenda io» le disse Kane.

Aveva a malapena annuito, che il peso di Vandine fu sollevato dalle sue spalle. Provò un immediato sollievo e allungò la mano per prendere quella di Lucky, che era già saltato sul retro del camion e stava aspettando per aiutarla. Posò la gamba destra sul paraurti e fece una smorfia quando sentì la fitta di dolore.

Ignorandolo e con l'aiuto di Lucky, si issò sul camion.

Si spostò per dare spazio agli altri e osservò Kane, Doc e Grover sollevare facilmente anche Vandine. Lo sdraiarono sulla schiena e Aspen si mosse in fretta per controllare il laccio emostatico, per assicurarsi che non si fosse allentato durante la loro folle corsa verso la salvezza.

Soddisfatta che il CAT stesse ancora facendo il suo lavoro, Aspen si voltò verso Holman, una volta aiutato a salire sul camion. Non avevano ancora iniziato a muoversi, sperava che fosse perché stavano aspettando gli altri tre Delta.

Prima che potesse aprire la bocca per parlare con

Holman, Kane le mise una mano sul braccio. «Stai sanguinando» le disse.

«Lo so» replicò, togliendosi di nuovo lo zaino medico. Anche se le avevano sparato, non si sarebbe fermata in quel momento. Era chiaro che la sua ferita non fosse grave, dato che non aveva le vertigini. Se ne sarebbe occupata dopo essersi presa cura della sua squadra, e la mano di Holman aveva bisogno di attenzioni.

Come se avesse percepito la sua determinazione Kane non disse altro al riguardo, ma quando aprì lo zaino, le chiese: «Cosa posso fare per aiutarti?»

Grata di avere un paio di mani in più, disse: «Dammi un secondo.» Poi si rivolse a Holman che era seduto con la mano maciullata ancora appoggiata allo stomaco.

«Devo occuparmi di quella» lo avvisò gentilmente.

«Lo so» ribatté lui, ma non si mosse.

«Hai bisogno di più ketamina?»

Lo osservò fare un respiro profondo. Il suo sguardo andò da lei, a Kane, agli altri Delta nel camion.

Aveva la sensazione che volesse dire di no, che non gli servivano altri antidolorifici.

Fu Grover a prendere la decisione per lui. «Ne ha bisogno» affermò.

Holman grugnì e guardò l'altro uomo.

«Non serve cercare di fare il macho, amico» gli disse. «Prendere quei cazzo di antidolorifici non ti rende un soldato debole.»

Guardò di nuovo Aspen e annuì; solo un piccolo cenno del mento, ma fu sufficiente. Gli preparò rapidamente una dose e lui tese il braccio sano, permettendole di somministrargli il farmaco. Non appena finì, afferrò di nuovo il fucile.

«Vuoi sdraiarti?» gli chiese.

Holman scosse la testa. «Non posso proteggerti se lo faccio.»

Aspen deglutì a fatica. Non aveva idea se fosse la ketamina a farlo agire in modo protettivo nei suoi confronti o cosa, ma non avrebbe sminuito le sue buone intenzioni.

«Va bene.» Si rivolse a Kane. «Puoi tenergli il braccio?»

«In che modo?»

«Avvicinati a lui e prendilo per il gomito e l'avambraccio. Farà male. Non lo ricorderà a causa della ketamina, ma urlerà.»

«Non lo farò» sussurrò Holman. «Urlare farebbe arrivare il nemico.»

Senza dire nulla, Kane si mise in posizione. Tenne il braccio esattamente come gli aveva ordinato. Aspen srotolò la garza insanguinata che aveva messo in precedenza e si prese un attimo per guardare bene la mano del suo compagno di squadra. Era raccapricciante, a malapena riconoscibile come tale. Capì a colpo d'occhio che sarebbe stato impossibile per i chirurghi salvargliela.

Facendo più veloce che poté, avvolse ben stretta una nuova benda attorno alla ferita. Doveva fermare l'emorragia e fare tutto il possibile per prevenire l'insorgenza di ulteriori infezioni.

Holman si contorse nella presa di Kane, ma nessun suono uscì dalle sue labbra.

Proprio mentre stava fissando la benda, sentì gli altri tre Delta tornare.

«Sbrighiamoci» disse Trigger, saltando sul retro del camion.

Stava ovviamente parlando con gli altri due uomini, che erano saliti invece sull'abitacolo, perché nell'attimo in cui pronunciò quella parola, il motore si avviò e partirono.

«Non dovete rimanere per trovare Akhund?» chiese Aspen.

Fu Grover a rispondere. «Ci comportiamo come un team. Porteremo voi tre al sicuro alla base, poi torneremo qui. Quello stronzo di Spence sta rivelando ogni mossa dei Ranger, con tutto il cazzo di rumore che stanno facendo. Dopo il suo fallimento nella ricerca di oggi, faremo in modo che ne stia fuori. Possiamo trovare Akhund molto più velocemente senza il suo cosiddetto *aiuto*.»

Aspen avrebbe dovuto sentirsi offesa. Dopotutto, anche lei aveva partecipato alle ricerche nell'ultimo mese e mezzo, ma riusciva solo a pensare che tutti e sette i Delta stavano tornando alla base con lei, Holman e Vandine. Non avrebbero dovuto, ma lo stavano facendo. Insieme. Come una squadra.

Se aveva avuto dei dubbi su come avrebbe dovuto operare un team, ora non ne aveva più, ma sapeva per certo che anche se avesse chiesto di essere riassegnata, sarebbe sempre stata un'intrusa. L'esercito poteva aver aperto alle donne la possibilità di entrare nei Ranger e nelle specialità di combattimento, ma per ora il prezzo da pagare per essere accettate era troppo alto. Derek lo aveva dimostrato lasciandola sola quel giorno.

«Grazie per l'aiuto» disse a Kane, mentre riappoggiava la mano di Holman sul suo grembo. Aveva gli occhi vitrei e il respiro troppo veloce, ma non fu sorpresa. Non dopo quello a cui erano appena sopravvissuti.

Si voltò di nuovo verso Vandine, che era steso dietro di lei, e controllò le sue funzioni vitali. Era ancora privo di sensi, ma respirava e il suo cuore stava ancora pompando il sangue che aveva in corpo, il che era positivo. La sua pressione sanguigna era troppo bassa e prese in considerazione l'idea di mettergli una flebo, ma decise che erano abbastanza vicini alla base da poter aspettare.

«Posso guardarti la gamba, adesso?» le chiese Kane lì accanto. Era così vicino, che Aspen trasalì, e indietreggiò di scatto.

«Calma, *polygapiménos*. Sei al sicuro.»

Non poté fare a meno di ridere. «Poly-che?»

Ma le labbra di Kane non si contrassero nemmeno. «È Greco. *Polyagapiménos*. Stai ancora sanguinando.»

Aspen allungò il collo per guardarsi il polpaccio. I pantaloni erano coperti di sangue, ma a essere sincera sentiva a malapena il dolore. Provò a flettere il piede e fece una smorfia. Sì, ok, faceva male. Ma non pensava che fosse molto più di un'escoriazione. Non stava sanguinando e sebbene fosse doloroso, al momento era più preoccupata per gli altri.

Scosse la testa. «Adesso non posso. Devo assicurarmi che Vandine non vada in arresto e portarlo in sala operatoria. Nemmeno Holman è fuori pericolo. Io posso aspettare.»

Non riuscì a interpretare lo sguardo negli occhi di Kane, ma arrossì per l'intensità. «Che c'è?» sussurrò.

«Non ho mai visto niente di più impressionante in vita mia» le rispose.

Aspen non riuscì a staccare gli occhi dai suoi.

«Abbiamo visto te e Holman correre sulla strada e sapevamo che avreste svoltato dov'eravamo noi. Non abbiamo potuto sparare agli uomini che v'inseguivano perché rischiavamo di colpirvi.»

Aspen annuì. Ne era consapevole, ma lo apprezzò.

«Dannazione, donna!» esclamò Lefty. «Guardarti correre mentre trasportavi un uomo molto più alto e più pesante di te è stato davvero incredibile.»

«E hai notato che aveva anche il fucile pronto?» chiese Doc.

«Non solo, ma aveva anche lo zaino sulle spalle» aggiunse Grover.

«E ha proseguito anche dopo che le avevano sparato» disse Lucky.

«Come dicevo... impressionante» concluse Kane. Non aveva staccato gli occhi dai suoi mentre i suoi compagni di squadra la lodavano.

Lei scrollò le spalle, ma nel profondo quegli elogi lenirono la sua anima dopo ciò che aveva appena passato. «Non lo avrei mai abbandonato lì. Ho fatto un giuramento.»

«Un giuramento che mi sembra ovvio non freghi un cazzo al resto della tua squadra» borbottò Lefty.

Aspen si costrinse a distogliere lo sguardo da Kane. «Hanno ricevuto un ordine diretto» li difese.

«Non me ne fregherebbe un cazzo nemmeno se Dio stesso avesse ordinato loro di abbandonare la squadra. Non avrebbero dovuto farlo» ringhiò Kane.

Riportò lo sguardo su di lui.

«Sul serio. La tua squadra è la tua ancora di salvezza. Sapevano che vi stavano lasciando morire, ma se ne sono andati comunque. È un comportamento *inqualificabile*» disse disgustato.

«Ma...»

«Ha ragione» sussurrò Vandine.

Aspen voltò la testa di scatto. «Sergente!» esclamò, sorpresa che fosse cosciente.

«È colpa mia» continuò. «Sono settimane che mi rimetto alle decisioni di Spence. Avrei dovuto tenergli testa molto tempo fa. Non ho assunto la guida della mia squadra e di conseguenza erano confusi riguardo alla missione e verso chi essere leali.» Sollevò la mano alla cieca cercando Aspen.

Lei gliel'afferrò, mettendo le dita sul suo polso per monitorare la frequenza cardiaca, mentre il camion procedeva velocemente attraverso la città e tornava alla base.

«Non è stato giusto il modo in cui ti ha trattata. Siamo Ranger, non studenti di seconda media. Mi hai davvero trasportato?» le chiese.

Rimase confusa un attimo per il cambio di argomento, ma annuì comunque. «Mi hai sempre accoppiato con l'uomo più grande e grosso delle squadre solo per vedere se avrei fallito.»

«E non è mai successo» confermò Vandine con quella che sembrava una punta d'orgoglio. «Sei una brava persona» mormorò. «E non lo dico solo perché mi hai salvato la vita.»

Aspen annuì di nuovo, non sapendo come replicare.

«Perderò la gamba?» le domandò, fissandola negli occhi.

Avrebbe voluto mentire. Dirgli che sarebbe andato tutto bene. Che si sarebbe alzato e avrebbe camminato in men che non si dica, ma non ne era sicura al cento per cento e l'ultima cosa che voleva era riempirlo di stronzate. «Non lo so. Ma ho fatto tutto ciò che era in mio potere per agevolare i chirurghi una volta arrivati lì. *Sono* sicura che se sarà possibile, ti sveglierai con tutti e quattro gli arti.»

Lui annuì. Poi portò gli occhi su Holman per un momento prima di tornare da lei. «La sua mano?»

Strinse le labbra e scosse lievemente la testa.

«Akhund?»

Fu Trigger a rispondere. «Uccel di bosco. Spence e gli altri lo hanno seguito e sono sicuro che ormai si è nascosto. Ma lo prenderemo» disse con sicurezza.

Vandine annuì. «Intendi una volta che ci toglieremo di mezzo.» Fece una piccola risatina.

«Puoi dirlo forte» disse Grover. «Finché è libero, nessuno è al sicuro.»

Il camion rallentò e Aspen si irrigidì.

«Tranquilla» la rassicurò Kane, mettendole una mano sul braccio. «Siamo al cancello.»

Per un secondo ebbe la visione di loro che cadevano in un'imboscata. Erano facili prede nel retro del camion.

Nel giro di un minuto si stavano muovendo di nuovo e Aspen vide scorrere il panorama familiare della base, mentre si precipitavano verso l'ospedale. Holman e Vandine sarebbero stati controllati e stabilizzati il più possibile lì, prima di essere trasferiti in Kuwait e poi in Germania.

Il camion si fermò davanti alla tenda usata come clinica/ospedale e Aspen si preparò ad aiutare i suoi pazienti a entrare. Guardò Vandine e vide che era svenuto di nuovo. Probabilmente era meglio così, considerando le sue condizioni e il trattamento che lo attendeva.

Quando rialzò lo sguardo, vide una folla di medici e infermieri che stavano aspettando vicino al camion. C'erano anche tre barelle.

«Tre?»

«Ti hanno sparato» spiegò Kane.

Lei aggrottò la fronte. «Sto bene. Non entrerò su una barella. Devo fare rapporto ai medici sui miei pazienti.»

Fu lui questa volta ad aggrottare la fronte. «Aspen...»

«No» disse con fermezza. Poi in tono più gentile, continuò: «Mi fa male, ma non sono in pericolo di vita. Mi farò controllare dopo essermi assicurata che si prenderanno cura degli uomini della mia squadra.» Strisciò in avanti sulle ginocchia, tenendo la mano sul petto di Vandine mentre veniva spostato dal retro del camion, trasferito sulla barella e portato dentro.

Poi rivolse la sua attenzione a Holman. «Posso camminare» protestò lui quando le infermiere e i medici tentarono di metterlo su una barella.

«Certo che puoi camminare» lo rassicurò Aspen. «Ma dobbiamo lasciare che i dottori si guadagnino il pane, giusto?»

Alzò gli occhi al cielo e scosse la testa, ma si sedette sulla barella.

Tirando un sospiro di sollievo, si voltò per prendere lo zaino e vide che Kane lo aveva già su una spalla. «Ci penso io» le disse.

Grata per l'aiuto, fece per scendere dal camion ma esitò. La sua gamba aveva davvero iniziato a pulsare ora che l'adrenalina era quasi svanita.

Un infermiere avvicinò la terza barella, ma fu intercettato da Grover e da Trigger che gli disse sottovoce: «Ce la fa.»

Kane saltò fuori dal camion e tese la mano. «Appoggiati a me» le ordinò.

In qualsiasi altra situazione si sarebbe lamentata di farsi dare degli ordini da lui, ma era troppo contenta del suo aiuto in quel momento. Gli prese la mano e sentì come se una scossa elettrica passasse tra loro.

Sorpresa, alzò gli occhi... e vide uno sguardo possessivo così intenso, che inciampò. Ma Kane non la lasciò cadere.

Le circondò la vita e quasi la sollevò per farla scendere dal camion. Le diede un momento per ritrovare l'equilibrio, poi lasciò cadere la mano, ma il braccio rimase intorno a lei. Camminarono uno accanto all'altra mentre entravano nella tenda. Zoppicava, e odiava quella dimostrazione di debolezza ma, in un certo senso, l'uomo vicino a lei la faceva sentire molto più forte di quanto si sentisse.

Se fosse stata da sola, si sarebbe preoccupata di ciò che avrebbero potuto pensare tutti; perché si erano separati dalla squadra, dove si trovava il resto dei Ranger, cosa fosse successo esattamente. Ma con Kane e il suo team alle spalle, si sentiva quasi invincibile.

Ci vollero circa venti minuti per riferire a entrambe le squadre di medici i dettagli delle lesioni di Vandine e Holman. Spiegò ciò che aveva fatto sul campo e quanta ketamina avevano ricevuto entrambi. Espresse la sua opinione professionale su quanto credeva fossero gravi le loro ferite e poi, come niente fosse, il suo lavoro di medico era finito.

Kane e Oz la condussero in un ambulatorio libero mentre Trigger andava a cercare qualcuno che finalmente guardasse la sua ferita. Lefty nel frattempo si mise a siste-mare il contenuto del suo zaino dato che lei aveva spostato tutto frugando nel vicolo.

Grover le chiese se avesse fame e anche se rispose di no, le disse che sarebbe andato a cercare Sierra per vedere se poteva prepararle qualcosa. Doc si offrì di andare alla tenda di Aspen e portarle qualcosa per cambiarsi, perché era ovvio che i suoi pantaloni fossero una causa persa.

I suoi occhi si riempirono di lacrime.

«Cosa c'è?» chiese Kane con urgenza.

Aspen si limitò a scuotere la testa. «È solo... perché siete ancora qui?»

Quando lei si sedette ai piedi del lettino, le prese la testa tra le mani. «Questo è ciò che fa un team, *chérie*.»

«Non sono nel tuo team» sussurrò.

«Col cazzo che non lo sei» ribatté. Avrebbe potuto giurare che Kane stesse per abbassare la testa, ma proprio in quel momento entrò un dottore e dovette indietreggiare.

«Ho sentito che le hanno sparato» disse in modo brusco. «Vediamo i danni.»

Aspen si girò sulla pancia e lasciò che il dottore e l'infermiera le tagliassero la gamba dei pantaloni per poter controllarle il polpaccio. Rimase immobile mentre pulivano e suturavano la ferita. Faceva male, ma sapere che Kane era lì a vegliare su di lei, appoggiato a una parete della tenda con le braccia incrociate, lo rese meno doloroso.

Quando finirono di fasciarla, indossò i pantaloni dell'uniforme che le aveva procurato Doc. Rimettersi gli stivali sarebbe stato un problema, ma dato che le aveva portato anche un paio di infradito, era a posto.

Mentre veniva medicata, aveva appreso che i dottori della base avrebbero trasferito Vandine e Holman in Germania il prima possibile e, sorprendentemente, lei sarebbe andata con loro.

Non appena sentita la notizia, aveva aperto la bocca per protestare e poi stretto le labbra quando Kane aveva scosso la testa. Aspen non si era spiegata il motivo del suo trasferimento per cause mediche, dato che non era ferita gravemente, ma lui le chiarì tutto non appena ebbero un minuto da soli.

«È stato Vandine a insistere. Ha detto che eri una sua compagna di squadra e che eri stata ferita anche tu. Penso che il generale della base fosse più che disposto a mandarti a casa presto, dopo aver sentito da Holman ciò che è successo oggi là fuori. Non è contento del comportamento di Spence, o che gli altri uomini della tua squadra vi abbiano abbandonati. Penso che si sia reso conto che mettere un po' di distanza tra te e gli altri in questo momento, sia probabilmente la cosa migliore.»

«Quindi vengo punita per le azioni di Derek. Fantastico» mormorò Aspen. Poi sospirò e lo guardò. «Cosa succederà quando torneremo tutti in Texas?»

«Non lo so, ma sono sicuro che qualunque cosa sia troverai una soluzione.»

«Voi rimanete, vero?»

«Sì. Non appena te ne andrai, torneremo fuori in ricognizione. Cattureremo Akhund.»

«Certo che sì» disse con convinzione. «Gli ufficiali superiori avrebbero dovuto farci risparmiare un sacco di tempo e sofferenza inviando subito voi.»

Kane sorrise e ancora una volta Aspen pensò che avrebbe potuto baciarla, ma furono interrotti da un'infermiera che entrò per preparare il posto per il paziente successivo.

E fin troppo presto, quasi senza accorgersene, si ritrovò accanto a un enorme eliambulanza, pronta per il lungo viaggio verso il Kuwait, poi la Germania e infine il Texas. Doc era tornato alla sua tenda e le aveva preparato i bagagli, e Aspen cercò di non sentirsi imbarazzata perché aveva visto la sua biancheria intima.

Trigger, Lefty, Oz, Lucky, Doc e Grover erano tutti dietro a Kane nelle loro uniformi nere mentre il motore dell'elicottero veniva avviato. L'avevano già abbracciata augurandole ogni bene e rassicurandola che si sarebbero rivisti presto.

Poi arrivò il momento di salutare lui.

«Potrei dirti che ti scriverò, ma c'è la possibilità che arriviamo a casa prima di te» scherzò.

«Fai attenzione» replicò Aspen, non proprio in vena di

scherzare. Soprattutto dopo aver sperimentato in prima persona i pericoli di quel villaggio. Nelle ultime ore, c'erano stati momenti in cui aveva pensato che fosse finita. Che le avrebbero sparato e che sarebbe tornata a casa in una bara.

«Lo farò» la rassicurò.

Rimasero lì in silenzio per diversi secondi carichi di tensione. Avrebbe voluto dirgli quanto tenesse a lui, ma non riuscì a trovare le parole.

Poi Kane mormorò: «Fanculo.» E l'afferrò.

Le mise una mano sul collo e l'altra intorno alla vita. La attirò a sé e Aspen ansimò sorpresa posando le mani sul suo petto... e poi le catturò le labbra con le sue.

Il bacio fu ancora più intenso e mozzafiato di quello che si erano scambiati al bar tanti mesi prima.

Chiuse gli occhi e gli affondò le dita nel petto mentre lui inclinava la testa per andare più a fondo. Non aveva mai veramente capito l'attrattiva del bacio fino a quel momento. Era una bella sensazione, ma non si era mai eccitata così tanto quando aveva baciato altri uomini in passato.

Ma non appena le labbra di Kane si erano posate sulle sue, era stato come se il suo corpo venisse collegato a una presa elettrica riempiendola di brividi. Sapeva che avrebbe dovuto allontanarsi. Che non avrebbero dovuto baciarsi davanti a quella che sembrava metà della base. Ma non poteva staccare le labbra nemmeno se la sua vita fosse dipesa da quello.

Kane fu il primo a scostarsi, fin troppo presto. Lo guardò mentre si leccava le labbra e le diede una piccola stretta sul collo.

«Se ti farai sparare, mi incazzerò» gli sussurrò.

Lui ridacchiò. «Lo terrò a mente. Prenditi cura di quella gamba. Non lasciare che si infetti.»

«Ok.» Sapeva di dover andare. Di dover salire sull'elicottero, ma non riusciva letteralmente a staccarsi da lui. Si sentiva al sicuro lì. Come se niente e nessuno potesse ferirla mentre era tra le sue braccia. Né Derek. Né i combattenti talebani. Nessuno.

Prese un grande respiro e fece un passo indietro.

Le braccia di Kane la lasciarono e si sentì subito abbandonata. Odiava e amava quella sensazione. La odiava perché era sempre stata una donna indipendente. La amava perché provare sentimenti così profondi per un uomo era una cosa nuova ed eccitante. Ed era ovvio che non fosse l'unica ad esserne colpita.

Kane le fece un cenno con il mento e indietreggiò per unirsi alla sua squadra. Tutti e sette la guardarono salire sull'elicottero e poi decollare. Aspen tenne gli occhi sulla squadra Delta il più a lungo possibile, finché non furono troppo piccoli per vederli.

Solo allora chiuse gli occhi e appoggiò la fronte sul finestrino accanto al suo sedile. Lei e Kane erano stati in Afghanistan insieme solo per poche ore, ma in un certo senso, Aspen sapeva che quel giorno le aveva cambiato la vita per sempre.

CAPITOLO DIECI

Una settimana e mezza.

Quello fu il tempo che servì per trovare Akhund, ucciderlo, fare rapporto ai grandi capi della base in Afghanistan sulla loro ricerca, e tornare in Texas.

Brain era più che pronto a rivedere Aspen.

Era riuscito a scriverle solo due mail da quando lei aveva lasciato la base, dato che aveva passato gran parte del tempo a dare la caccia ad Akhund. Ma aveva saputo che la gamba era per lo più guarita e che non aveva ancora visto o parlato con Derek o il resto della sua squadra.

Lei era rimasta alcuni giorni in Germania, prima di tornare a casa. I suoi genitori erano volati fino in Texas dal Minnesota dopo aver saputo che le avevano sparato, e se n'erano andati il giorno prima.

Brain sapeva anche che Aspen sarebbe tornata presto al lavoro e che non vedeva l'ora di farlo. Anche se si erano scambiati solo mail, era riuscito a leggere l'incertezza nelle sue parole.

«Vai da Aspen?» gli chiese Oz.

Brain annuì. Erano all'aeroporto di Fort Hood e per la

prima volta, capì l'urgenza di Trigger e Lefty di vedere le loro donne dopo una missione.

«Sa che sei tornato?»

«Le scriverò un messaggio prima di uscire da qui per andare al suo appartamento» rispose.

«Sei sicuro che sia una buona idea?»

Aggrottò la fronte. «Cosa intendi?»

«Solo che potrebbe voler sapere che stai andando lì. Alle ragazze piace vestirsi bene e apparire al meglio quando devono vedere i loro fidanzati.»

Brain strinse le labbra per un secondo, poi disse: «Non stiamo ancora veramente insieme.»

Oz inarcò le sopracciglia. «Davvero? Quel bacio d'addio parlava diversamente. E... è una ragione in più per avvisarla.»

Non aveva pensato ad altro che a vederla, ma considerò che Oz potesse avere ragione. Tirò fuori il telefono senza dire altro.

Brain: C'è qualche possibilità che tu sia libera tra circa un'ora e mezza e che possa venire a trovarti?

Apparvero subito i tre puntini mentre digitava la risposta.

Aspen: Sei tornato?!?!?!?!
Brain: Lol. Sì.
Aspen: Evviva! Hai fame? Posso cucinare qualcosa?
Brain: Sono a posto, grazie comunque. Non vedo l'ora di vederti.
Aspen: Anch'io!

Brain: Come va la gamba?

Aspen: Bene. La cicatrice è piuttosto brutta, ma è l'ultima delle mie preoccupazioni.

Brain: Una cicatrice significa solo che sei più forte di qualunque cosa abbia cercato di farti del male.

Aspen: Mi piace. Stai bene?

Brain: Cosa intendi?

Aspen: Non ti hanno sparato, pugnalato, torturato, picchiato o altro?

Brain: No.

Aspen: Bene. Sono impaziente di vederti.

Brain: Anch'io. Devo andare. A presto.

Aspen: A presto.

Brain si rimise il telefono in tasca e sapeva di avere un sorriso idiota stampato in faccia, ma non poteva farci niente. «Grazie per la dritta» disse a Oz.

«Per la cronaca, mi piace. So che non hai bisogno del mio permesso per uscire con nessuno, ma Aspen è piuttosto in gamba per essere un Ranger.»

Alzò gli occhi al cielo, poi gli diede un pugno sulla spalla.

«Ehi, ragazzi, venite o cosa?» gridò Trigger dall'altra parte della pista. «Abbiamo un sacco di roba da mettere via e dobbiamo ancora fare rapporto. Vorrei tornare a casa da Gillian per stasera.»

«Stiamo arrivando!» gridò Brain, ma la sua mente era ancora su Aspen. Non vedeva l'ora di controllare di persona che la sua gamba stesse davvero guarendo bene. Voleva esplorare la folle attrazione che provava quando le era vicino e quando si baciavano. Voleva semplicemente sentire la sua voce. Aveva la sensazione di essere spacciato, ma non gli importava.

Due ore più tardi, dopo un'intensa riunione in cui il team non aveva tralasciato alcun dettaglio riguardo a tutto ciò che era accaduto in Afghanistan con entrambe le squadre dei Ranger e sulla fruttuosa ricerca di Akhund, Brain era davanti alla porta dell'appartamento di Aspen. Si era fatto la doccia e messo un paio di jeans e una semplice maglietta nera.

Bussò e due secondi dopo lei gli aprì. E all'improvviso, non gli sembrò che fosse passata solo una settimana e mezza da quando l'aveva vista, ma anni.

«Ciao!» lo salutò con entusiasmo.

Senza dire una parola, Brain fece un passo verso di lei obbligandola a fare un passo indietro e chiuse la porta. Poi riprese a camminare.

Aspen aveva un gran sorriso stampato in faccia, ma continuava a indietreggiare.

Nessuno dei due disse nulla, ma Brain si sentiva come se fosse un leone maschio che inseguiva la sua compagna. Lei andò a sbattere contro un tavolino e vi girò intorno, sempre sorridendo. Alla fine, si appoggiò contro la parete vicino alla cucina.

La intrappolò mettendo le mani sul muro vicino alle sue spalle e piegandosi in avanti. Le sfiorò con il naso un lato del collo e lei inclinò la testa, dandogli miglior accesso. Quando lei lo afferrò per la vita, pensò che non ci fosse sensazione più bella.

«Gardenie» sussurrò, mentre inspirava profondamente.

«È la mia lozione» gli disse stringendo la presa sulla maglietta.

Brain si tirò indietro quel tanto che bastò per guardarla negli occhi. «Ehi» mormorò.

«Ehi» rispose lei.

Aveva un sacco di cose da dirle, ma non riuscì a fare altro che fissare i suoi bellissimi occhi castani. Le sue ciglia erano lunghe; non l'aveva mai notato. Non era truccata, ma non ne aveva bisogno. La sua pelle era perfetta e più a lungo stava lì a fissarla, più le sue guance si arrossavano.

«Kane?»

«Sì?»

«Ehm... staremo qui tutta la sera a fissarci o cosa?»

«Forse.»

Fece un sorrisetto. «Be'... va bene allora.»

Non poté fare a meno di sorridere. Voleva baciarla. Voleva toccarla... dappertutto. Voleva reclamarla, marchiarla, farla sua. Ma non spaventarla. Quindi si accontentò di dire: «Non ne abbiamo veramente parlato, ma vorrei frequentarti. E vorrei che avessimo una relazione esclusiva. Non voglio che tu veda nessun altro mentre siamo insieme.» Aspettò la sua risposta, quasi trattenendo il respiro.

«Va bene.»

Buttò fuori il fiato con un sibilo. «Tutto qua? Va bene?»

Lei scrollò le spalle. «Sì. E l'esclusività vale per entrambi, giusto?»

«Cazzo sì. E non è che abbia la fila di donne che bussa alla mia porta» ribatté con sincerità, ma se ne pentì subito.

Lei non sembrò turbata. «Peggio per loro» gli disse. «Penso che dovremmo sugellare questo accordo con un bacio.»

Era più che d'accordo. Faticava a pensare a qualcosa di diverso dall'assaporare di nuovo le sue labbra. Senza dire altro, si chinò e la baciò.

Aspen gemette e fece scivolare una mano sotto la sua

maglietta per toccare la pelle nuda mentre ricambiava il bacio.

Sentì i brividi diffondersi sulle braccia ed emise un autentico ringhio prima di inclinare la testa e praticamente divorarla. Ma lei non fu da meno e non indietreggiò da quella dolce aggressione.

Non aveva idea di quanto rimasero a baciarsi contro il muro, ma quando Brain sentì le sue mani scivolare sotto la cintura in cerca di... altro, si tirò indietro.

Stavano entrambi ansimando e vide che le pupille di Aspen erano dilatate. Era così bella e per qualche ragione, era attratta proprio da *lui*.

Per un breve secondo, si sentì prendere dal panico. Se avesse saputo quanto era nerd in realtà, probabilmente non sarebbe stata così interessata. Ma respinse quei pensieri denigratori. Non era un bambino, e Aspen non era uno di quei ragazzi crudeli con cui era cresciuto, che lo avevano preso in giro perché era troppo intelligente o che non gli avevano permesso di entrare nei loro circoli perché era troppo giovane.

«È stato... divertente» gli disse con un sorriso.

Brain si limitò a scuotere la testa e fece un passo indietro. Tenendola per mano la trascinò in soggiorno. Le fece cenno di sedersi e spostò il tavolino per inginocchiarsi davanti a lei.

«Cosa stai... la gamba sta bene, Kane.»

Ma la ignorò e spinse su la stoffa dei pantaloni della tuta per accertarsene. Piegò la testa ed esaminò la ferita che stava guarendo. Non era fasciata e poteva vedere chiaramente i punti. Il proiettile l'aveva sfiorata, portando via un bel pezzo di pelle. Ora era rosa e ancora un po' gonfia, ma come aveva detto, stava guarendo bene.

«Immagino che ti abbiano concesso di praticare un allenamento leggero.»

«Sì. Per ora niente corsa o pesi, ma posso fare molte altre cose.»

Brain passò il pollice vicino alla cicatrice, ricordando come aveva trasportato il suo sergente correndo. Era il primo ad ammettere che un tempo sarebbe stato scettico riguardo ad affiancare soccorritori militari donna a squadre d'élite come i Ranger, ma nel giro di pochi minuti, Aspen da sola avrebbe fatto cambiare idea a *chiunque*. Le tenne il polpaccio assicurandosi di non toccare la ferita e alzò lo sguardo su di lei. «Come stanno gli altri?»

«Vandine è ancora in Germania. Lo manderanno a Dallas non appena i medici lo riterranno pronto. Il proiettile gli ha preso l'arteria femorale. I chirurghi sono stati in grado di ricucirla, ma non vogliono spostarlo finché non saranno sicuri che non si lacererà.»

«Sarebbe morto dissanguato in pochi minuti se non ci fossi stata tu» disse Brain. Non era una domanda.

Aspen si limitò ad annuire. Aveva fatto ciò per cui era stata addestrata. Era grata che entrambi gli uomini fossero vivi, ma aveva solo fatto il suo lavoro.

«E il sergente Holman?»

«I medici gli hanno amputato la mano in Germania. Non sono riusciti a salvargliela.»

«Ma è tornato in Texas, giusto?» le chiese.

Socchiuse gli occhi. «Se sai già come stanno, perché me lo chiedi?» gli domandò, leggermente irritata.

«Perché volevo scoprire quello che sai» le rispose con un sorriso, per nulla turbato dal suo sarcasmo. «E per aggiornarti nel caso non fossi a conoscenza di tutto ciò che so io.»

Si sentì meglio a quella spiegazione.

«Che programmi hai per domani?» le chiese.

«Ho l'allenamento al mattino e poi un incontro con il maggiore».

«Riguardo a cosa?»

Scrollò le spalle. «Presumo che si tratti del ritorno alla mia normale routine di lavoro.»

Brain non ne era così sicuro, soprattutto dopo tutto ciò che i Delta avevano avuto da dire su quello che era successo il giorno in cui era stata ferita in Afghanistan, ma per il momento lasciò perdere. «E al pomeriggio?»

«Lavoro ancora mezza giornata. Perché?»

«Ho pensato che magari ti potrebbe far piacere andare ad Austin a trovare Holman.»

«Veramente?»

«Sì.»

«Perché?»

«Perché cosa?»

«Perché vorresti andare a trovarlo? Non credere che non sappia che non sei il più grande fan della mia squadra» disse Aspen.

«Infatti. Ma in una mail mi hai detto che eri preoccupata per lui e so che come suo medico, probabilmente muori dalla voglia di vedere di persona che sta bene. Posso mettere da parte le mie divergenze se significa darti ciò che vuoi.»

Aspen lo fissò così a lungo che Brain iniziò a preoccuparsi di aver detto qualcosa di sbagliato.

«Grazie» mormorò alla fine. «Mi piacerebbe vedere come sta. Ma tu non devi lavorare domani?»

«No. Abbiamo sempre qualche giorno libero dopo una missione.»

I suoi occhi si illuminarono. «Davvero?»

«Sì. Perché ti diverte così tanto?»

«Stavo solo pensando a quanto debbano amare questa cosa Trigger e Lefty... per non parlare delle loro fidanzate.»

Brain rise. Alla fine si alzò e le tese una mano. «Lo adorano. È fastidioso, se vuoi sapere la verità.»

«Non lo penseresti se fossi tu a spassartela» gli disse ridendo.

«Vero.» Le afferrò la mano e la tirò in piedi.

Ma non si limitò a quello. La trascinò contro il suo corpo, avvolgendole un braccio intorno alla vita per stare il più appiccicati possibile. Sapeva che probabilmente sentiva la sua erezione, ma lei non si ritrasse. Gli circondò le spalle con le braccia e sorrise.

«Mi piacerebbe passare i prossimi giorni con te... dopo che sarai tornata a casa dal lavoro, ovviamente. Per certi versi mi pare di conoscerti benissimo, ma per altri affatto. Vorrei rimediare.»

«Piacerebbe anche a me» concordò Aspen.

«Bene.» Brain spostò le mani sulla sua vita e non poté fare a meno di infilare i pollici sotto la sua maglietta per accarezzarle la pelle nuda.

«Le cose in Afghanistan sono andate bene?» gli chiese

Aprì la bocca per dire subito che non poteva parlare della missione, ma poi si rese conto che lei sapeva esattamente dove fosse stato e perché. In futuro ci sarebbero stati momenti in cui non avrebbe potuto raccontarle dei suoi incarichi, ma si sentiva più sollevato di quanto potesse esprimere a parole di poter parlare di Akhund.

«L'abbiamo preso» le disse.

«Ottimo. Non ci è voluto molto se sei già tornato a casa.»

«Ci è voluto più tempo di quanto volessimo, ma a causa delle azioni amatoriali di Spence, Akhund si era nascosto bene. Ci sono voluti un po' di investigazioni per capire dove.»

«Per investigare, presumo tu intenda usare i tuoi super poteri linguistici per origliare» lo stuzzicò con un sorriso.

Non avrebbe voluto far altro che sfilarle la maglietta dalla testa, gettarla sul divano e mostrarle senza parole quanto amasse quella presa in giro, invece si sedette e la tirò giù. Lei si sistemò nell'angolo del sofà sorprendentemente comodo e si rannicchiò subito accanto a lui. Brain le mise un braccio intorno alle spalle e sospirò soddisfatto quando lei avvolse il proprio intorno al suo stomaco.

Non era mai stato il tipo da coccole, ma decise in quel momento che con lei avrebbe potuto decisamente esserlo.

«Qualcosa del genere» ammise. «Comunque, si era barricato in una casa circondato di tutte le donne e i bambini che era riuscito a trovare. Il bastardo sapeva che non avremmo ucciso civili innocenti se avessimo potuto evitarlo.»

«E gli uomini che ci hanno sparato?»

«Non sono stati un problema» le rispose senza entrare nei dettagli su come avessero dato loro la caccia e si fossero assicurati che non avrebbero mai più fatto del male a nessun altro.

«Giusto. Come siete arrivati ad Akhund?»

«Con un altoparlante.»

Lo guardò confusa.

Brain scrollò le spalle. «L'ho usato per dire in pashtu, alle persone in casa, che se si fossero arrese non sarebbero state ferite. Che potevano prendere i loro figli e andarsene.»

«E sono uscite così come nulla fosse?» chiese incredula.

«Non esattamente. Ci sono voluti due giorni, ma alla fine, poco a poco, sono usciti tutti. Akhund non ne è stato felice. L'ho sentito urlare minacce contro la gente in casa, ma per qualche ragione non si è vendicato su di loro quando la prima donna se n'è andata. Ciò ha dato anche alle altre il coraggio di uscire. Poi si è trattato solo di entrare e ordinargli di arrendersi.»

«Non l'ha fatto, vero?»

Brain scosse la testa. «No.»

«E Shahzada?»

«Uccel di bosco» rispose Brain. Si voltò a guardarla. «Quello che sto per dire non dovrà uscire da questo appartamento.»

«Ovvio. So di non avere lo stesso livello di accesso alle informazioni riservate che hai tu, ma ne so abbastanza da tenere la bocca chiusa» gli disse seria.

«Prima che Akhund morisse, si è vantato del fatto che non avremmo mai trovato Shahzada. Che era il più intelligente di tutti. Che gli abitanti del villaggio gli erano fedeli e che ogni tentativo di trovarlo e ucciderlo sarebbe fallito.»

«Vi ha dato qualche indizio su dove sia o *chi* sia?»

«No» rispose frustrato. «Siamo abbastanza sicuri che sia ancora in quella zona, ma è tutto ciò che sappiamo. Ci sono rapporti secondo cui ha una vasta rete di seguaci, e il suo modus operandi è quello di prendere prigionieri di guerra per ottenere informazioni.»

Aspen trattenne il respiro. «Merda, sul serio? Ci sono dei prigionieri di guerra attualmente nell'area?»

«È difficile dirlo. Ci sono state persone che hanno disertato, ma la maggior parte sono state rintracciate» rispose.

«Sono contenta di non essere più lì» mormorò lei.

«Siamo in due» concordò Brain.

Fece un respiro profondo. «Be' sono sollevata che

Akhund non sia più un problema. Terrorizzava gli abitanti del villaggio.»

«Già. E si spera che le nostre mediazioni e il fatto che non abbiamo dovuto uccidere nessun innocente, abbiano aiutato le relazioni USA/Afghanistan in quella regione.»

«Lo spero.»

Rimasero entrambi in silenzio per un momento. Poi Aspen gli chiese: «Sei sicuro di non avere fame? Se vuoi posso prepararci qualcosa.»

«Sono sicuro. Ma se hai fame *tu*, non farti frenare da me.»

«Sono a posto» lo rassicurò. «È solo che... non voglio che ti annoi.»

La guardò e sorrise. «Non mi interessa ciò che facciamo insieme, *skat*, è bellissimo anche solo stare con te.»

Lei aggrottò la fronte. «*Skat*? Per favore, dimmi che è tesoro in un'altra lingua e non un'offesa.»

Brain ridacchiò. «È danese.»

«Penso di preferire *chérie* o qualcosa di simile» gli disse con il broncio.

«Lo terrò a mente.»

Non era mai stato un gran chiacchierone, preferiva leggere un libro o ascoltare musica, ma per le ore successive parlarono senza sosta; a volte di argomenti seri come il riscaldamento globale, gli effetti della guerra sui bambini, ma altre di niente di importante, come i loro fast food preferiti.

Si stava facendo tardi e Brain sapeva di doversene andare, dato che Aspen avrebbe dovuto alzarsi presto per l'allenamento, ma non riusciva a muoversi. Gli piaceva passare il tempo con lei e che sembrasse perfettamente a suo agio con lui. Sembrava quasi troppo bello per essere vero.

E quel pensiero all'improvviso gli fece venire in mente un'altra donna.

Odiava pensare a qualcun altro quando erano insieme e cercò di scacciare dalla testa quella stronza, ma dato che la sua mente aveva scelto *quel momento* per ricordargli cosa avesse fatto, non riuscì ad allontanarlo.

Il suo corpo doveva essersi teso perché Aspen sollevò la testa e gli chiese: «A cosa stai pensando così intensamente?» Ad un certo punto della serata si era sdraiata appoggiandogli la testa su una coscia. Brain aveva continuato ininterrottamente ad accarezzarle i capelli, amando vedere le sue ciocche coprirgli la gamba.

Sospirò e non considerò nemmeno di mentirle; era un libro aperto per Aspen. Voleva che sapesse tutto di lui, anche se ciò significava condividere alcune delle sue insicurezze. «Ti ricordi quando ti ho detto che non stavo con una donna da due anni?»

Alzò la testa e aggrottò la fronte. «Certo.»

«Devi capire che... sono sempre stato la persona molto più giovane di tutti nelle mie classi mentre crescevo. Alle superiori. Al college. Le donne mi vedevano solo come qualcuno da cui poter copiare gli appunti o che poteva fare i loro compiti quindi, quando mi sono arruolato nell'esercito e all'improvviso mi sono ritrovato circondato da uomini e donne della mia età, è stato piuttosto sconvolgente per me. All'inizio non venivo trattato come il "ragazzo intelligente". In effetti, la maggior parte di quella gente non sapeva nemmeno delle mie lauree o delle mie capacità intellettuali.»

«Bene, no?» gli disse dolcemente.

«Sì. Ho frequentato qualche donna, ma era imbarazzante. Non sapevo davvero cosa dire o fare, e non voglio nemmeno pensare a quanto tempo mi ci è voluto per sentirmi a mio agio con la mia sessualità. Comunque, ho incontrato questa donna, Deidre, un paio di anni fa. Io e il team eravamo andati in un bar per rilassarci dopo una missione particolarmente complicata e abbiamo trovato altri ragazzi della base che conoscevamo. Stavamo bevendo qualche birra quando è entrato un gruppo di donne. Anche loro erano soldati e sono venute dritte verso di noi. Abbiamo iniziato tutti a parlare ed è emerso che ero bravo con le lingue. Erano sembrati tutti molto impressionati... ma Deidre era particolarmente interessata.»

«Per favore, dimmi che questa cosa non va come penso» disse Aspen, raddrizzandosi a sedere e avvolgendo il braccio intorno al suo petto ancora una volta.

Brain scrollò le spalle. «Mi ha dato il suo numero e prima che me ne rendessi conto, ci chiamavamo ogni giorno e veniva sempre a casa mia. Mi piaceva parlare con lei e ha ammesso che stava cercando di imparare il farsi e che stava attraversando un periodo difficile. Quindi l'ho aiutata volentieri. Ammiravo quanto fosse dedita allo studio e lei mi piaceva molto. Era bella, alta, aveva i capelli biondi e lunghi e mi lusingava che avesse scelto me tra tutti gli altri ragazzi che erano al bar quella sera.»

«Penso che Deidre non mi piaccia molto» borbottò Aspen con enfasi.

Gli faceva uno strano effetto provare piacere nel vederla turbata per lui, ma doveva finire quella storia e arrivare al punto. «Già, be', non è mai stata molto affettuosa, ma l'avevo attribuito alla rigida educazione religiosa di cui mi aveva parlato. Ci siamo scambiati qualche bacio e toccati, ma è stato solo dopo che ha sostenuto il test di lingua farsi per l'esercito, superandolo, che abbiamo dormito insieme.

Eravamo un po' ubriachi e... una cosa tira l'altra. Siamo

finiti a letto e ho pensato che tra noi andasse alla grande. Ma la mattina dopo quando si è svegliata... non era decisamente felice. Credevo fosse solo per i postumi della sbornia, ma mi ha illuminato subito. Mi ha detto che pensava che le cose non avrebbero funzionato tra di noi, che aveva apprezzato il mio aiuto con il farsi, ma ora che aveva superato il test avrebbe rotto con me.»

«Che stronza!» Aspen ribolliva di rabbia.

«Se mi guardo indietro ora posso vederne i segni. Erano evidenti: non voler uscire in pubblico; non voler mai fare nient'altro che studiare con me; essere riluttante a fare qualcosa di più che baciarsi. Cazzo, ha dovuto *ubriacarsi* per scoparmi. Il fatto è che... pensavo davvero che ci fosse una connessione. Ma in sostanza mi stava usando per la mia intelligenza. *Era* davvero troppo bello per essere vero, ma io ero lo scemo che pensava che ci stessimo imbarcando in qualcosa di serio.»

«E quindi? Pensi che sia quello che sto facendo anch'io? Che ti stia usando per qualche ragione sconosciuta? È per questo che stai pensando a lei?»

«No, non proprio. Ma a volte non posso fare a meno di ricordare che quando qualcosa sembra troppo bello per essere vero, c'è un motivo.»

Aspen sconvolse Brain quando si mise a cavalcioni su di lui e gli prese il viso tra le mani incontrando il suo sguardo mentre diceva: «Non mi interessa che tu conosca il francese o il tedesco o il farsi, o qualsiasi altra lingua. Voglio dire, è incredibile e meraviglioso, e ammetto di sentirmi un po' inadeguata, ma non è per questo che ti frequento. Vuoi sapere perché?»

Brain la fissò. «Sì» rispose semplicemente.

«Perché quando sono con te è come se fossimo le uniche due persone al mondo. Starti vicino mi rende felice.

Sento una connessione che non ho mai sentito con nessun altro in vita mia. Semmai, sono *io* quella che dovrebbe preoccuparsi che tu decida che non valgo il *tuo* tempo. Questo non è troppo bello per essere vero, almeno io la penso così.»

«Anch'io» ammise Brain.

«Bene. Allora dimentica quella stronza di Deidre. Non vale la pena pensarci un secondo di più.» Poi si spostò più avanti e Brain sentì l'uccello contrarsi. Senza i vestiti addosso, sarebbero stati in una delle posizioni più intime possibili per due persone, avrebbe potuto muoversi appena e sarebbe entrato in lei.

«Baciami» sussurrò Aspen.

Non dovette chiederlo due volte. Le afferrò la nuca e la tenne stretta mentre avvicinava le labbra alle sue.

All'inizio il loro bacio fu dolce. Si mordicchiarono e stuzzicarono, ma lui aveva bisogno di qualcosa di più. Sempre di più.

Si baciarono per diversi minuti finché Brain capì che avrebbe dovuto allontanarsi prima di esplodere nei pantaloni. Aspen si strusciava contro di lui, accarezzandogli il cazzo con i suoi movimenti inconsapevoli. La voleva più di qualsiasi cosa avesse *mai* voluto prima. Più del suo primo master. Più di un posto nei Delta.

Ma non voleva affrettare le cose. Voleva che sapesse che la rispettava e, a dire il vero, gli piaceva far aumentare la trepidazione. Non si sentiva così vivo da molto tempo. Quella sera non gli sembrava il momento giusto per fare una mossa. L'indomani lei si sarebbe alzata presto e anche lui era stanco.

Si tirò indietro e la guardò con desiderio leccarsi le labbra gonfie e umide per i suoi baci.

«Davvero domani mi porterai ad Austin per vedere Holman?» gli chiese.

«Sì.»

«Grazie.»

«Verrò a prenderti verso l'una e mezzo. Scrivimi se c'è qualche cambiamento e non vuoi più andarci.»

«Non ho intenzione di cambiare idea. E non sarebbe più facile se io venissi a casa tua?»

«No. Perché poi dovresti tornare qui da sola e non so che ora sarà. Preferirei che non andassi in giro con il buio.»

Aspen sorrise. «Guido da molto tempo di notte e sono praticamente un Ranger. Starò bene.»

«Assecondami» la pregò, senza cambiare idea. Di solito non era paranoico, soprattutto sul fatto di guidare di notte a Killeen, ma ora era tutto diverso. Non sopportava l'idea che le potesse succedere qualcosa. Non se poteva impedirlo.

«Va bene. Ok.»

Brain annuì, poi si sporse in avanti e la baciò ancora una volta, perché non riusciva a tenere la bocca lontana da lei, e si alzò portandola su con sé.

Lei strillò e rise aggrappandosi alle sue spalle.

Sorridendo, le lasciò andare le gambe e le avvolse le braccia intorno alla vita. Rimasero abbracciati lì davanti al divano. Dato che erano più o meno della stessa altezza, poteva guardarla dritto negli occhi. «Mi sono divertito stasera.»

«Anch'io. Sono contenta che tu sia tornato a casa sano e salvo.»

«Fai riposare quella gamba» le ordinò.

«Posso accompagnarti alla macchina.»

«No. È tardi. Se lo fai, poi io dovrei riaccompagnarti qui al tuo appartamento.»

Lei sorrise. «Va bene. Mi considererai mai una persona competente quando si tratta di sicurezza?»

«Non è questione di competenza. Sono io che voglio essere quello che ti protegge. So che sei in un team di Ranger e che sei un soccorritore militare. Hai avuto una formazione molto simile alla mia, ma come tuo ragazzo e quando non siamo nel bel mezzo di uno scontro a fuoco in Afghanistan, riesco solo a vederti come una donna che può essere vulnerabile. La *mia* donna.»

Brain fece una smorfia. Dio, aveva combinato un casino, non l'avrebbe biasimata se lo avesse scaricato subito.

Ma lei invece fece un sorriso ancora più enorme. «Sarei una stupida a offendermi» gli disse. «Basta che ti renda conto che non sono indifesa. Non sarò mai il tipo di ragazza che lascia che il suo uomo prenda il sopravvento nella sua vita. Sono stata da sola per molto tempo e non ho bisogno che qualcuno si prenda cura di me.»

«Ne prendo nota. Farò del mio meglio per tenere a freno le mie tendenze da uomo delle caverne» replicò Brain, sollevato che non si fosse incazzata.

«Allora, posso accompagnarti alla macchina?» lo prese in giro.

«No» rispose lui scuotendo la testa.

Aspen rise. «Stavo scherzando.» Si sporse e lo baciò, poi gli prese la mano e lo trascinò verso la porta. La seguì docilmente, ammirando il suo sedere mentre camminava.

Lei si fermò e si voltò. «Mi stavi guardando il culo?»

«Sì» ammise subito. «È veramente molto bello.»

Lei sorrise. «Chi la fa l'aspetti. Non lamentarti in futuro quando ti darò un'occhiata io.»

«D'accordo.» Poi le passò il pollice sullo zigomo. «Grazie per avermi permesso di venire qui.»

«Quando vuoi. E dico sul serio.»

Brain attraversò la porta aperta camminando all'indietro, sapendo che se l'avesse baciata ancora una volta probabilmente non sarebbe stato in grado di fermarsi. «Ci vediamo domani.»

«Guida con prudenza.»

«Lo farò.»

«Mi scrivi quando arrivi a casa?»

Inclinò la testa. «Sono sicuro che non avrò problemi a tornare a casa.»

«Assecondami.»

«Va bene. Ci vediamo domani.»

«Ciao, Kane.»

«Ciao.»

Brain si costrinse a voltarsi e a percorrere il corridoio allontanandosi da lei. Gli metteva quasi paura quanto tenesse ad Aspen. Avrebbe fatto il possibile per non mandare tutto all'aria... anche se non aveva idea di come fare.

CAPITOLO UNDICI

ASPEN ERA in trepidante attesa quando Kane bussò alla sua porta il pomeriggio successivo. La mattinata era stata... stressante. Era andata all'allenamento con la squadra, ma erano sembrati tutti sottotono e non le avevano parlato molto. Non erano mai molto loquaci con lei, ma quella mattina erano stati ancora più reticenti. Avevano assegnato al plotone un nuovo sergente e ad Aspen piaceva abbastanza. Almeno non l'aveva insultata come facevano alcuni Ranger. Era arrivato anche il sostituto di Holman che aveva fatto il primo allenamento con la sua nuova squadra.

In seguito quella mattina, si era incontrata con il maggiore. Aspen aveva pensato che volesse discutere del suo ritorno a tempo pieno, invece le aveva fatto un milione di domande sull'operazione in Afghanistan. Aveva voluto sapere tutto su come avessero gestito le varie situazioni Vandine e Derek, incluso un resoconto, secondo per secondo, dell'ultimo giorno quando tutto era andato a puttane.

Si era sentita in imbarazzo di dover dire qualcosa di

dispregiativo nei confronti di qualcuno, anche se aveva fatto qualcosa di grave, ma alla fine era stato ovvio che il maggiore sapesse già praticamente tutto ciò che era successo. Quindi si era limitata ai fatti, sforzandosi di raccontarli con meno emotività possibile.

Una volta finito, il maggiore si era appoggiato allo schienale della sedia con le mani unite puntate sotto il mento e l'aveva fissata.

Aspen si era rifiutata di agitarsi, non aveva fatto niente di male.

«Ti piace il tuo lavoro, sergente Mesmer?» le chiese.

«Sì, Signore.»

«*Ami* il tuo lavoro?»

A quello si era fermata a riflettere. Amava essere un medico. Bramava la scarica di adrenalina di quando doveva prendere decisioni di vitale importanza. Amava soprattutto essere in grado di fare la differenza nella vita di qualcuno... come con Vandine e Holman. Ma di certo non le piaceva tutta l'altra roba che faceva parte di quel lavoro: essere disprezzata a causa del suo sesso, prendersi una pallottola, essere trattata come una cittadina di seconda classe.

«Come pensavo» le aveva detto il maggiore prima che lei avesse la possibilità di rispondere alla sua domanda. Si era chinato in avanti appoggiando i gomiti sulla scrivania. «Sei un medico dannatamente bravo, Mesmer. Ho dato un'occhiata al tuo stato di servizio ed è impeccabile. Ti stai avvicinando agli otto anni, giusto?»

«Sì, Signore.»

«Presto dovrai decidere se ti arruolerai di nuovo o meno.»

«Sì, Signore.»

«Non voglio perderti, non voglio che l'esercito ti perda, ma non sei felice.»

Aspen era rimasta sorpresa che glielo avesse detto così esplicitamente.

«Potrei star qui a prometterti ogni sorta di cose per cercare di farti rimanere. Potrei dirti che il sergente Spence verrà riassegnato, che potrei trasferirti in un'altra unità Ranger. Lasciarti scegliere la sede di servizio, darti dei bonus di riarruolamento... ma credo che nessuna di queste cose ti renderebbe felice.»

Aveva ragione. Non era mai stata il tipo di donna che aveva bisogno di uno stipendio altissimo o di vivere in una casa gigantesca. Voleva *sentirsi parte* di un posto. In sostanza, non era sicura che si sarebbe mai sentita davvero parte dell'esercito. Soprattutto nelle squadre delle forze speciali.

Aveva guardato confusa l'uomo di fronte a lei.

«Ti sto confondendo e mi dispiace. Voglio il meglio per tutti i miei soldati e se ciò significa far sì che trovino fuori dall'esercito ciò di cui hanno bisogno per essere felici, ben venga. Non so quali siano i tuoi piani. Non so nulla della tua vita sociale o della tua famiglia. Ma dopo aver sentito come ti sei comportata bene in quel casino in Afghanistan, malgrado tutto remasse contro di te, mi sento in dovere di darti qualche consiglio. Prima di arruolarti di nuovo, pensa a ciò che vuoi. Ciò che vuoi *veramente*. E se non è fare altri quattro anni del lavoro che stai facendo ora... rinuncia.»

Aspen era rimasta scioccata dalle parole del maggiore, ma non poteva negare che era come se le fosse stato tolto un peso dalle spalle che un ufficiale superiore le avesse detto proprio ciò che lei stava pensando, avvalorandolo.

Nonostante ciò, aveva lasciato l'incontro senza prendere alcuna decisione, e l'aveva stressata pensare a cosa sarebbe potuto accadere se avesse scelto di lasciare l'esercito. Ma sapere che avrebbe visto Kane quel pomeriggio aveva reso più facile accantonare in un angolo della mente tutto quanto; tutte le decisioni importanti che avrebbe dovuto prendere nel prossimo futuro e la tensione per il ricongiungimento con la sua squadra di Ranger.

Quando sentì bussare, Aspen praticamente corse ad aprire.

«Ehi. Pensavo che non saresti mai...»

Le sue parole furono interrotte dalle labbra di Kane; le circondò la vita con il braccio, la attirò a sé e la baciò... con forza. E lei non poté fare a meno di sorridere del suo entusiasmo.

Quando si tirò indietro, provò di nuovo a salutarlo. «Ciao.»

«Ciao» rispose. «Pronta ad andare?» Fece un passo indietro ma la tenne per mano.

Le piaceva che baciarsi non fosse più un ostacolo enorme da superare nella loro relazione, sembrava già una cosa naturale. «Sì. Fammi solo prendere la borsa.»

Le strinse la mano prima di lasciarla andare e anche quello la fece sentire tutta agitata dentro. Corse all'interno e prese la borsa che aveva lasciato sul bancone in cucina. Dopo pochi secondi era di nuovo davanti a lui. «Pronta» gli disse.

Chiuse a chiave la porta e dopo che le lasciò cadere nella borsa, Kane le prese di nuovo la mano. Era passato molto tempo dall'ultima volta che Aspen aveva tenuto per mano qualcuno e non riusciva a ricordare che quel gesto l'avesse mai fatta sentire felice come in quel momento.

Quando si sistemarono nella Challenger e partirono verso Austin, le chiese della sua giornata. «Com'è andata la tua mattinata? La gamba sta bene?»

«La gamba è a posto» gli disse, senza ammettere che le pulsava un po' a causa di tutte le attività che aveva fatto. Aveva preso un antidolorifico prima che lui arrivasse e sapeva che sarebbe stato d'aiuto. «La mia mattinata è stata strana.» Procedette a raccontargli della tensione tra lei e la squadra dei Ranger e del suo incontro con il maggiore.

«Cosa ne pensi?» gli chiese quando finì.

«Riguardo a cosa?»

«Riguardo a lasciare l'esercito. Non ho nemmeno idea di cosa potrei fare.»

Kane la guardò. «Fai il tecnico medico di emergenza. Oppure prendi la licenza da paramedico. Una volta mi hai detto che è stato un paramedico a farti venire voglia di arruolarti, dopo averli visti in azione durante un pattugliamento con il dipartimento di polizia. Hai già la licenza nazionale di tecnico medico di emergenza. Potresti ottenere la certificazione statale e trovare un lavoro con una compagnia di ambulanze.»

Aspen lo fissò. Kane sembrava così sicuro e positivo sul fatto che avrebbe trovato facilmente un lavoro e superato i test per ottenere la licenza. Più ci pensava, più si entusiasmava. Per qualche ragione, non aveva mai pensato di lavorare su un'ambulanza. Era così agitata all'idea di lasciare l'esercito che aveva avuto difficoltà a pensare a qualsiasi altra cosa.

«Mi dispiace che la tua squadra non riesca a togliersi il palo dal culo. Per quel che vale, probabilmente molti di loro sono imbarazzati per come hanno agito. Non avrebbero mai dovuto abbandonare te, Holman e Vandine.»

«Avevano ricevuto un ordine da qualcuno di grado più alto» li difese Aspen.

«L'ho già detto e lo ripeto. Non m'importerebbe nemmeno se fosse il presidente dei capi di stato maggiore, l'ufficiale di grado più alto dell'esercito, a ordinarmi di abbandonare qualcuno della mia squadra. Non lo farei.»

Aspen gli mise la mano sulla coscia. Lui la avvolse subito con la sua.

Fecero diversi chilometri in silenzio prima che lei dicesse: «Non li biasimo.»

«Dovresti» ribatté, senza rabbia nella voce. «Un team è sacro. Ognuno ha i suoi punti di forza e le sue debolezze, e si lavora insieme per portare a termine le missioni. Il mio ha bisogno di me per tradurre. Per ascoltare e riferire, e per parlare quando dobbiamo tirarci fuori da alcune situazioni che si presentano. Non so cosa farei senza di loro e mi piace pensare che sia reciproco.»

«È così anche per loro» gli disse subito Aspen. Non aveva frequentato molto gli amici di Kane, ma anche in quel poco tempo aveva visto cosa si stava perdendo.

«Non posso dirti cosa fare della tua vita, ma so che voglio continuare a vederti. Voglio essere coinvolto in qualunque cosa tu scelga di fare. Se rimarrai nell'esercito, farò tutto il possibile per far funzionare le cose tra di noi. Non sarà facile, perché potremmo entrambi essere trasferiti già domani, ma non sono il tipo d'uomo che fa pressioni affinché rinunci alla tua carriera per seguirmi nella mia.

Lo fissò. «Stai dicendo che lasceresti l'esercito se io non volessi farlo?»

Kane scrollò le spalle. «Non lo so. Cioè, abbiamo appena iniziato a frequentarci e le cose potrebbero non funzionare, ma so che non ho mai sentito questa connessione con un'altra donna, e sarò nell'esercito solo per altri dieci anni circa... mi piace pensare che starò con la donna che sposerò per molto più tempo. Guardandola in prospettiva, è una bazzecola.»

Aspen avrebbe voluto piangere. Sapeva che non le stava proponendo il matrimonio, ma che in sostanza le avesse detto che l'avrebbe messa al di sopra della sua stessa carriera, un lavoro che amava, era sorprendente e la lusingava. «Non so cosa farò.»

«Ed è giusto così. Hai ancora tempo per pensarci. Dico solo che sosterrò la tua decisione. Penso sinceramente che in campo medico troverai l'atmosfera di squadra che stavi cercando. Potrebbe volerci un po' di tempo per trovare qualcuno con cui ti sentirai perfettamente in sintonia nel servizio di ambulanza, ma saresti un'aggiunta straordinaria a qualsiasi azienda e i tuoi pazienti sarebbero davvero fortunati.»

«Devi smetterla di parlare» gli disse, cercando di ricacciare indietro le lacrime.

Lui la guardò allarmato. «Perché?»

«Niente. Non riesco proprio a gestire il fatto che tu sia così dolce.»

Il viso di Kane si rilassò quando si rese conto che non c'era niente che non andava. «Mi dispiace, non posso. Quella roba esce da sola quando sono vicino a te.»

Lo sentì stringerle la mano, chiuse gli occhi e appoggiò la testa sul sedile.

Come se sapesse quanto fosse stanca, non le disse altro. Alzò un po' il volume della musica e tra quello e il viaggio tranquillo, Aspen si appisolò.

Si svegliò quando le strinse la mano. «Siamo arrivati, *kallis*.»

Sollevò un sopracciglio nell'ormai familiare muta domanda.

«Estone.»

Sorridendo, scese dall'auto. Non appena si avvicinò le prese di nuovo la mano. Cercava sempre un contatto con lei. La toccava, la stringeva. Non era mai uscita con nessuno di simile e doveva ammettere che le piaceva.

Andarono nell'ospedale dei veterani dove Holman era ricoverato e chiesero alla reception in quale stanza si trovasse. Presero l'ascensore in silenzio e ciò diede ad Aspen il tempo di stressarsi su ciò che avrebbe detto al suo compagno di squadra.

«Smettila di preoccuparti» le ordinò Kane.

Lei scosse la testa. «Come sapevi che lo stavo facendo?»

«Hai una ruga da preoccupazione proprio qui» disse, passandole un dito tra gli occhi.

«Fantastico, *ora* devo preoccuparmi anche delle rughe» mormorò, ma sorrise quando lui ridacchiò.

Arrivarono alla porta di Holman, Aspen bussò e quando lui li invitò a entrare, la aprì.

Si fermò di colpo vedendo il numero di persone nella stanza.

Una bella donna, forse di qualche anno più vecchia di lei era seduta su una sedia accanto al letto. Una giovane adolescente era appoggiata a un muro e giocherellava con un telefono cellulare mentre un bambino, probabilmente sui sei o sette anni, sedeva a gambe incrociate ai piedi del letto.

«Mi dispiace interrompere» disse in fretta Aspen.

«Mesmer!» esclamò Holman. «Vieni dentro!»

Entrò nella stanza, la sensazione della mano di Kane sulla schiena le infuse più fiducia di quanta ne avrebbe avuta se fosse andata lì da sola.

«Che sorpresa! Questa è mia moglie Lynn, mia figlia Laurie e mio figlio Max.»

Salutò ogni persona con un sorriso e un cenno del capo.

«E questo è il sergente Mesmer. Aspen. È lei che mi ha salvato la vita.»

A quelle parole, tutti la fissarono.

Cercò di minimizzare la sua affermazione. «Non sono certa che sia così. Tutto quello che ho fatto è stato avvolgerti una garza intorno alla mano.»

«Max, copriti le orecchie» ordinò Holman, e Aspen sorrise quando il bambino obbedì subito al padre.

Nel momento in cui il figlio non poté più sentirlo, disse: «Stronzate. Non sono un idiota, Mesmer. Hai avuto un sangue freddo incredibile. Mi hai dato il tuo fucile, ti sei occupata di Vandine, il tutto impedendo al nemico di entrare in quel vicolo. Poi ti sei gettata il sergente in spalla come se pesasse meno di un sacco di patate e ci hai tirati fuori di lì.»

«Papà, posso ascoltare di nuovo adesso?» chiese Max un po' troppo ad alta voce.

Holman sorrise a suo figlio e annuì. Poi riportò la sua attenzione su Aspen. Tese la mano buona e le fece cenno con le dita di avvicinarsi.

Sorpresa, si trascinò in avanti e prese la mano del suo compagno di squadra. Non l'aveva mai toccata prima, non così. Sì, durante gli allenamenti capitava che dovessero toccarsi, ma quello era molto diverso.

«Non avrebbero dovuto abbandonarci» disse con calma, e capì che si riferiva ai loro compagni di squadra. «Ma ciò che mi fa più orrore è sapere che se al posto mio fosse stato ferito Buckland o Hamilton, o chiunque altro... io avrei fatto esattamente la stessa cosa. Non me ne sono reso conto, Mesmer.»

«Di cosa?» chiese piano.

«Di quanto fossi vitale per la nostra squadra. Che in realtà eri la persona più preziosa.»

Aspen sentì chiudersi la gola e rimase letteralmente senza parole.

«Ho riflettuto molto mentre ero qui allettato» continuò Holman. «Nessuno di noi era felice quando sei stata assegnata alla nostra squadra. Pensavamo che ci avresti rallentati. Che non saremmo riusciti a svolgere il nostro lavoro in modo altrettanto efficace. Eravamo così incazzati per ciò che non avevi tra le gambe, che non abbiamo considerato che ciò che avevi tra le *orecchie* era molto più importante. So di essere in enorme ritardo, ma ti chiedo di perdonarmi.»

«Già fatto» replicò subito lei.

Holman sospirò di sollievo.

«Come stai?» gli chiese.

Scrollò le spalle. «Bene. Mi ci vorrà un bel po' di tempo ad abituarmi al fatto di aver perso la mano.»

Aspen fece una smorfia.

«Non si poteva fare nulla, Mesmer. Ho capito che l'avrei persa nel momento in cui l'ho guardata e visto che non era rimasto molto. Non avresti potuto salvarla, quindi non provarci nemmeno a dire qualcosa.»

«Ok.»

«Sono qui grazie a te» continuò. Lanciò un'occhiata a sua moglie e lo sguardo colmo d'amore che si scambiarono fu così intenso che Aspen si sentì quasi a disagio di esserne testimone. «Vedo il viso della mia bellissima Lynn ogni giorno, sento le risposte insolenti di mia figlia e ascolto i racconti di mio figlio sulle rane e i serpenti che ha trovato nel cortile.»

Osservò di nuovo la famiglia di Holman e si rese conto che fino a quel momento non sapeva nemmeno che esistessero. Non aveva idea se gli altri della squadra fossero sposati o se avessero figli. Non ne avevano mai parlato. Ma d'altronde, non l'aveva chiesto. Era così preoccupata a cercare di inserirsi che non aveva tentato di connettersi con i suoi compagni a un livello più personale. Si rese conto che parte della distanza tra loro era colpa sua. Non tutta, neanche lontanamente, ma aveva commesso anche lei molti errori.

L'uomo spostò lo sguardo su Brain, ancora fermo sulla soglia. «Ci conosciamo, vero?»

Aspen lasciò andare la sua mano per indicare Kane. «Lui è il sergente Temple. Ci ha aiutati a raggiungere il camion, ricordi?»

Gli fece un cenno con il mento. «Sì. Grazie.»

Brain scrollò le spalle. «Non abbiamo fatto molto. Sono sicuro che se non fossimo arrivati noi, Mesmer sarebbe riuscita a rubare un camion, avrebbe buttato dentro te e Vandine e investito chiunque avesse osato mettersi tra lei e l'ospedale.»

Holman ridacchiò. «Non ho alcun dubbio, ma grazie lo stesso.»

Kane annuì

«Allora... cosa farai?» gli chiese Aspen.

«Mi congederanno per ragioni mediche, quindi passerò il resto della vita a recitare il ruolo di un pirata con un uncino al posto della mano» disse scherzando, ma percepì il dolore dietro le sue parole.

«Perché l'uomo con una mano sola ha attraversato la strada?» chiese Max.

Aspen guardò sorpresa il bambino, ma il padre gli rivolse un sorriso enorme e rispose: «Non lo so, perché?»

«Per arrivare al negozio di oggetti di seconda mano.»

Tutti risero, ma Laurie alzò gli occhi al cielo. «Non è carino» disse a suo fratello.

«Avete riso» ribatté lui.

«Vabbè.»

Quando Aspen si voltò a guardare Holman, vide che

stava guardando i suoi figli con un'espressione colma d'affetto. Incontrò il suo sguardo e le disse: «Non so cosa farò. Sono sempre e solo stato nell'esercito. Mi sono arruolato subito dopo il liceo, dopo che io e Lynn ci siamo sposati. Ma qualcosa troverò. Sono vivo e ho una famiglia che mi ama. Tutto il resto è secondario.»

Era un atteggiamento positivo. Non era sorpresa di vedere nei suoi occhi attimi di dubbio e incertezza, ma aveva un sacco di cose per cui vivere... e lo sapeva.

Trascorse un'altra mezzora circa a parlare con lui e la sua famiglia, ma quando vide che gli si chiudevano gli occhi, capì che era ora di andare. Si rivolse a Lynn. «Se hai bisogno di qualcosa, qualsiasi cosa, per favore non esitare a metterti in contatto con me.»

«Grazie» replicò l'altra donna.

Aspen scarabocchiò il suo numero su una lavagnetta bianca che c'era nella stanza. «Dico sul serio. Holman fa parte della mia squadra e ciò significa che lo sei anche tu. Qualunque cosa vi serva, fatemelo sapere.»

«Lo apprezzo. Per ora siamo a posto» le assicurò Lynn.

Non fu sorpresa dalla sua risposta. Non si conoscevano e ciò la rendeva un po' triste. Sorrise all'altra donna e fece un cenno con il mento a Holman. «Ci vediamo, Capitan Uncino.»

Per un secondo la sconvolse l'idea di averlo potuto offendere chiamandolo così senza pensarci, ma quando lui scoppiò a ridere, si rilassò.

«Ci vediamo, Mesmer.»

Lasciò la stanza d'ospedale e sentì il peso familiare delle dita di Kane sulla schiena. Quando entrarono nell'ascensore vuoto, si voltò e appoggiò la fronte contro la sua spalla. Lui non disse nulla, le mise semplicemente una mano sulla nuca e gliela massaggiò.

Quando arrivarono alla macchina, la prese tra le braccia prima che potesse salire.

Non aveva idea di quanto rimasero abbracciati lì nel parcheggio, ma quando lui si scostò si sentiva molto meglio.

Kane la studiò a lungo. «Hai fame?» le chiese.

«Molta.»

«Messicano?»

Gli occhi di Aspen si illuminarono. «Ehm... ovvio.»

Le sorrise. «Che ne dici di Torchy's Tacos?»

«Oh, sì» rispose. Aveva mangiato alcune volte in quel famoso ristorante di Austin e non ne era mai uscita insoddisfatta.

Quello che era iniziato come un giorno molto strano e preoccupante si stava rivelando veramente meraviglioso... e tutto grazie a Kane.

———

Ore dopo, Aspen si ritrovò ancora una volta sulla soglia a salutare Kane. Avevano mangiato dei fantastici tacos e poi erano tornati a Killeen, dove lui l'aveva portata a casa sua. Avevano parlato, si erano baciati, e baciati ancora, poi lui le aveva detto con riluttanza che avrebbe dovuto portarla a casa dato che entrambi si sarebbero alzati presto la mattina seguente. Anche se lui aveva un altro giorno libero, si sarebbe trovato comunque con la sua squadra all'alba per fare l'allenamento.

Aspen avrebbe voluto protestare, ma sapeva che aveva ragione, avevano bisogno entrambi di dormire un po'. «Quando posso rivederti?» gli chiese mentre erano sulla soglia.

Kane aggrottò la fronte. «Non lo so. Dopo l'allenamento io e la squadra andremo a San Antonio ad aiutare alcuni vigili del fuoco che conosciamo per un evento di beneficienza.»

Arrossì quando lo disse e ciò stuzzicò la curiosità di Aspen. «Di che genere?»

Scrollò le spalle. «Stanno raccogliendo fondi per i vigili del fuoco e altri membri del servizio pubblico che soffrono di disturbo post traumatico da stress. È una specie di fiera in cui i bambini possono cercare di far cadere i pompieri e altri volontari in una vasca, lanciano torte in faccia, cose del genere. Ci saranno gare di corsa a tre gambe e persino una fattoria didattica, oltre a varie organizzazioni con animali per il sostegno emotivo.»

Aspen si sentì sciogliere il cuore. «Sei un brav'uomo, Kane Temple.»

«Mi fa piacere che la pensi così. Ma per rispondere alla tua domanda, non so quando potremo rivederci, ma mi assicurerò di scriverti. Va bene?»

«Benissimo» gli disse con un sorriso.

«Fai riposare quella gamba» le ordinò. «Ci hai pesato sopra quasi tutto il giorno.»

Non era esattamente vero, dato che era stata in macchina per molto tempo e a casa sua erano stati sul suo divano a baciarsi o a parlare, ma annuì comunque. Era bello essere coccolati.

«Guida con prudenza domani.»

«Lo farò. Vieni qui» disse, anche se la stava già attirando a sé.

Dieci minuti dopo, senza fiato per i suoi baci, Aspen chiuse la porta, assicurandosi di bloccare la serratura. Corse alla finestra e aspettò che Kane fosse uscito dal parcheggio prima di andare in camera da letto.

Sdraiata al buio, mentre fissava il soffitto, ripensò a ciò

che avevano detto il maggiore e Holman. Non era più felice di stare nell'esercito. Quando si era arruolata, era entusiasta ed eccitata di poter fare la differenza. Di spianare la strada ad altre donne nelle forze speciali. Ma ora era solo stanca. Non credeva di aver spianato niente ed era arrivato il momento di fare qualcosa che le piacesse. Di trovare la squadra che stava cercando.

Nell'esercito non avrebbe trovato lo stesso tipo di cameratismo che Kane aveva con il suo team, ma forse avrebbe potuto trovarlo altrove.

Una vocina nella sua testa le sussurrò che avrebbe potuto entrare nella squadra che Kane e i suoi amici avevano già formato. Le aveva detto quanto Gillian e Kinley fossero importanti per Trigger e Lefty e di conseguenza, anche per il resto dei ragazzi. Lo voleva anche lei. Voleva degli amici di cui potersi fidare. Voleva un impiego da poter adorare, lavorare con persone con cui le sarebbe piaciuto passare il tempo.

Ma più di tutto, voleva Kane. Voleva averlo nel suo letto o rimanere la notte a casa sua. Voleva cucinare con lui e poi non dover tornare nel suo appartamento solitario perché si stava facendo troppo tardi. Lui la rendeva felice ed era passato troppo tempo dall'ultima volta che si era sentita così.

Non sapeva cosa sarebbe successo in futuro con la sua squadra, con l'esercito o una carriera sconosciuta, ma sperava di affrontare tutto con Kane al suo fianco.

CAPITOLO DODICI

Un mese, una settimana e quattro giorni. Era il tempo trascorso da quando Brain era tornato dall'Afghanistan e da quando lui e Aspen erano diventati esclusivi. Si parlavano ogni giorno, si vedevano ogni volta che i loro impegni lo consentivano, ma lui voleva di più.

Non avevano ancora fatto sesso, ma non era troppo preoccupato per quello. La loro relazione procedeva a un ritmo tranquillo. Era felice anche solo di baciarla o abbracciarla. Non avevano mai passato una notte insieme, non tutta almeno, ma si erano addormentati un paio di volte sul divano dell'uno o dell'altra. Svegliarsi con lei tra le braccia sembrava sempre giusto.

Quel giorno avrebbero trascorso una giornata di relax con il team. Sarebbero andati tutti a casa sua. Trigger e Lefty avrebbero portato anche Gillian e Kinley ovviamente, e Grover sua sorella Devyn.

Aveva parlato così spesso dei suoi amici che Aspen sapeva praticamente tutto di loro. Conosceva le loro stranezze più divertenti e tutti i problemi che Gillian e Kinley avevano passato. Si era integrata bene al precedente ritrovo a casa sua e sperava che continuasse così.

Il bussare alla porta lo riscosse dai suoi pensieri e aprì con un sorriso. Era Aspen, con le braccia piene di roba. Brain prese subito la teglia che aveva in mano e gli sorrise con gratitudine.

«Avresti dovuto lasciare che ti aiutassi» la rimproverò con tenerezza.

«Era per non andare e tornare due volte dalla macchina» disse con una risata.

Brain si limitò a scuotere la testa. Aveva già imparato che la sua ragazza avrebbe fatto *di tutto* per evitare di fare due giri, persino lì a casa sua, dove non era chissà cosa percorrere quei dieci passi in più necessari per raggiungere il vialetto e tornare indietro. Immaginò che derivasse dal fatto che il parcheggio del suo appartamento era molto lontano dalla porta d'entrata. In ogni caso, quella cosa lo divertiva sempre. Aspen avrebbe trasportato venti buste della spesa in un colpo solo pur di non dover fare due viaggi.

La fece entrare e non appena la porta si chiuse dietro di lei, si chinò per baciarla. Avevano le mani occupate, ma ciò non impedì che il loro bacio fosse appassionato.

«Mi sento come se non ti vedessi da una vita» gli disse quando si staccarono.

Brain la precedette in cucina e accese il forno, lo aprì e ci mise dentro la teglia per tenerla calda fino all'arrivo degli altri. Si voltò e vide Aspen svuotare una delle borse che aveva portato.

«Ti avevo detto che per il cibo eravamo a posto.»

«Lo so, ma ero al supermercato e ho pensato che averne di più non avrebbe guastato. I tuoi amici sono *enormi*. Presumo che mangino molto e così ho preso qualche verdura pensando che l'avrebbero apprezzata.»

Brain si allungò e la attirò a sé. Lei fece un piccolo grido sorpreso, ma sorrise quando si ritrovò incollata a lui.

«Ehi» mormorò. Si prese un po' di tempo per ammirarla. Indossava un paio di pantaloncini di jeans che mettevano in mostra le sue gambe lunghe e muscolose e una canotta nera. Portava un paio d'infradito e gli piaceva che si fosse dipinta di rosa le unghie dei piedi. Aveva lasciato i capelli sciolti e le ciocche ricce le ricadevano sulle spalle, facendogli desiderare di vederle sparse sul cuscino.

Aveva un aspetto casual e comodo e Brain aveva ancora difficoltà a credere che stesse con *lui*.

Aspen sorrise. «Ehi.»

«Sembra anche a me di non vederti da un'eternità. Com'è andato il lavoro ieri?» Si erano scambiati qualche messaggio la sera prima, ma avevano parlato principalmente del ritrovo e di quando sarebbe dovuta arrivare.

Aspen sospirò. «Tutto ok.»

Brain non aveva avuto molte relazioni, ma sapeva comunque che quella risposta significava che le cose non erano andate bene. «Cos'è successo?» le chiese.

«Niente. Solo che Derek si comporta da stronzo» borbottò, senza incontrare il suo sguardo.

Le mise un dito sotto il mento finché non lo guardò. «Cos'è successo?» ripeté.

Quando gli occhi di Aspen si riempirono di lacrime si preoccupò e ogni muscolo del suo corpo si tese.

«È una stupidaggine» disse, accarezzandogli inconsciamente il petto come se sapesse quanto fosse agitato di vederla sconvolta. «Come saprai, durante il giorno ognuno di noi ha le proprie cose da fare e siamo stati insieme solo all'allenamento. Be', nell'ultima settimana, ci siamo addestrati di nuovo e Derek cerca di comandare entrambe le squadre, proprio come faceva prima. Il mio nuovo sergente non è contento che dia ordini a lui e al suo plotone, soprattutto perché hanno lo stesso grado, quindi si oppone.

Ieri, Derek ha fatto un commento sarcastico sulle donne che non sono abbastanza forti per far parte dei Ranger. Non stava parlando specificatamente di me, era più un'affermazione generica, ma era ovvio che mi stesse *includendo* nel suo disprezzo. La mia squadra è stata un po' più aperta e amichevole con me nelle ultime settimane, probabilmente a causa di tutte le lezioni riguardo alle pari opportunità che abbiamo seguito, e forse dopo ciò che è successo con Vandine e Holman. Ad ogni modo, il mio nuovo sergente di plotone gli ha detto che non sapeva di cosa diavolo stesse parlando e hanno iniziato a litigare. È imbarazzante e spiacevole per tutti. È solo che... odio essere la ragione per cui gli altri non vanno d'accordo.»

«Non sei tu quella da biasimare, ma Derek. E stai combattendo decenni di discriminazione. Sono felice di sentire che il tuo nuovo sergente non tolleri le sue stronzate.»

«Sì, sono rimasta sorpresa. All'inizio non pensavo che fosse il tipo che avrebbe tollerato una donna nella sua squadra, ma in realtà mi ha incoraggiato in allenamento.»

Sapeva quanto Aspen desiderasse far parte di un team come il suo. Composto da persone che avrebbero fatto assolutamente qualsiasi cosa per supportarsi a vicenda. Brain non poteva obbligare i Ranger ad accettarla, ma poteva darle la squadra che desiderava quando era fuori servizio. Avrebbe condiviso volentieri il team con lei.

«Hai preso una decisione sul tuo imminente riarruolamento?» le chiese. Avevano parlato a lungo dei pro e contro di lasciare l'esercito e delle sue opzioni se se ne fosse andata, ma per quanto ne sapeva non aveva fatto una scelta definitiva.

«No. Ma sono propensa a lasciare. Mi sono informata e sono qualificata a livello nazionale come paramedico perché ho superato l'esame, ma devo ottenere la licenza statale del Texas. In realtà non ho guardato quali posizioni potrebbero essere aperte, ma sono abbastanza sicura che riuscirò a trovarne una. Se non qui, sicuramente ad Austin.»

«Cosa ti trattiene?»

«È che... mi sento come se stessi abbandonando tutte le altre donne che stanno ancora cercando di farsi strada nelle specialità di combattimento.»

Brain scosse la testa. «Fanculo. Non puoi pensare così. Aspen, è incredibile quante barriere sei già riuscita ad abbattere. Sei stata assegnata a una squadra di Ranger. No, cazzo. *Sei* un Ranger a tutti gli effetti, quello non può portartelo via nessuno anche se te ne vai ora. E come ha dimostrato il tuo nuovo sergente di plotone, non tutti la pensano come Derek. Anche a *lui* andava bene che stessi lì, fino a quando il suo ego non ha preso un brutto colpo perché l'hai scaricato. L'ha messa sul personale ed è una stronzata.»

«Grazie» mormorò Aspen. «Gli ultimi mesi sono stati davvero stressanti. Un giorno sono determinata a tenere duro e quello dopo sono pronta a gettare la spugna.»

«Be', non devi prenderla oggi la decisione. Puoi divertirti a passare il tempo con i nostri amici.»

Lei sorrise. «Non sono sicura di poterli già chiamare amici, dato che sono stata con loro solo quella volta prima di partire per la missione.»

«Sono tuoi amici» le disse Brain con convinzione. «Non dubitarne mai. Se hai bisogno di qualcosa, puoi chiamare uno di loro e si faranno in quattro per aiutarti, senza problemi.»

«Ma per te, non per me.»

«In questo momento forse sì. Ma non quando vi conoscerete meglio.»

«Sai, quella prima volta potrebbe essere stato un colpo di fortuna. Potrei non piacere loro quando mi conosceranno davvero.»

«Ma va. Sei simpatica. E *mi sopporti*. Quindi è fatta.»

«Certo, perché sei proooprio difficile da sopportare» scherzò, alzando gli occhi al cielo.

Rise con lei, poi le fece il solletico sui fianchi.

Aspen strillò e cercò di divincolarsi, ma lui la trattenne.

Stavano ridendo quando sentirono qualcuno schiarirsi la voce lì vicino.

Brain alzò lo sguardo e vide Trigger e Gillian. Si raddrizzò e avvolse un braccio intorno ad Aspen, voltandola verso i loro ospiti.

«Oh, ehi» li salutò, continuando a sorridere.

Gillian ricambiò il saluto, poi disse: «Mi piace sempre di più. Chiunque riesca a farti ridere così è perfetta per quanto mi riguarda.»

Aspen lo guardò. «Non ridi molto?»

Gillian rispose prima che lui ne avesse la possibilità. «Dio, no. Voglio dire, non è cupo come Doc, ma ci va vicino.»

Aspen fissò Brain per un momento prima di voltarsi di nuovo verso di lei. «Lascia che ti aiuti con quella.» E le prese la bottiglia di mano.

Trigger lo salutò con un cenno del mento. «Scusa se abbiamo interrotto qualcosa. Non avrei dovuto entrare senza bussare.»

«Nessun problema. Sai che casa mia è casa tua» replicò.

«Sì, ma ora che hai Aspen, non vorrei venire preso a calci in culo per essere entrato e aver visto qualcosa che non avrei dovuto.»

Brain ridacchiò e annuì. «Va bene, hai ragione.»

«Vabbè» mormorò Aspen. «Come se ci mettessimo nudi cinque minuti prima dell'arrivo di qualcuno.»

Gillian scosse la testa. «Mai dire mai con questi ragazzi» ribatté.

Tutti risero.

Qualcuno bussò alla porta, ma prima che Brain potesse andare ad aprire, Oz, Lucky e Doc entrarono.

«Ho sentito che c'è una festa» gridò Oz allegramente.

Di seguito arrivarono Grover e Devyn, e subito dopo Lefty e Kinley.

Le quattro donne si riunirono in cucina a familiarizzare di nuovo. Brain esitò a lasciare Aspen, ma Trigger lo tirò via. «Starà bene» gli disse.

«Certo che sì. Volevo solo assicurarmi che avessero tutto ciò di cui hanno bisogno» cercò di far credere.

Il suo amico fece un sorrisetto, ma non commentò.

Per fortuna era una bella giornata, quindi i sette uomini si sedettero a chiacchierare sotto il portico. Di solito Brain amava stare con la sua squadra quando non erano al lavoro, a rilassarsi e godere della reciproca compagnia, ma quel giorno non riusciva a impedirsi di lanciare occhiate dentro casa, dove c'era Aspen con le altre donne. Sembrava che si stesse divertendo, ma l'ultima cosa che voleva era abbandonarla se si fosse sentita a disagio.

«Hai avuto il tempo di tradurre l'ultimo messaggio con le stronzate di Shahzada?» gli chiese Lefty.

Distogliere l'attenzione da lei era più difficile di quanto pensasse, ma fece il possibile per concentrarsi sulla conversazione.

Shahzada non aveva perso tempo, aveva ordinato a uno dei suoi seguaci di leggere in una stazione radio locale, un manifesto che parlava dei mali del mondo occidentale e di come sarebbero stati la rovina del loro modo di vivere e della loro religione. Aveva anche minacciato tutti gli americani che lavoravano nella zona, avvertendoli che nessuno era al sicuro.

Brain annuì e riferì tutto ciò che era stato in grado di decifrare dal messaggio, che diede seguito a un'intensa discussione politica sulla presenza degli Stati Uniti in Medio Oriente.

———

Aspen lanciò un'occhiata fuori e vide Kane e il resto dei ragazzi impegnati in una conversazione piuttosto intensa.

«Probabilmente stanno parlando di lavoro» disse Gillian scuotendo leggermente la testa. «Walker giura sempre che a questi ritrovi parlano di argomenti leggeri e non di missioni, ma alla fine lo fanno ogni volta. Non possono farne a meno.»

Kinley rise. «L'ho notato. Anche se, a essere onesti, quando ci uniamo a loro smettono.»

«Certo, non possono far sapere a noi comuni mortali di cosa stanno parlando» aggiunse Devyn. «Anche se suppongo che se Aspen andasse là fuori, probabilmente continuerebbero a parlare, dato che è una di loro.»

Aspen la fissò sorpresa. «No, non lo sono.»

«Certo che lo sei» ribatté.

«Sono un soccorritore militare» insistette.

«Esatto, che fa parte di una squadra di Ranger. E i Ranger sono delle forze speciali. Così come mio fratello e i suoi amici. Pertanto, tu sei una di loro» spiegò.

Aspen non poté fare a meno di ridere. «Ok, ma ufficialmente, sulla carta, sono un soccorritore non un Ranger. E Kane e gli altri hanno un nulla osta di sicurezza di grado molto più elevato del mio, quindi di qualunque cosa stiano parlando è strettamente riservata, e le uniche cose che devo sapere io sono per quanto tempo la mia squadra starà via e quanto materiale sanitario devo preparare.»

Gillian si appoggiò al bancone e dopo aver bevuto un sorso di vino dal bicchiere che aveva in mano, chiese: «Allora... com'è essere l'unica donna nella tua squadra? Me l'ha detto Walker, comunque, non è una domanda stereotipata e supponente.»

«È... dura» rispose. Non era proprio la definizione giusta, ma per ora sarebbe bastata.

«Ci scommetto. I ragazzi sono tutti belli come quelli del nostro team?» chiese Kinley.

Aspen ridacchiò. «Il nostro team?»

Kinley sorrise. «Be', sì. Sto con Gage, ma sono tutti un po' nostri.»

Si rese conto che era vero. Tutti gli uomini le avevano salutate con forti abbracci e affetto sincero. Non le tolleravano solo perché tre di loro uscivano con i loro amici.

Quando si rese conto che la stavano fissando, si ricordò che Kinley le aveva fatto una domanda. «Oh, be', in tutta onestà devo dire di no, non sono belli come loro.» Indicò gli uomini nel portico. «Sono tutti in forma però, addominali scolpiti e tutto il resto.»

«In un ragazzo c'è di più oltre all'aspetto» le rimproverò Devyn.

«Oh, davvero?» la prese in giro Gillian. «Quindi gli sguardi colmi di desiderio che ho visto passare tra te e Lucky non hanno nulla a che fare con il suo aspetto?»

Devyn arrossì e bevve un lungo sorso di vino prima di

scrollare le spalle. «Ehi, non sto dicendo che non sia carino da guardare, ma non ci casco. L'ho già detto e lo ripeto. I ragazzi portano guai.»

«Ti piacciono le ragazze allora?» chiese Aspen.

«No. Ho appena imparato a mie spese che la maggior parte degli uomini sono degli stronzi manipolatori. Ti usano fino a quando non rimarrà più nulla, poi cercheranno di farti passare per il cattivo. Ne ho avuto abbastanza. Dammi un uomo simpatico e timido senza fratelli e nessun altro parente e potrei dargli una possibilità. Tra cinque anni. No, dieci.»

Aspen avrebbe voluto ridere, ma c'era così tanta amarezza nelle parole di Devyn che non ci riuscì. Non la conosceva ancora così bene, ma non poté fare a meno di dire: «Ehi, se mai volessi parlarne... mi hanno detto che sono una buona ascoltatrice.»

«Vale anche per me» disse Kinley.

«E per me» aggiunse Gillian. «Penso che tutte abbiamo avuto la nostra parte di ex stronzi e saremmo felici di condividere qualunque fardello tu stia portando.»

«Non ho mai detto che fosse un ex» borbottò Devyn, poi scosse la testa. «Ma grazie, ragazze. Sono solo un po' risentita in questo momento, ma sono sicura che passerà. E nel frattempo, hai ragione, non c'è niente di sbagliato nel deliziarsi un po' gli occhi. Anche se dovrete perdonarmi, ma mettere in mezzo mio fratello mi fa venire i brividi.»

Scoppiarono a ridere.

«Ma Grover è sexy» la stuzzicò Gillian.

Devyn alzò gli occhi al cielo.

Ad Aspen divertivano quei simpatici scambi di battute. Era passato molto tempo da quando si era ritrovata inclusa in qualsiasi genere di prese in giro tra amiche, e anche se odiava il fatto che Devyn sembrava stesse passando un momento difficile, le piaceva che facesse del suo meglio per non piangersi addosso qualunque cosa stesse succedendo.

«Allora, Aspen... tu e Brain, eh?» disse Kinley.

Nascose un sorriso nel bicchiere di vino. Si era chiesta quando sarebbe toccato a lei e Kane essere il soggetto delle chiacchiere. «A quanto pare» rispose.

«Sono felice per voi» continuò. «Brain sembra... diverso dal resto dei ragazzi.»

«In che senso?» le chiese, sinceramente curiosa di sapere cosa pensassero di lui i suoi amici.

«Non lo so... meno alfa sfacciato» suggerì.

Aspen non poté fare a meno di ridere.

«Non è così, eh?» chiese Gillian con un sorriso.

«Capisco che si possa avere quell'impressione. Kane non è il tipo di persona che va in giro a pavoneggiarsi, abbaiando ordini alla gente. E non so quale sia la tua definizione di "alfa", ma non illuderti, sa essere autoritario come chiunque altro.»

Kinley inarcò un sopracciglio. «Davvero? Perché a me sembra sia perfettamente contento di rimanere in disparte a farsi i fatti suoi. Non fraintendermi, non è una brutta cosa, ma mi sorprende solo che pensi che sia autoritario.»

«L'altro giorno ha notato che una delle ruote della mia auto era un po' sgonfia. Gli ho detto che me ne sarei occupata mentre tornavo a casa. Ha scosso la testa e teso la mano per perché gli consegnassi le chiavi. Ho protestato, dicendogli che ero stanca e che l'avrei fatto più tardi. Mi ha detto che se ne sarebbe occupato subito lui e che io sarei andata a casa sua a rilassarmi» spiegò Aspen, sorridendo al ricordo.

«Sembra proprio qualcosa che farebbe anche Walker» commentò Gillian.

«Ecco. Un'altra volta, stavo cucinando la cena a casa mia e avevo dimenticato di prendere il latte che mi serviva per la salsa che stavo preparando. Lui si è alzato subito ed è andato alla porta. Ho cercato di convincerlo che mi sarei inventata qualcosa, ma prima che potessi finire la frase, è tornato indietro, mi ha baciata e se n'è andato senza dire altro.

Poi c'è stata quella volta in cui ha finito presto una riunione e sapeva che io e la mia squadra ci saremmo allenati sul percorso a ostacoli. È venuto a guardare e quando Derek ha iniziato a rimproverarmi per niente, Kane ha urlato "Ehi!" e si è messo sul bordo del campo con le braccia incrociate. Ha detto letteralmente solo quello e Derek ha smesso di tormentarmi e mi ha ignorato per il resto del pomeriggio. Quindi, ribadisco, non so cosa consideriate alfa, ma per me, Kane è veramente intimidatorio a volte.»

«Wow» disse Gillian. «Nemmeno io lo pensavo, non mi sembrava il tipo. Lui è... *Brain*, sai?»

«No, non lo so» ribatté Aspen un po' più bruscamente di quanto avrebbe voluto. Quando Gillian spalancò gli occhi sorpresa, cercò di moderare il tono. «So che è intelligente, non si può negarlo, ma un uomo può essere sia intelligente sia duro. Penso che sia stato stereotipato per la maggior parte della sua vita e so come si sente, perché quando danno un'occhiata a *me*, una donna, non riescono a credere che possa far parte dei Ranger. Ma sono tutte stronzate. Kane è più che solo il cervellone del team, anche se tutti continuano a cercare di costringerlo a quel ruolo.»

Le altre donne rimasero in silenzio mentre assimilavano le sue parole. Poi Devyn disse: «Non conosco molto bene gli amici di mio fratello, ma so per esperienza che a volte gli uomini più silenziosi sono quelli da cui devi guardarti.»

Ancora una volta, Aspen avrebbe voluto chiederle se stava bene. Scoprire cosa la turbasse, perché era più che ovvio che avesse qualche problema. Ma non ne ebbe la possibilità dato che Gillian parlò.

«Non volevo mancarti di rispetto» disse.

«No» ribatté Aspen. «Sono io che non intendevo prendermela con *te*. È solo che... Kane è un alfa quando serve... quando c'è qualcosa che gli sta a cuore. E non sto insinuando che *io* gli stia a cuore, ma può essere dominante come chiunque altro, a prescindere da quanto sia intelligente o quante lingue conosca. Penso che sia piuttosto normale per chi è nelle forze speciali.»

«Grazie per non esserti arrabbiata. E... credo non ci siano dubbi sul fatto che tu stia a cuore a Brain» replicò Gillian con un piccolo sorriso. «Walker non è tipo da spettegolare, ma ha detto più di una volta che erano anni che non lo vedeva così felice.»

Quell'affermazione le fece un immenso piacere.

«Mi dispiace aver perso il tuo matrimonio» le disse «Ho sentito che è stato bellissimo. E sono gelosa delle Converse rosa scintillanti che mi hanno riferito indossavi.»

Gillian sorrise. «Grazie. Sono davvero fantastiche. E grazie per aver consigliato a Brain gli antipasti per il nostro ricevimento. Sono stati un successo.»

«Prego» replicò con un sorriso.

Proprio in quel momento, la porta che dava sul patio si aprì e tutti gli uomini entrarono in casa.

«Spero che abbiate fame!» disse Oz, tenendo in mano un piatto di hamburger. «La carne è pronta.»

«Direi di sì» mormorò Devyn sottovoce.

Aspen dovette sforzarsi di non scoppiare a ridere e si voltò per tirare fuori la teglia dal forno.

Dopo pochi minuti, le chiacchiere si erano ridotte al minimo mentre tutti cominciavano a mangiare. Tra i contorni che gli altri avevano portato e gli hamburger cucinati alla perfezione, fu uno dei pasti più buoni che Aspen avesse mangiato da molto.

Alcuni dei ragazzi mangiarono in piedi, lasciando alle donne i loro posti a tavola. Si scambiarono simpatiche prese in giro e molti complimenti per il cibo e Aspen adorò ogni secondo di quei momenti.

Un'ora e mezza dopo, erano tutti sistemati in soggiorno raccontando storie e scherzando tra loro. Le avevano fatto un riassunto del matrimonio di Gillian e Trigger e di quanto Winnie fosse stata esilarante al ricevimento.

Kane era seduto sul divano con le gambe allungate ai lati di Aspen, che da terra gliele cingeva con le braccia.

Gillian si era sistemata accanto a Trigger dall'altra parte del divano, e Devyn stava tra Kane e Trigger.

Lefty era sulla poltrona con Kinley in braccio e gli altri ragazzi erano sparsi per la stanza. Alcuni in piedi, altri seduti. Ma erano tutti a loro agio e rilassati e Aspen sorrise felice. Quella non era la sua casa, non era la sua festa, ma in un certo senso le sembrava comunque che lo fosse. Forse perché aveva trascorso molto tempo lì nell'ultimo mese e mezzo.

Oz stava raccontando una storia divertente di una volta in cui non avevano capito la cultura locale di un paese non specificato e di come di conseguenza si fossero messi nei guai, quando il telefono di Grover squillò.

Era in piedi appoggiato al muro dall'altra parte della

stanza e sorrise quando guardò lo schermo rispondendo alla chiamata senza preoccuparsi di uscire.

«Ciao mamma come stai? Sto bene. No, non stai interrompendo nulla. Ci siamo riuniti a casa di Brain con la squadra. Oh, c'è anche Devyn... non l'ha fatto?» Fissò sua sorella accigliato.

Aspen guardò la donna e la vide scuotere la testa.

«Vuoi parlarle?» chiese Grover, e quando fu chiaro che sua madre aveva risposto in modo affermativo, porse il telefono alla sorella. «La mamma vuole parlarti.»

«No» sussurrò. «Non voglio parlare con lei.»

La fissò sorpreso. «Perché?»

«Perché no.»

«Non è una risposta» le disse. «Parlale e basta. Dice che non l'hai mai chiamata da quando ti sei trasferita qui.»

«Lo so, e forse c'è una ragione, Fred» ribatté laconica.

Fratello e sorella si fissarono a lungo prima che Grover si riportasse il telefono all'orecchio. Non tornò vicino al muro, ma rimase davanti al divano fissando Devyn mentre diceva a sua madre: «Non può parlare in questo momento, mamma, sta aiutando in cucina. Che problema avete voi due?»

La stanza era immersa nel silenzio mentre lui ascoltava qualunque cosa stesse dicendo sua madre.

«Va bene» replicò dopo un momento. «Le parlerò.»

E con quello Devyn, chiaramente seccata, si alzò bruscamente dal divano e si voltò verso Brain. «Grazie per avermi permesso di venire stasera. Devo andare.»

Grover era ancora al telefono e Aspen lo sentì cercare di terminare la chiamata per poter parlare con sua sorella. Ma lei non aspettò, arrivò alla porta prima che qualcuno potesse muoversi.

«Devyn, aspetta!» gridò il fratello dopo aver riattaccato.

Si voltò per affrontarlo. «Che c'è?»

«Dobbiamo parlare.»

«No, non credo» rispose.

La raggiunse all'ingresso, ma dato che la casa non era grandissima, tutti poterono sentire ciò che stavano dicendo.

«Sì, invece» ribatté Grover. «Perché hai ignorato la mamma? È preoccupata per te.»

Devyn sbuffò. «Non ha importanza.»

«Cosa intendi? Certo che ha importanza» disse con urgenza.

«Ti voglio bene, Fred, ma non puoi sistemare questa cosa.»

«Dimmi cos'è "questa cosa" e ci proverò» insistette.

«Mamma era contrariata perché avevo lasciato il Missouri» spiegò dopo un lungo momento. «E non si è fatta problemi a dirmi che grande errore stessi facendo.»

«Forse ora sta cercando di sistemare le cose tra di voi.»

«Vuole solo cercare di farmi "rinsavire". Di convincermi che ho sbagliato. Che non avrei dovuto andarmene e che è stato tutto un grande malinteso. Ma *non è così*.»

Si fissarono per un momento, poi Grover la prese tra le braccia. La strinse forte e le disse qualcosa all'orecchio. Lei annuì e si tirò indietro. Poi, senza aggiungere altro, aprì la porta e uscì.

Lucky balzò in piedi e si affrettò a seguirla. «Grazie per la cena, Brain» gridò andandosene. «Farò in modo che torni a casa sana e salva» rassicurò Grover mentre lo oltrepassava sulla porta.

Il suo amico annuì, e Lucky sparì.

«Scusate se abbiamo rovinato l'atmosfera» disse Grover quando tornò in soggiorno.

«Non preoccuparti» lo tranquillizzò Brain.

«È solo che... nostra madre è sempre stata iperprotettiva nei confronti di Devyn, perché è stata tanto malata da piccola. Non riesco proprio a immaginare cosa diavolo stia succedendo o cosa abbia causato la rottura tra loro.»

«Te ne parlerà quando si sentirà pronta» gli disse Gillian. «Ma se insisti, si chiuderà ancora di più. Sembra piuttosto testarda.»

Grover sbuffò. «Non ne hai idea.»

Tornarono a parlare di cose meno serie e non passò molto prima che ritornasse l'atmosfera gioiosa.

«Hai più avuto notizie di quella ragazza che abbiamo conosciuto in Afghanistan, Grover?» chiese Oz.

«Che ragazza?» domandò Aspen curiosa.

«Quella piccola» rispose Doc. «Quella della mensa.»

«Sierra?» chiese.

«Sì, lei» disse Grover. «E no. Le ho mandato una mail ma non ho mai ricevuto risposta. Immagino che non fosse realmente interessata.»

Rimase sorpresa. Non conosceva molto bene Sierra, dato che era arrivata non molto tempo prima che lei lasciasse il Paese, ma era sempre stata molto amichevole e un po' troppo ingenua. Non riusciva a immaginare che potesse aver dato a Grover i suoi recapiti per poi scaricarlo. «Pensi che stia bene?»

«Perché non dovrebbe?» sbottò lui. «Lavora nella ristorazione, non è che esca a pattugliare il villaggio o cose del genere.»

Aspen si accigliò. Era ovvio che fosse ancora di cattivo umore per ciò che era successo con la sorella e la madre, e accennare a Sierra non lo aveva fatto sentire meglio. Quindi provò a cambiare argomento. «Ragazzi, andate all'Organizational Day questo fine settimana?»

L'Organizational Day era un evento organizzato dall'esercito per far aggregare i soldati e le loro famiglie in un contesto sociale. Di solito c'erano giochi, percorsi a ostacoli, truccabimbi e altre attività per il divertimento dei piccoli.

«Sì, avevamo programmato di andare verso le undici e incontrarci lì. So che ci saranno anche Ghost e il suo team» disse Trigger.

«Ghost?» chiese Aspen.

«È il leader di un ex team Delta» le spiegò Kane, sporgendosi in avanti e appoggiandole le braccia sulle spalle. Dato che era seduta sotto di lui sul pavimento, era come se la stesse abbracciando dall'alto e da dietro allo stesso tempo. Amava sentirsi così avvolta. «Lui e il suo team si sono ritirati dalle missioni, ma sono ancora molto coinvolti nell'addestramento e nella pianificazione.»

«Uno di loro è il padre di Annie, giusto?» chiese Gillian.

«Sì» rispose Lefty.

«Chi è Annie?» domandò Aspen.

«Sì, scusa. Annie ha tredici anni adesso, credo, ed è straordinaria. Sono andata a vederla a una gara di corsa a ostacoli e stava andando alla grande, ma quando uno dei bambini della sua batteria stava facendo fatica a proseguire, si è fermata per aiutarlo invece di continuare e vincere.»

«Fantastico.»

«Infatti.»

«Comunque, la risposta è sì, ci saremo tutti. Tu vai con la tua squadra?» le chiese Doc.

Aspen si irrigidì e Kane le strinse le spalle. «No. Voglio dire, non ne abbiamo parlato. Non... non ci troviamo mai come fate voi quando non siamo al lavoro.»

«Peggio per loro» mormorò Kane dietro di lei.

«Be, puoi venire con noi» la invitò Kinley con un sorriso.

«Grazie. Mi piacerebbe.»

«E dopo questo, si sta facendo tardi e probabilmente dovremmo toglierci dai piedi» disse Lefty.

Aspen non poté fare a meno di ridacchiare. Non era poi così tardi, ed era ovvio che Lefty volesse solo portare Kinley a casa per poter darsi da fare con lei. I due si erano lanciati occhiate languide tutta la sera, e se il modo in cui si era dimenata sulle ginocchia del suo fidanzato era un'indicazione, le andava più che bene finire la serata.

Furono d'accordo anche tutti gli altri e presto rimasero solo Aspen e Kane. Si voltò verso di lui sulla porta dopo aver salutato tutti. «È stato per qualcosa che ho detto?» scherzò.

Lui ridacchiò, la attirò al suo fianco tornando in soggiorno dove si stese sul divano, portandola con sé.

Aspen si sdraiò contenta accanto a lui. Avrebbe dovuto fare alcune faccende, tipo portare fuori la spazzatura, pulire il bancone, lavare i piatti, ma era perfettamente felice dove si trovava in quel momento.

«Non prenderla sul personale. Questi ritrovi finiscono sempre così. Quando una persona decide di andare via, di solito è seguita a ruota da tutti gli altri. Li vedrò al lavoro anche troppo presto.»

«È vero» rifletté Aspen.

«Allora... cosa ne pensi?»

«Dei tuoi amici?» chiese, sollevandosi per guardarlo.

«Sì.»

«Sono meravigliosi proprio come lo erano quando li ho incontrati la prima volta. È come se da allora non fossero passati dei mesi.»

«Nonostante il battibecco di Grover e Devyn» disse Kane con un sospiro.

«A essere sincera, quello mi ha fatto sentire ancora più vicina a tutti. Voglio dire, non sono felice che ci siano problemi tra loro, ma il fatto che non abbiano esitato a parlarne di fronte a tutti... significa solo che si fidano. Che si sentono a loro agio intorno a voi. È stato strano ma bello. Capisci cosa intendo?»

«Sì» la rassicurò.

Aspen posò di nuovo la testa sul suo petto. «Sono felice per te, Kane.»

«Per cosa?»

«Perché hai degli amici che sono come una famiglia.»

«Saranno una famiglia anche per te, se glielo permetterai» replicò con dolcezza.

«Lo so. E mi fa un po' paura.»

«Non dovrebbe. Sono brave persone. Se avrai bisogno di qualcosa, loro ci saranno.»

Lasciò penetrare le sue parole. Era una bella sensazione e le piaceva tanto sapere che Kane aveva degli amici così fedeli. Le faceva temere meno le missioni a cui sapeva sarebbe stato inviato in futuro. Trigger, Lefty, Oz, Lucky, Doc e Grover avrebbero fatto tutto il necessario per assicurarsi che tornasse a casa, proprio come avrebbe fatto lui per loro. Non poteva dire lo stesso della sua squadra ed era spiacevole.

Mentre si avvicinava il giorno in cui avrebbe dovuto prendere una decisione sull'eventuale riarruolamento, Aspen sapeva già di essere sempre più propensa a lasciare. Ciò la rattristava, dato che era stata così eccitata il giorno in cui aveva saputo che l'avrebbero assegnata a una squadra di Ranger. Ma per quanto ci avesse provato, non era stata in grado di adattarsi, non come avrebbe voluto.

E per la prima volta, si chiese se la sua presenza impediesse agli altri uomini di legare tra loro come avrebbero dovuto.

Quel pensiero era doloroso, ma non poteva negare che potesse essere vero.

«A cosa stai pensando così intensamente?» le chiese Kane.

«A niente di che» rispose. Come poteva ammettere ad alta voce che si sentiva di aver fallito? Un tempo, il suo desiderio era di fare la differenza. Di spianare la strada alle sue compagne soldatesse affinché potessero unirsi a qualsiasi unità volessero.

«Sono orgoglioso di te» sussurrò. «Hai lavorato duro per arrivare dove sei oggi, e anche se la tua squadra non sa apprezzarlo, ho visto di persona che grande risorsa sei per l'esercito e per i Ranger.»

E a quelle parole si sentì meglio. «Grazie» sussurrò.

«So che non è ancora successo, tranne quella volta che sono sicuro non conti, dato che è stato involontario, ma... ti va di restare stanotte?»

Aspen sentì il cuore accelerare.

«Non per fare sesso. Solo per dormire. Nessuno di noi due deve andare al lavoro domani mattina e ho pensato che sarebbe stato bello addormentarmi con te tra le braccia e svegliarmi con il tuo bellissimo viso davanti.»

Non riusciva a pensare a niente di più bello. Si sollevò di nuovo per guardarlo. «Dipende... cosa mi preparerai per colazione?»

Sorrise. «Qualsiasi cosa vorrai, *hubibi*.»

«Non posso nemmeno provare a indovinare che lingua sia» disse ridendo.

«Arabo.»

«Giusto. E ti stavo prendendo in giro. Non sono il tipo da colazione, se hai del caffè sono a posto.»

«Il caffè ce l'ho.» Sorrise. «E posso uscire a prendere delle ciambelle fresche o dei kolaches, se vuoi.»

«Oooh, certo che voglio.»

«D'accordo.»

Appoggiò la testa sul suo petto e sospirò contenta. Adorava baciare Kane. Amava che le stringesse sempre la nuca per tenerla ferma mentre prendeva ciò che voleva. Ma amava anche *questo*. La sensazione della sua mano sulla schiena che la accarezzava dolcemente. Il battito del suo cuore sotto l'orecchio.

Per la prima volta, dovette ammettere di essere dipendente da Kane Temple. Non passava giorno in cui non pensasse a lui. Il fatto che potessero stare nella stessa stanza a fare ognuno le proprie cose, era la ciliegina sulla torta; non era obbligata a intrattenerlo e viceversa. Insieme si sentivano a loro agio ed era qualcosa che non aveva mai avuto con nessun altro in vita sua.

Kane poteva essere quello *giusto*.

Riusciva a immaginarsi tra cinquant'anni con lui, sdraiati così, semplicemente a godere della reciproca compagnia. E quel pensiero le piaceva... tantissimo.

CAPITOLO TREDICI

IL PARCO ERA PIENO.

Aspen non partecipava a un Organizational Day da molto tempo. Dato che non aveva figli e nessuna delle unità in cui era stata aveva partecipato insieme, non c'era mai andata.

Ma girovagare con Kane e i loro amici era uno spasso. Le piaceva particolarmente passeggiare mano nella mano. Dato che era un evento sociale e non indossavano l'uniforme, le manifestazioni pubbliche d'affetto non venivano disapprovate. Kane le aveva preso la mano non appena erano scesi dalla macchina e non l'aveva mai lasciata andare.

Si erano incontrati con il suo team e avevano girovagato per il parco, facendosi un'idea del posto. Kane aveva salutato praticamente tutti. A volte si fermava a chiacchierare per un minuto o due, altre faceva un semplice cenno.

«Conosci un sacco di gente» gli disse dopo che aveva salutato quella che sembrava la centesima persona.

Scrollò le spalle. «Sono di stanza qui da un po' e io e il

team cerchiamo di tenerci occupati quando siamo in città, facendo volontariato e aiutando in varie cose.»

«Come mai non ci siamo mai incontrati prima di quella sera al bar?» gli chiese.

La fissò. «Non prenderla nel modo sbagliato, ok?»

Aspen non poté fare a meno di irrigidirsi.

«Respira, *dar*. E prima che tu lo chieda, era curdo.»

Sospirò. «Ok. L'ho chiesto io. Spara.»

«A te? Mai» mormorò. Poi disse in un tono più normale: «Immagino che la tua squadra non faccia molto volontariato alla base?»

L'aveva formulata come una domanda, ma era ovvio che conoscesse già la risposta. Lei scosse la testa.

«Appunto. Quindi, prima che ci incontrassimo, le tue giornate consistevano nell'andare al lavoro e poi tornare a casa e rilassarti.»

Ci pensò un attimo, poi annuì.

«Non avevi molte possibilità di imbatterti in me o nella mia squadra. E non pensare che ti stia giudicando. Non è così. Avevi bisogno del tempo lontano dalla base per la tua sanità mentale. Lo capisco. Per come sei stata trattata, non posso biasimarti per aver desiderato solo di andare a casa e non frequentare nessuno del posto di lavoro.»

«Mi sento ancora stupida per essere uscita con Derek» mormorò.

«Non devi. Gli uomini come lui sono bravi a far vedere alle donne solo ciò che vogliono. Si è mostrato per ciò che era veramente solo dopo che l'hai rifiutato.»

«Non ti dà fastidio parlare dei miei ex?» gli chiese, sinceramente curiosa di sapere la risposta.

Kane si fermò e le mise la mano libera sul collo, strofinando il pollice sotto la mascella. Era piacevole. Molto piacevole.

«No» rispose tranquillamente. «Non che voglia un reso-conto dettagliato delle tue storie passate, ma hai trentun anni e sei bellissima, so che hai avuto molti ragazzi.»

«Non *così* tanti» ammise.

Ma lui si limitò a sorridere. «Mi piace avere una ragazza più grande e più saggia.»

«Ho solo un anno più di te, Kane, non esageriamo.»

Il suo sorriso si allargò. «Sei una panterona. *Grrrrr.*»

Lei scoppiò a ridere e gli diede una spallata scherzosa. «Sta' zitto.»

La prese per la vita e la attirò a sé. Si chinò e la baciò, un incontro di labbra duro e breve, che finì troppo presto.

E in quel momento, Aspen si rese conto che non avrebbe più aspettato che lui facesse la prima mossa. Non gli aveva fatto pressioni per andare oltre a livello fisico, ma sentire il suo corpo duro contro il proprio nel bel mezzo di una fiera per famiglie le provocò un'ondata di desiderio. Lo voleva. Intensamente.

«A cosa stai pensando?» le chiese.

Si leccò le labbra sporgendosi verso di lui e gli avvolse le braccia intorno alle spalle. Gli sfiorò il lobo con il naso per un momento, poi sussurrò: «Ho adorato dormire con te la scorsa notte.»

Lui concordò con un ringhio soddisfatto.

Sentendosi audace, gli morse il lobo, amando il brivido che lo attraversò. «Posso stare di nuovo con te stanotte?» gli chiese.

«Sei la benvenuta in qualsiasi momento» mormorò. Aveva spostato le mani sulla sua vita e ne sentì scivolare una sotto la maglietta. Come avrebbe voluto che quella mano facesse di più che accarezzarle dolcemente la schiena; desiderava sentire le sue mani su tutto il corpo.

«Ti voglio» gli sussurrò all'orecchio.

Lo sentì irrigidire i muscoli e il suo cazzo indurirsi contro di lei... e sorrise.

Scostò il viso tenendola incollata a sé e la studiò per un lungo momento. «Sei sicura?» chiese alla fine.

«Sì» rispose semplicemente.

Poi sulle labbra di Kane si aprì il sorriso più bello del mondo.

Avrebbe potuto stare lì a fissarlo tutto il giorno, ma furono interrotti da alcune grida. Si voltarono e videro un gruppo di ragazzi sul percorso a ostacoli che era stato allestito in una zona del parco, affrontare una ragazza che stava davanti a loro con le mani sui fianchi.

«Merda, quella è Annie» le disse, guardandosi intorno. «Non vedo Fletch o Emily. Andiamo.» Si diressero verso i ragazzini.

Aspen non sapeva chi fossero Fletch ed Emily, ma riconobbe il nome Annie. Era la bambina che Gillian aveva visto gareggiare in una corsa a ostacoli qualche tempo prima. Era la figlia di un membro di un altro team Delta. Guardandosi intorno mentre si dirigevano verso lo scontro, non vide nemmeno i ragazzi del team di Kane. Dovevano essersi persi nella loro bolla più a lungo di quanto avesse pensato, e i suoi amici li avevano superati proseguendo il loro giro del parco.

«Sei una femmina» sogghignò uno dei ragazzini. «Non puoi giocare con noi.»

«Perché?» chiese Annie, irritata.

«Perché no» disse un altro. «Sei più lenta e più debole.»

«Non è vero!» protestò lei.

«Invece sì!»

«Mio padre dice che le ragazze dovrebbero stare al loro posto e fare cose come la ballerina o la cheerleader e lasciare la roba pericolosa ai ragazzi.»

Aspen si acciglià. Odiava sapere che c'erano ancora uomini che la pensavano in quel modo. Era ancora più irritata dal fatto che insegnassero anche ai loro figli a essere discriminatori.

«È stupido» disse Annie, ma il suo tono non aveva la sicurezza di un momento prima.

«Perché non vai alla tenda delle attività manuali dove puoi fare qualcosa che puoi usare in cucina?» la schernì un altro.

Prima che Aspen e Kane potessero raggiungerli, Annie balzò in avanti, tirò un calcio sullo stinco al tipo che aveva appena parlato, poi camminò a grandi passi verso l'inizio del percorso, ignorando i ragazzi che ora le stavano urlando dietro.

«Io mi prendo Annie, se vuoi occupati degli altri» suggerì Aspen.

Lui annuì e vide un muscolo della sua mascella contrarsi.

Gli strinse la mano prima di lasciarla andare poi corse verso il punto in cui Annie stava strisciando a pancia in giù sotto un reticolato di corde a filo terra.

«Ehi» le disse avvicinandosi.

La ragazzina alzò lo sguardo, ma non disse nulla.

«Sono Aspen. Sei Annie, vero?»

«Come fai a sapere il mio nome? Non dovrei parlare con gli estranei» ribatté imbronciata.

«Il mio ragazzo è amico di tuo padre.» Non sapeva quanto bene Kane conoscesse Fletch, ma pensava che al momento non importasse.

Annie si limitò a scrollare le spalle.

«Ho sentito cosa ti hanno detto quei ragazzi. Spero che tu non dia peso alle loro parole.»

La bambina uscì da sotto le corde, ma non si alzò. Rimase a pancia in giù e la guardò. «E a te che importa?»

Quell'atteggiamento tipico adolescenziale non fu esattamente inaspettato e chiuse un occhio dato che la bambina era ovviamente turbata. «Odio quando i ragazzi dicono cose così palesemente false. È vero che *alcune* femmine sono più deboli dei maschi, ma generalizzare così è stupido.»

Notò che Annie sembrò un po' più interessata ad ascoltare ciò che aveva da dire, quindi continuò.

«Voglio dire, guardami. Non sono alta come alcuni uomini, ma non sono nemmeno bassa. Magari non riesco a fare tante trazioni alla barra quante ne fanno i miei compagni di squadra, ma posso fare molti più esercizi addominali di loro.»

«In che tipo di squadra sei?» le chiese, sedendosi a gambe incrociate.

Aspen si sistemò per terra accanto a lei e disse: «Ranger.»

Sorrise davanti all'espressione stupita sul viso della bambina. Ora aveva tutta la sua attenzione.

«Sei un *Ranger*?» le chiese, con ammirazione evidente nella voce.

«Be', non tecnicamente. Sono un soccorritore militare assegnato a un'unità di Ranger. Ciò significa che ovunque vadano, vado anch'io. Qualunque cosa facciano, la faccio anch'io. Devo essere in buona forma quanto loro per stare al passo. Non posso certo rimanere indietro, soprattutto se dovesse scoppiare uno scontro a fuoco e qualcuno venisse ferito. Devo essere lì per curarli.»

«Devi uccidere le persone?»

Fece una smorfia a quella domanda, ma cercò di rispondere con sincerità. «Il mio compito è assicurarmi che i ragazzi della mia squadra siano in salute. Ma sì, a volte devo combattere al loro fianco. Li proteggo, così come loro proteggono me. Ma il mio compito primario è essere il loro medico, non uccidere le persone.»

«Voglio farlo anch'io» sussurrò Annie.

Aspen si sentì più orgogliosa in quel momento di quanto ricordasse di essere stata da molto tempo. Se riusciva a ispirare una ragazzina come lei, allora sembrava proprio che stesse facendo qualcosa di giusto. «Non è un lavoro facile» la avvertì.

«Lo so. Ma puoi fare un sacco di cose interessanti senza dover sparare alle persone tutto il tempo. È ciò che voglio fare. So che per le donne è difficile entrare nelle forze speciali, ma mio padre mi ha detto che ora ce ne sono nei Ranger. Ho letto di loro online e anche se so di poter superare l'addestramento, perché sono una dura, non voglio proprio dover sparare alle persone. Ma forse posso essere un soccorritore militare come te e fare comunque ciò che fanno i Ranger.»

Aspen sorrise. «Ho la sensazione che tu possa fare qualsiasi cosa ti prefigga ma... dovrai imparare a controllare il tuo temperamento. Non puoi andare in giro a prendere a calci le persone se diventi un soccorritore.»

Annie si accigliò. «Mikey è una cacca.»

Avrebbe voluto ridere, ma riuscì a controllarsi. Era ovvio che i suoi genitori l'avessero ammonita di non dire parolacce e stava facendo del suo meglio per non disubbidire, ma riusciva comunque a dare il giusto effetto al suo punto di vista. «Comunque sia, ci saranno molte cacche con cui dovrai fare i conti se vuoi essere un soccorritore assegnato a una squadra di Ranger. Ci sono ancora molte persone che pensano che le donne non siano fisicamente adeguate per quel lavoro, e te lo diranno in continuazione per cercare di farti smettere. Dovrai lavorare il doppio di un uomo anche per ottenere il posto. Non è giusto, ma se lo desideri davvero tanto, se riesci a dimostrare agli ufficiali al comando di essere la persona migliore per quel lavoro e che puoi farlo senza perdere le staffe, allora lo otterrai.»

Annie la studiò. «È dura essere una ragazza» disse dopo un minuto.

Aspen rise. «Può esserlo, soprattutto quando vuoi fare qualcosa che in passato è stato fatto principalmente da uomini. Ma non significa che non devi inseguire i tuoi sogni. Potrebbe essere più difficile, ma quando ci riuscirai, ti sentirai il doppio più brava di un ragazzo perché hai lavorato duramente per ottenerlo.»

La ragazzina annuì.

«Ho sentito che sei bravissima nel percorso a ostacoli.»

«Sì» rispose senza un briciolo di modestia.

«Vuoi farlo con me?» le chiese.

«Certo.»

Si alzarono e andarono all'inizio del percorso. Kane aveva finito di parlare con i ragazzi e stava chiacchierando con il suo team lì vicino. C'erano anche Gillian e Kinley e la salutarono entrambe con la mano quando la videro guardare verso di loro. Ricambiò il saluto, poi riportò l'attenzione su Annie.

«Parti per prima» disse la bambina, e ancora una volta Aspen dovette nascondere un sorriso. Era ovvio che non fosse convinta che potesse affrontare il percorso a ostacoli; sarebbe stato divertente dimostrarle il contrario.

Felice di aver deciso di mettersi un paio di pantaloncini di jeans e una maglietta comoda, fece un cenno ad Annie e partì. Non era molto difficile dato che era stato predisposto per i bambini, ma nemmeno una passeggiata nel parco.

Si infilò sotto le corde, corse verso il muro e si arrampicò senza esitazione. Poi si issò su un palo e arrivata in cima suonò la campanella prima di scivolare di nuovo giù. Oltrepassò tre tronchi e poi saltò per afferrare un palo orizzontale. Dandosi lo slancio vi agganciò una gamba e strisciò sottosopra su tutta la lunghezza, una mano dietro l'altra, prima di usare i muscoli delle gambe per tirarsi in cima, sedersi e suonare la campana che pendeva sopra la sua testa.

Sentì degli applausi e guardò in basso, e vide Annie saltellare e battere le mani con entusiasmo. Aveva attirato gente e anche tutti quelli che l'avevano osservata stavano applaudendo. Arrossendo si capovolse rimanendo appesa al palo con le mani per un secondo prima di lasciarsi cadere a terra.

«Sei bravissima!» disse Annie, con gli occhi che brillavano. «Mi insegnerai a fare quella cosa della gamba sul palo? Di solito ho le braccia molto stanche quando arrivo a quel punto ed è difficile per me tirarmi su per arrivare alla campana.»

Adorando che chiedesse aiuto, Aspen rispose: «Certo. Ne sarei felice. Ricorda solo che anche se sei forte, devi risparmiare le tue energie ogni volta che ti è possibile. Usa più l'intelligenza della forza. E ciò significa che devi usare i muscoli delle gambe ovunque puoi.»

Annie annuì.

«Dai, partiamo dall'inizio. Mostrami cosa sai fare e io ti darò indicazioni lungo il percorso, va bene?»

«Grande! Ho un soccorritore dei Ranger come allenatore personale. È fantastico!»

Voltandosi per andare alla partenza, Aspen si fermò di colpo quando per poco non si scontrò con Derek.

«Che cazzo, Mesmer?» sbraitò.

Non aveva idea del motivo per cui fosse incazzato, ma si spostò di lato mettendosi tra Annie e il suo ex. Lui non le diede la possibilità di dire nulla e continuò.

«Non era già abbastanza spiacevole doverti sopportare nei team? Ho sentito dire che stai pensando di non riarruolarti? Ci avrei scommesso che avresti lasciato. Avresti dovuto farti da parte molto tempo fa e darci la possibilità di formare un *vero* medico, qualcuno che non avrebbe diviso la squadra come hai fatto tu.»

Aspen non ci vide più. «Come ti permetti!» sibilò. «Come *osi* sminuire tutto ciò che ho fatto per i Ranger. Lo sono quanto te, probabilmente di più. Ho prestato attenzione nell'addestramento e non avrei *mai* abbandonato un commilitone. A differenza di te! Non solo te ne sei infischiato di tre compagni di squadra, ma anche che due erano *feriti*. Sarebbero morti se quel team Delta non fosse venuto in soccorso.»

«Un vero Ranger sarebbe stato in grado di gestirlo da solo» ribatté Derek.

«Ed è quello che ho fatto» replicò Aspen. «Mentre tu eri impegnato in una gara a chi ce l'aveva più lungo con i Delta. Troppo preoccupato di non riuscire a trovare Akhund prima di loro. Eravamo lì da un mese e mezzo e non eravamo riusciti a prenderlo e loro ce l'hanno fatta in meno di una *settimana*. Hai fatto *tu* la parte dell'idiota, abbandonando me, Holman e Vandine, non io.»

Derek la guardò con ferocia e lei sollevò il mento. Poteva vedere la rabbia nei suoi occhi. Tutta quella situazione era assurda; non aveva fatto *nulla* per farlo incazzare in quel modo. Ma d'altronde, la sua semplice esistenza sembrava farlo infuriare.

«Basta così, Spence», disse una voce profonda alle sue spalle.

Non dovette voltarsi per sapere che era Kane.

«Stanne fuori, *Brain*» ringhiò Derek.

«Ci sono già dentro» ribatté, avvicinandosi a lei. Apprezzò più di quanto potesse esprimere che lui non si fosse messo davanti, spingendola dietro di sé. L'avrebbe fatta incazzare quanto le parole del suo ex.

«Guardati intorno, amico. Sei in mezzo a un parco circondato dai tuoi colleghi. Vattene.»

Lo stronzo fece un respiro profondo e chiuse le mani a pugno, ma indietreggiò. «Lei non è una mia collega. Non è finita, Mesmer. Non puoi entrare nella mia squadra, rovinare tutto e poi andartene via.»

«Non sono nella *tua* squadra e non me ne vado. Ho fatto di tutto per essere accettata. Ho fatto lo stesso addestramento, ho strisciato nella stessa merda in cui avete strisciato voi. Mi sono fatta il mazzo a studiare e ho ottenuto la licenza da paramedico nello Stato del Texas, solo per dimostrare che so ciò che faccio quando si tratta della vostra sicurezza. Ho persino salvato la vita a due Ranger! Eppure, ogni volta che ho pensato di star facendo progressi con la *mia* squadra, hai fatto qualcosa per sabotarli. Ho chiuso con le tue stronzate, Derek. Sei fortunato che non ti abbia denunciato per averci fatto lavorare in condizioni rischiose e per le altre mille piccole cose che hai fatto.»

Le lanciò un'occhiataccia, il suo sguardo guizzò un attimo dietro di lei, poi si voltò di scatto e si allontanò.

Aspen fece un sospiro frustrato. Avrebbe dovuto essere contenta che non l'avesse aggredita, ma riusciva solo a provare rabbia per come fossero peggiorate così tanto le cose tra loro.

«*Non* ho proprio idea di cos'abbia mai visto in lui» mormorò a denti stretti.

«È stato piuttosto eccitante» sentì dire da qualcuno da dietro di lei.

Aspen si voltò e vide Trigger, Lefty, Oz, Doc, Lucky e Grover. Non fu sorpresa che fossero lì, ma fu scioccata di vedere i sette uomini dietro di loro.

«*Chérie*, lascia che ti presenti un altro team Delta di cui siamo amici. Questi sono Ghost, Fletch, Coach, Hollywood, Beatle, Blade e Truck.»

«Che idiota» disse quello di nome Hollywood alzando gli occhi al cielo.

«Papà! Hai visto? È stato fichissimo!» esclamò Annie con entusiasmo.

I muscoli di Fletch si rilassarono visibilmente sentendo le parole di sua figlia. «Sì, scricciolo. Ho visto.»

«Creerà problemi?» chiese Truck.

Aspen lo fissò. Era trenta centimetri più alto di lei e tutto muscoli. Ma non aveva paura di lui. Come poteva dato che era più che evidente che fosse dalla sua parte? Sospirò. «Sì. Ma posso farcela» rispose a tutti.

«Forse dovrei parlare con il suo comandante» suggerì Ghost.

Lei scosse la testa. «Lascia perdere.»

«Ti ha minacciata» disse Doc. «Non può farla franca.»

«Il fatto è» spiegò alle persone intorno a lei, «che questo genere di cose accade sempre, semplicemente perché sono una donna. Riesco a gestire uomini come lui, sono per lo più spacconi. Si sente minacciato da me proprio perché sono una ragazza. Ho avuto a che fare con queste situazioni per tutti gli otto anni in cui sono stata nell'esercito. *Otto anni.*»

«Non è giusto» borbottò Lefty.

«Hai ragione, non lo è» concordò Aspen. «Ma non significa che non accada. Se vuoi essere d'aiuto, prova a pensare a come interagisci *tu* con le donne con cui lavori. Parli con loro? Pensi che non possano gestire qualcosa solo a causa del loro sesso? La discriminazione è sia uno stato mentale sia una decisione consapevole. Solo perché non pensi di essere discriminatorio, non significa che le tue azioni non lo siano.»

Tutti la fissarono in silenzio e si sentì a disagio per la prima volta. Non saliva spesso sul pulpito per questo genere di cose, era abituata a metterci una pietra sopra e affrontarle.

«Intendi tipo quando papà apre la porta alla mamma?» chiese Annie.

Aspen si voltò verso la bambina sorridendo. «C'è differenza tra essere gentili e denigrare». Quando Annie aggrottò la fronte, cercò di trovare un esempio. «Allora, tuo padre tiene aperta la porta, o porta le borse della spesa, o vuole che tua madre gli faccia sapere quando torna a casa mentre lui è al lavoro e non può essere lì a salutarla ... quello è essere gentili. Fa parte dell'amare qualcuno e desiderare che sia al sicuro.

Ma presumere che una ragazza voglia vestirsi di rosa anziché di blu, o quando un insegnante passa più tempo su matematica e scienze con i maschi e incoraggia le femmine a disegnare o a scrivere, quella è discriminazione. Un uomo che viene promosso al posto di una donna quando lei è più qualificata, è discriminazione. Un papà che dice alla sua bambina che è carina solo quando indossa un vestito o una gonna, e non quando mette i pantaloni... quella *sarebbe* discriminazione.»

«Volevo iscrivermi al laboratorio di meccanica a scuola, così da poter imparare a riparare il motore di un'auto e il mio insegnante, il signor Smithy, mi ha detto che non era appropriato e che avrei dovuto invece iscrivermi a economia domestica» disse Annie.

«Esatto. Quella è discriminazione. Se vuoi imparare a riparare le auto, fallo. Se vuoi entrare nell'edilizia, buttati. Ma d'altra parte, nemmeno tu dovresti presumere che tutti i ragazzi debbano fare quel genere di cose. Alcuni sarebbero probabilmente più che felici di imparare a cucire, danzare e cucinare, e non dover solo giocare a calcio o fare altri sport. La discriminazione vale in entrambi i casi.»

Annie annuì. «Quel tipo era una cacca. Adesso puoi mostrarmi come migliorare nel percorso a ostacoli?»

Aspen udì delle risatine intorno a lei. Aveva quasi dimenticato di avere un pubblico. Prima che potesse provare imbarazzo, sentì la mano di Kane sulla sua vita mentre diceva ai suoi amici: «Grazie per il supporto, ragazzi.»

«Se dovessi aver bisogno di qualcosa, fammelo sapere» le disse Fletch. «E per quel che vale, pensiamo tutti che tu sia un ottimo medico. E se i Delta li usassero e se stessimo ancora facendo missioni, chiederemmo personalmente che tu venissi assegnata al nostro team.»

Lo fissò sorpresa. «Grazie.»

I sette uomini annuirono e si voltarono per tornare alle loro famiglie, che stavano osservando tutto in disparte. Fletch si fermò per dire alla figlia che le restavano quindici minuti poi sarebbero tornati a casa. Annie arricciò il naso ma annuì, e lui andò verso una donna che aveva accanto un bambino piccolo.

«Assolutamente no» borbottò Oz. «Non sono autorizzati a portarti via. Sarebbe il *nostro* team a fare richiesta per averti.»

Aspen non poté fare a meno di ridere. «Grazie ragazzi. Lo apprezzo.» Guardò Annie, che era ovviamente più che impaziente di dedicare un po' di tempo alla corsa ad ostacoli.

«Mi dai un quarto d'ora?» chiese a Kane.

«Puoi prenderti tutto il tempo che vuoi, *dušo*.»

Sollevò un sopracciglio.

Lui le si avvicinò, la baciò e mormorò: «Bosniaco.»

«Me lo dirai mai in inglese?» non poté fare a meno di chiedere.

Kane portò le labbra vicino al suo orecchio e sussurrò: «Quando sarò così in profondità dentro di te da essere come una cosa sola... allora ti chiamerò *darling*.» Poi si raddrizzò con un sorriso e fece un passo indietro.

«È stato crudele» disse Aspen, dimenandosi un po' e sentendosi bagnare tra le cosce.

«Be', è stato crudele da parte tua farmi eccitare quando sembrava che fossi pronta a sbattere a terra Spence» ribatté Kane. Poi le fece un cenno con il mento e si voltò per tornare dove si trovava con la sua squadra prima che Derek apparisse dal nulla.

«Kane?» lo chiamò.

Lui si voltò. «Sì?»

«Grazie per esserti messo accanto a me e non davanti.»

Poté vedere un'espressione di rispetto brillare nei suoi occhi anche da distante.

«Pronta?» chiese Annie.

Aspen annuì e si voltò a guardarla. «Mi dispiace che tu abbia dovuto assistere a questa cosa» disse alla bambina mentre iniziavano a camminare verso l'inizio del percorso.

Lei scrollò le spalle. «Ora capisco di più quello che hai spiegato prima. A quel tipo non piaceva che tu fossi nella sua squadra.»

«Già.»

«Anche se per essere lì hai fatto lo stesso lavoro che ha fatto lui» continuò.

«Esatto.»

«Davvero smetterai?»

«Non lo vedrei come smettere. Lascerò l'esercito? Sì, penso di sì. Ho lavorato duramente per dare a donne e ragazze come te la possibilità di fare la differenza. Spero che l'aver aiutato a spianare la strada, renderà le cose più facili a *te* quando sarai grande. Ma sono stanca. Voglio una squadra come quella di tuo padre. Come quella dei miei amici. Voglio sapere che posso contare al cento per cento su qualcuno perché mi guardi le spalle.».

«Come hanno fatto oggi» dichiarò Annie con sicurezza.

«Sì. A loro non importava che fossi una donna. Mi hanno supportato comunque.»

«Anche il mio fidanzato è così» disse con orgoglio.

«Hai un fidanzato?» chiese sorpresa.

«Sì. Si chiama Frankie e vive in California. Ma quando saremo più grandi, ci sposeremo. So che posso contare su di lui quando mi serve supporto, a qualunque costo, proprio come farò io quando servirà a lui. È sordo e viene preso spesso di mira, ma non gli importa perché sa che sono gli altri bambini ad essere delle cacche, non lui.»

Aspen non poteva fare a meno di sorridere ogni volta che sentiva la parola cacca. Non era esattamente gentile, ma la bambina non stava nemmeno imprecando, quindi non poteva rimproverarla. «È bello avere un ragazzo così.»

Annie annuì. «Allora, quando lascerai l'esercito, cosa farai?»

«Utilizzerò la mia licenza da paramedico e aiuterò la gente qui intorno. Mi piacerebbe essere assunta su un servizio di ambulanza e andare dalle persone quando hanno bisogno di aiuto.»

«Oooh, come quando la gente chiama il 9-1-1?»

«Esatto.»

«Forte. Abbiamo dovuto farlo quando la nostra casa è esplosa. Dai! Voglio che mi mostri come essere più veloce e migliore sul palo!»

Aspen scosse la testa. Quando la sua *casa è esplosa*? Più tardi l'avrebbe chiesto a Kane. Per il momento, voleva dimenticare Derek, le discriminazioni e godersi l'entusiasmo di Annie.

CAPITOLO QUATTORDICI

Brain non sapeva se essere incazzato per conto di Aspen o impressionato per come aveva gestito il brutto episodio con Spence. Non riusciva a credere che Derek avesse avuto il coraggio di affrontarla all'Organizational Day. Probabilmente l'idiota pensava che fosse sola e di poter dire qualsiasi cosa senza avere ripercussioni.

Ma era chiaro che non avesse previsto che lei avrebbe contrattaccato, proprio lì in quel momento, né sospettato che avrebbe avuto un tale gruppo in supporto. Non appena Brain aveva visto cosa stava succedendo, era andato subito verso di lei. Sapeva che la sua squadra lo avrebbe seguito e non si era sorpreso che anche quella di Ghost fosse lì. Probabilmente Fletch stava osservando Annie e quando aveva visto che stava succedendo qualcosa, si erano tutti mobilitati.

Durante il viaggio verso casa, mentre Brain era ancora incazzato per l'intero episodio, Aspen sembrava far finta che non fosse successo niente. Era stata contentissima di fare da mentore ad Annie e ne stava parlando con entusiasmo.

«È straordinaria» disse felice. «Ha compreso tutto subito rendendosi conto di quanto più velocemente avrebbe potuto strisciare su quel palo agganciandovi il ginocchio intorno e usando i muscoli delle gambe per togliere parte del peso alle braccia, così da darle abbastanza forza per poi riuscire alla fine a sollevarsi e suonare la campanella. Mi è piaciuto vederla sorridere.»

E Brain adorava vedere *Aspen* sorridere. Le strinse la mano appoggiata sulla sua gamba. «Te la sei cavata bene.»

«Vero?»

«Tutto ok per la storia con Spence?» non poté fare a meno di chiedere.

Aspen sospirò. «Sì. Prima o poi doveva succedere. È uno stronzo e ovviamente pensava di avere la situazione in pugno.»

«Ti causerà problemi al lavoro» affermò Brain. «Be', più del solito.»

«Sì, ci proverà» concordò lei.

Le piaceva che non stesse cercando di minimizzare le sue preoccupazioni.

«Ma quello che è successo oggi, mi ha reso più facile prendere una decisione. Domani dirò al maggiore che lascio.»

«Sei davvero convinta?» le chiese. Non riusciva a immaginare di mollare l'esercito ma, d'altronde, lui avrebbe lasciato una famiglia molto unita.

«Sì. In realtà sono elettrizzata da ciò che mi aspetta. Devo fare ancora circa due mesi e sono sicura che il maggiore mi toglierà dalla squadra per dare spazio al mio sostituto. Probabilmente è meglio per tutte le persone coinvolte.»

«Che schifo. Mi dispiace.»

Aspen scrollò le spalle. «Sai cosa? Sono felice così.

Anche se mi sostituissero con un uomo, mi sento comunque di aver aiutato a spianare la strada per il futuro, per qualcuno come Annie. Forse non avrà difficoltà come me, semplicemente perché non sarà una delle prime donne a far parte di un team. Almeno lo spero.»

«Sarà così. Sono orgoglioso di te.»

«Grazie. Sono orgogliosa anch'io di me.»

«Ho parlato con il mio comandante dell'uragano che si sta sviluppando nel golfo» le disse Brain.

Aspen rimase un attimo confusa dal cambio di argomento. «Sì?»

«Già. Dicono che dovrebbe continuare ad acquisire forza e si sta dirigendo dritto verso Houston.»

«Cazzo» sussurrò Aspen. «Sono stati colpiti da un sacco di tempeste negli ultimi anni.»

«È vero. E se questo continua sulla stessa traiettoria, probabilmente chiederanno ai volontari di recarsi lì per assistere dove necessario.»

«Ci andrai?»

Brain scrollò le spalle. «Decideremo come squadra se andare o no, dipenderà dal fatto che non emerga qualcosa di più importante altrove»

Aspen sbuffò e fece una risatina amara. «Sai, in passato, quando accadevano cose come una tempesta o un tornado o qualcosa del genere, alla mia squadra veniva chiesto se volevamo offrirci volontari, ma era una decisione individuale. Ad esempio, l'ultima volta Hamilton non è potuto andare perché uno dei suoi figli aveva un evento a scuola a cui sentiva di dover partecipare, e Buckland semplicemente non ha voluto. Non è mai stata una scelta netta se saremmo andati o meno. Sapere che voi vi accordate se andare tutti o nessuno, conferma solo il fatto che sto prendendo la decisione giusta.» Gli strinse la mano e si girò leggermente sul sedile. «Se voi ragazzi accetterete, verrò anch'io.»

Brain sorrise. «Va bene.»

«Nessuna obiezione?» chiese scettica.

«Esatto» concordò. «Hai più che dimostrato di sapertela cavare alla grande. Sarai un'ottima risorsa e saremmo felici di averti al nostro fianco.»

Aspen sorrise. Tolse la mano dalla sua e la appiattì sulla coscia. «Penso di doverti ringraziare per essere corso in mio aiuto oggi, anche se non ne avevo davvero bisogno.»

«Ah sì?»

«Mmm-mm.»

Le sue dita gli sfiorarono l'interno della coscia e Brain le catturò la mano. «Vuoi farmi fare un incidente?»

Scosse la testa. «No. Spero solo che guidi più velocemente. Ti voglio, Kane.»

Le lanciò un'occhiata e vide che lo stava fissando con uno sguardo aperto. Sincero.

Senza dire altro, premette il piede sull'acceleratore e la Challenger scattò in avanti.

Gli fece un sorriso raggiante.

Brain aveva desiderato avere Aspen sotto di sé un'infinità di volte, ma non aveva voluto spingerla. Era da mesi che voleva di più da lei, ma si era accontentato di muoversi alla sua velocità. Di conoscerla meglio. Di baciarla e abbracciarla, ma di non andare oltre.

Avrebbe aspettato tutto il tempo necessario perché lo desiderasse con la stessa intensità, ma grazie a Dio non avrebbe dovuto più attendere.

«Sei sicura?» le chiese, non volendo fraintendimenti tra loro.

«Sì» rispose semplicemente.

Brain aveva bisogno di distrarsi dalla sensazione della

sua mano sulla coscia, così disse: «I preservativi li ho, sono pulito e voglio che pensi solo a divertirti questa prima volta.»

«Prendo la pillola. Ho avuto una cisti ovarica da adolescente e i dottori me l'hanno prescritta per far sì che non continuassero a formarsi.»

Fu travolto da un'ondata di adrenalina, ma trattenne la sua eccitazione. «Comunque, questa prima volta useremo il preservativo, per proteggerti, finché non potrò dimostrarti che sono sano.»

«Va bene. Ma Kane, mi fido. Non accetterei di dormire con te se non fosse così. E per la cronaca, non vado a letto con chiunque. Sono passati tre anni per me.»

Brain divise la sua concentrazione tra lei e la strada. «Tre anni?»

«Già. Ma non significa che non mi sia presa cura di me in tutto questo tempo» disse vivacemente.

Lo stava uccidendo. Dirgli che si masturbava bastò per fargli contrarre l'uccello nei pantaloni.

Aspen ovviamente lo percepì perché ridacchiò. «Ti piace quel pensiero?»

«Cazzo, sì. Sarò fortunato se non esploderò come un adolescente nel momento in cui entrerò dentro di te, solo per averti immaginata mentre ti tocchi e ti fai venire.»

«Se dovesse succedere, potrai far sentire bene *me* finché non sarai di nuovo pronto» gli disse con molta calma.

«Oh, quello è scontato. Ma non verrò finché non lo farai tu almeno una volta.»

«Almeno?» chiese inarcando un sopracciglio.

«Almeno» confermò.

«Penso che tu stia guidando troppo piano» sussurrò lei senza fiato.

Brain sorrise e aumentò ancora un po' la velocità. L'ultima cosa che voleva era essere fermato da un poliziotto, perché avrebbe ritardato il momento in cui sarebbe stato dentro il corpo di Aspen ed era tutto ciò a cui riusciva a pensare in quel momento.

———

Aspen sapeva di essere stata sfacciata, ma non poteva farci niente. Era più che pronta a fare l'amore con Kane. Quando avevano ufficialmente iniziato a frequentarsi, dopo essere tornati dall'Afghanistan, non era stata così sicura dei sentimenti intensi che provava per lui. Aveva avuto la sensazione che si stessero muovendo troppo in fretta, che si stesse innamorando troppo velocemente. Ma più tempo passava con lui, più si sentiva al sicuro... sia con il corpo sia con il cuore.

Kane era uno dei buoni. Lo sapeva fin nel profondo. E dormire abbracciata a lui la notte precedente aveva reso tutto chiarissimo.

Lo amava. Amava stare tra le sue braccia. Adorava addormentarsi con lui e svegliarsi la mattina ancora avvolta dal suo corpo.

A volte era lunatico e scontroso, ma non si sfogava mai con lei. Era un buon amico, un buon compagno di squadra, un ottimo soldato e voleva entrare in contatto con lui a un livello più intimo.

Andare a letto insieme però, avrebbe potuto distruggerli. Cedendo alla tensione sessuale avrebbero potuto scoprire che era tutto ciò che avevano... ma non credeva fosse così. Voleva pensare che stare in intimità li avrebbe solo avvicinati.

Lo avrebbe detto il tempo.

Voleva dimenticare Derek, lasciarsi alle spalle l'esercito

e tutti gli altri fattori di stress che aveva sperimentato ultimamente, e godersi semplicemente il piacere di stare con lui.

Kane entrò nel vialetto e in garage, e un attimo dopo era alla sua portiera prima ancora che lei si slacciasse la cintura di sicurezza.

Sorridendo per la sua impazienza, si lasciò aiutare a scendere dalla macchina e, senza dire una parola, le cinse la vita con un braccio e la condusse in casa. Nel momento in cui la porta si chiuse dietro di loro, le catturò le labbra con le sue e la spinse contro il muro.

Per la prima volta nella vita, Aspen si lasciò andare davvero. Non si preoccupò di sembrare troppo o troppo poco smaniosa. Non pensò a cosa fare con le mani o se si stesse muovendo troppo velocemente o troppo lentamente.

Fece solo ciò che le sembrava giusto.

Mentre le divorava la bocca, fece scivolare le mani sotto la sua maglietta e sul suo petto. Gli affondò le dita nei pettorali e gli sfiorò i capezzoli. Lui ringhiò e sollevò la testa, ma Aspen non voleva che si fermasse. Non voleva che rallentasse. Lo desiderava, subito.

Gli tirò su la maglietta e lui se la strappò di dosso. Lei abbassò la testa e prese uno dei suoi capezzoli in bocca, mordicchiandolo e poi succhiandolo... forte.

Kane grugnì e prima che fosse pronta a lasciarlo andare, la sollevò. Gli avvolse le gambe intorno alla vita e rise mentre si avviava verso le scale.

Non era minimamente preoccupata che potesse lasciarla cadere. Si sentiva completamente al sicuro tra le sue braccia. Si afferrò alle sue spalle mentre la portava in camera. Il letto era ancora disfatto da quando si erano alzati quella mattina.

Senza alcun preavviso, la lasciò cadere sul materasso.

Aspen ridacchiò di nuovo, ma nel momento in cui vide lo sguardo colmo di desiderio nei suoi occhi, il suo umorismo svanì.

«Via» le disse con voce roca, indicando la maglietta con il mento.

Avrebbe voluto stuzzicarlo. Probabilmente avrebbe dovuto rendergli più difficile il fatto di averla lì nuda, ma avevano aspettato abbastanza a lungo. Si sfilò la maglietta dalla testa, poi andò al gancio del reggiseno.

Kane si era tolto gli stivali e i calzini e mentre lei guardava, si sbottonò e tirò giù la cerniera dei jeans, sfilandoli insieme ai boxer, poi li calciò via. Aspen si sdraiò sul letto e si slacciò i pantaloncini. Si tolse le scarpe e sollevò i fianchi. Le mani di Kane andarono subito ad aiutarla a sfilarli comprese le mutandine, finché non rimase completamente nuda.

Non si sentì a disagio di mostrarsi così a lui. Alzando le braccia sopra la testa si stiracchiò, inarcando la schiena e allargando leggermente le gambe. Vedere lo sguardo di Kane e quanto fosse duro il suo cazzo, la fece sentire bellissima.

Lui rimase immobile accanto al letto, fissandola come se cercasse di memorizzare la visione che aveva davanti. Aspen sentì i capezzoli inturgidirsi di più, e anche se voleva decisamente proseguire la festa, sapeva che avrebbe ricordato quel momento per il resto della vita.

«Cazzo» sussurrò Kane. «Non so da dove iniziare.»

Gli sorrise e tese una mano. «Che ne dici di un bacio?»

Le prese la mano e all'improvviso se lo ritrovò sopra. Non accanto, letteralmente *sopra*. Sentì una goccia di seme bagnarle la coscia mentre lui si sistemava, e allargò le gambe dandogli più spazio.

Dato che erano quasi alti uguali, sentì il suo cazzo pulsare contro il pube e i peli del suo petto solleticarle i capezzoli estremamente sensibili. Kane si sostenne con i gomiti e le infilò le mani nei capelli, tenendole ferma la testa.

La fissò per un lungo momento e non si sentì affatto imbarazzata. Con lo sguardo incollato al suo, poté giurare di riuscire a vedere dentro la sua anima. Sdolcinato, ma vero.

«Voglio andare piano. Memorizzare ogni centimetro del tuo bellissimo corpo. Scoprire cosa ti eccita e cosa ti fa gemere. Voglio leccarti la fica e assaporarti. Voglio vederti esplodere di piacere tra le mie braccia, e farti venire subito un'altra volta, anche se pensi di essere troppo sensibile.»

A ogni parola che usciva dalla sua bocca, Aspen si sentiva sempre più bagnata. Non l'aveva nemmeno toccata ed era più che mai pronta per lui.

«Ma sto quasi per venire solo a guardarti» continuò. «Avere i tuoi seni contro il petto, vedere le tue pupille dilatate dal desiderio, sentire i tuoi fianchi spingere verso di me solo per le mie parole... non riesco a pensare a nient'altro che a entrare dentro di te.»

«Avremo tutto il tempo per esplorare... più tardi» gli disse. «Ti voglio. Dentro di me. Ora.»

Senza dire altro, Kane si chinò e aprì un cassetto del comodino. Prese un preservativo e lo aprì abilmente con i denti. Si appoggiò su un fianco e se lo infilò con una mano, poi tornò nella stessa posizione in cui si trovava un attimo prima.

«Abile» scherzò Aspen.

Arrossì. «Ho fatto pratica. Sapevo che quando ti avrei avuta nel mio letto, non sarei riuscito ad essere coordinato. Così ho comprato una scatola e ogni sera prima di masturbarmi, mi esercitavo a metterlo con una mano. Poi, una volta infilato, me lo strappavo via e fantasticavo di averti qui con me.»

Era adorabile. Esercitarsi a mettere un preservativo doveva essere stato il suo momento più nerd in assoluto, ma non poteva biasimarlo perché tutto ciò a cui riusciva a pensare era di averlo dentro di lei. E con la pratica era stato pronto in pochi secondi. Portò una mano tra di loro e gli diede un colpetto sulla coscia. «Sollevati» sussurrò.

Lo fece e Aspen avvolse le dita intorno al suo cazzo. Non era enorme, ma nemmeno piccolo. Era della misura perfetta per lei.

Non poté fare a meno di stringerlo e Kane gemette.

Non volendo prolungare i preliminari, infilò la punta tra le sue pieghe bagnate.

«Come ho detto, è passato un po' di tempo. Fai piano.»

Lui annuì e lo sentì scivolare un po' dentro di lei. Gli afferrò i fianchi ma non distolse gli occhi dai suoi. Lentamente, molto lentamente, si spinse fino in fondo.

Provò un piccolo dolore e poi finalmente i loro corpi erano uniti. Era completamente dentro. Strinse i muscoli e lui gemette.

«Cazzo, *darling*, sei così stretta. Ti sto facendo male?»

«No» lo rassicurò. «Sei perfetto.»

Rimasero così per un lungo momento. Abbastanza da farle chiedere: «Kane?»

«Dammi ancora qualche secondo» le disse a denti stretti. «Se mi muovo vengo, e voglio godermelo il più possibile.»

Aspen sorrise. Si sentì incredibilmente compiaciuta che avesse difficoltà a controllarsi. Sapeva che molte donne si irritavano se il loro uomo non riusciva a resistere, ma per lei era il più bel complimento.

Kane fece un respiro profondo, che sentì contro la pancia, e si sollevò guardando in basso tra di loro.

«Dio, è così eccitante» mormorò più a se stesso che a lei.

Guardò in basso anche lei e dovette essere d'accordo. Poteva vedere i suoi capezzoli sporgere verso l'alto, quel po' di pancetta che non era mai stata in grado di perdere ma, cosa più importante, vedeva il modo in cui i loro corpi erano uniti perfettamente.

Poi Kane tirò indietro i fianchi e vide il suo cazzo uscire da lei, il preservativo lucido dei suoi umori.

«Guarda» le ordinò, ma Aspen non aveva avuto comunque intenzione di distogliere lo sguardo. Si spinse di nuovo dentro. Vederglielo fare, in un certo senso rese quello che stavano facendo ancora più intimo.

«Così, prendimi» mormorò. Si tirò indietro e la penetrò ancora. E poi ancora. Aspen non riusciva a staccarsi dalla visione erotica di lui che la scopava lentamente.

«È bellissimo sentirti così» le disse. «Calda, bagnata e stretta. Sei come un guanto e mi strizzi.»

Scoprire che Kane parlava sporco fu sorprendente. Per essere uno che si definiva nerd, di certo non si stava comportando come tale.

Poi la sorprese penetrandola con così tanta forza, che il rumore della carne che sbatteva risuonò intenso nella stanza silenziosa.

Gemettero entrambi.

«Scusa» le disse subito.

«No! Fallo di nuovo» gli ordinò.

Kane sorrise e si tirò fuori molto lentamente fino a lasciare dentro solo la punta del suo cazzo, poi si spinse di nuovo con forza. Aspen gettò la testa indietro sul cuscino e gemette.

«Ti piace» le disse.

Non era una domanda, ma lei annuì lo stesso. «È bello farlo lento, ma veloce è veramente fantastico» mormorò.

«Riesci a venire così?» le chiese, mentre la penetrava ancora come le piaceva.

Aspen scosse la testa. «No, ma è una sensazione bellissima.»

«Toccati» le ordinò.

Lo fissò sorpresa.

«Voglio sentirti venire intorno a me e non durerò molto a lungo, specialmente scopandoti così con foga. È troppo bello, ma che sia dannato se non vieni la prima volta che lo facciamo.»

«Non è un problema, Kane.»

«Sì, invece. Toccati, *darling*, mostrami come ti piace. Lento e costante o veloce e duro?»

Sentendosi un po' in imbarazzo, Aspen mise di nuovo la mano tra di loro. Lui si sollevò un po' e guardò in basso mentre lei iniziava ad accarezzarsi il clitoride.

Si era masturbata più frequentemente di quanto volesse ammettere anche con Kane, ma non c'era niente di meglio che averlo dentro il suo corpo mentre si accarezzava.

«Posso sentire i tuoi muscoli contrarsi intorno a me» le disse, mentre lei muoveva le dita più velocemente. «Così. Dio, è fantastico. Continua.»

Aspen quasi non lo sentì mentre stava raggiungendo il culmine del piacere. Cercò di sollevare i fianchi ma non poteva muoversi perché lui la schiacciava. Cercò di chiudere le gambe, ma ancora una volta il suo corpo le impedì di farlo. L'orgasmo che stava montando dentro di lei era così intenso da spaventarla un po', così smise di toccarsi.

Ma Kane non fu d'accordo. Si spostò un po' per

mettere una mano tra di loro e riprese da dove lei aveva interrotto.

Le sue dita callose erano più dure contro il clitoride sensibile rispetto al suo tocco, ma era fradicia e scivolavano facilmente, portandola sempre più in alto. Aspen gli afferrò i bicipiti affondando le unghie nella pelle, cercando di ritardare l'orgasmo. Sapeva che sarebbe esplosa in un milione di pezzi e lui era l'unica cosa che la teneva insieme.

Il suo tocco faceva quasi male ma in modo piacevole, e un secondo prima era in cima al precipizio e quello successivo precipitò. Il suo stomaco si contrasse, le sue cosce tremarono e cercò di raggomitolarsi per affrontare meglio quella tempesta orgasmica, ma poté solo rimanere sdraiata sul letto e prendersi il piacere che Kane le stava dando.

Proprio quando pensava che l'avrebbe lasciata rilassare, lui gemette e iniziò a scoparla. *Duramente.* Le sue tette rimbalzavano su e giù a ogni spinta e all'improvviso Aspen venne di nuovo.

«Dio, non hai idea di quanto sia bello!» le disse mentre spingeva con forza dentro e fuori da lei.

«Io... penso... di... saperlo» sussurrò Aspen a tempo con le sue spinte.

«Non resisto più, vengo» ringhiò Kane a denti stretti. Mise una mano sotto il suo sedere e la attirò a sé per stare il più a fondo possibile dentro di lei, e venne.

Il gemito che lasciò le sue labbra era degno di un porno e la fece rabbrividire. Vederlo perdersi nell'orgasmo era *erotico* da morire. Aveva gli occhi chiusi, la testa gettata all'indietro e lo percepì pulsare nel profondo del suo corpo. Il preservativo le impedì di sentire il suo seme e ne fu quasi contenta. L'amplesso era già stato abbastanza intenso, non era sicura che sarebbe stata in grado di gestire qualcosa di più in quel momento.

Senza preavviso, Kane aprì gli occhi e la guardò. Sembrava quasi incazzato, ma sapeva che non era così. «Cazzo» mormorò, e con un movimento fluido rotolò finendo steso sulla schiena con lei sopra. Aspen piegò le gambe e si mise a cavalcioni.

Sorridendo, ruotò i fianchi e lui gemette. «Stai cercando di uccidermi?» le chiese.

Sapeva che probabilmente sembrava una pazza con i capelli tutti arruffati, un enorme sorriso sul viso, il petto arrossato per il piacere provato e le tette praticamente in faccia a Kane... ma non le importava.

«Non sarebbe un brutto modo di morire» scherzò.

Poi lui sorrise e il suo cuore quasi si fermò. Non l'aveva mai visto così... contento. Amava essere stata lei a provocare quello sguardo sul suo viso. «Mi hai chiamata *darling*.»

«Sì. Te l'avevo detto, quando siamo a letto sei la mia *darling*. Ogni altra volta, sei la mia *chérie, liebling, dorogoy* o *gráinne*. Ora, per quanto voglia che tu rimanga esattamente dove sei, ho bisogno di occuparmi di questo preservativo.»

Aspen arricciò il naso. Non voleva muoversi.

Kane le infilò una ciocca di capelli ribelli dietro l'orecchio. «Lo so. Nemmeno io vorrei muovermi. Mi piace dove sono più di quanto tu possa pensare.»

Sospirando si sollevò, e sibilarono entrambi quando lui scivolò fuori dal suo corpo. Il suo cazzo si posò con un morbido tonfo sullo stomaco e lei non poté fare a meno di ridacchiare.

«Stai ridendo della mia virilità?» ringhiò scherzoso.

«No, mai» si affrettò a rassicurarlo.

Lui rise. «Non muoverti, torno subito.»

Scese dal letto e andò in bagno. Aspen non distolse lo sguardo. Lo divorò con gli occhi. Il suo sedere era un'opera d'arte. Era sicura che non ci fosse un grammo di grasso su di lui. Nel giro di quindici secondi stava tornando e lei non si preoccupò di nascondere il fatto che stesse squadrando le sue parti basse.

Il suo cazzo era lungo; non c'era da stupirsi che lo avesse sentito così profondamente dentro di sé. Non era eccessivamente grosso, ma le era quasi difficile credere di averlo preso così facilmente, considerando quanto tempo era passato dall'ultima volta che era andata a letto con un uomo.

Invece di stendersi accanto a lei, Kane si sporse in avanti, l'afferrò per i fianchi e le trascinò il sedere sul bordo del letto. Si inginocchiò sul pavimento e le allargò le gambe il più possibile.

«Kane!» protestò Aspen.

«Sì?» le chiese distrattamente. Fece scorrere un pollice lungo le sue pieghe, spargendo l'evidenza dei suoi orgasmi.

«Cosa fai?»

«Uno spuntino» disse con un sorriso, poi abbassò la testa e Aspen non poté fare altro che tenersi forte mentre la divorava come se non ne avesse mai abbastanza.

———

Brain non aveva idea di che ora fosse e non gli importava. Era stretto ad Aspen e sorrise quando la sentì russare lievemente. Da quando erano tornati dalla fiera non avevano lasciato mai il letto. Fare l'amore la prima volta aveva attenuato un po' il suo desiderio, ma non aveva minimamente finito con lei.

Con Aspen non si sentiva l'emarginato che era stato per la maggior parte della vita. Non aveva mai provato una connessione così profonda con nessuno come con lei. Né aveva mai sentito quel forte bisogno di sesso. Era rimasto vergine ben oltre l'età in cui la maggior parte dei ragazzi sperimentava la loro prima volta. Dato che fino ai vent'anni non aveva mai avuto a che fare con ragazze della sua età, non aveva sentito l'impulso di scopare solo per il gusto di farlo.

Ma con Aspen aveva scoperto che non gli bastava mai. Prima di quel giorno, non era stato sicuro delle sue capacità di rendere il sesso piacevole per lei, ma non appena l'aveva avuta tra le braccia, l'istinto aveva preso il sopravvento. Sentirla venire mentre era sprofondato nella sua fica calda e bagnata era stata un'esperienza che non avrebbe mai dimenticato. Guardarla contorcersi sotto di lui, persa nel piacere che le stava dando e poi sentirla lasciarsi andare di nuovo quando l'aveva scopata, lo aveva fatto sentire più virile che mai.

Poi aveva dovuto assaggiarla, esaminarla intimamente. L'aveva divorata fino a farle raggiungere un altro orgasmo usando le dita per stimolarla, e sentire i suoi muscoli contrarsi intorno a loro era stato affascinante... un dono. L'aveva lasciata riposare per un po', ma quando non era più riuscito a trattenersi, aveva banchettato con le sue tette finché non si era svegliata, e poi l'aveva presa di nuovo.

I preservativi erano una rottura, ma sperava che sarebbe arrivato il momento, nel prossimo futuro, in cui si sarebbero fidati abbastanza l'uno dell'altra da abbandonarli.

Anche Aspen era impetuosa; dava quanto riceveva. Quando aveva avvolto le labbra intorno al suo cazzo e lo aveva guardato, le era quasi venuto in bocca all'istante.

In sostanza, tutto in lei era perfetto. Ed era perdutamente innamorato. Anche se quell'ammissione avrebbe dovuto spaventarlo a morte, non fu così.

Aspen si mosse e rotolò su un fianco. La lasciò andare e

si rannicchiò dietro di lei che dimenò il sedere premendolo contro il suo inguine, facendoglielo diventare subito duro. Ma Brain non aveva intenzione di fare nulla al momento. Aveva la sensazione che da lì in poi, quando le era vicino, avrebbe avuto un'erezione permanente. Avvolse un braccio intorno alla sua vita e la attirò più a sé.

«Kane?»

«Sì, *darling*?»

«Ti amo.»

Rimase impietrito.

Quando non disse altro, sussurrò: «Aspen?»

Non ricevette alcuna risposta. Era esausta e probabilmente non aveva idea di aver parlato.

Chiuse gli occhi e pensò che non avrebbe mai dimenticato quell'istante. Certo, lei era praticamente incosciente quando aveva pronunciato quelle parole, ma avrebbe fatto tutto il necessario per convincerla ad esprimerle da sveglia.

La baciò sulla testa e sussurrò: «Ti amo anch'io.»

Poi chiuse gli occhi e si addormentò.

———

Derek Spence camminava su e giù per il suo appartamento, borbottando tra sé e sé.

Sapeva che avrebbe dovuto superare il fatto che la Mesmer lo avesse scaricato... ma non ci riusciva. Lo aveva rifiutato. Poi lo aveva *umiliato* baciando quello stronzo al bar; era stato ovvio che fino a quella sera non lo conoscesse nemmeno. Se credeva che ci fosse cascato era più stupida di quanto pensasse.

Ma *ovviamente*, il tipo non era uno qualunque. Era un cazzo di Delta. Pensavano di essere i migliori di tutti alla base.

Derek sarebbe stato in grado di trovare Akhund se solo avesse avuto un po' più di tempo. Ma no, quel fottuto Delta e la sua squadra si erano messi in mezzo e lui era stato buttato fuori dalla ricerca. Per aggiungere al danno la beffa, avevano trovato e ucciso il terrorista pochi giorni dopo il loro arrivo in Afghanistan.

Non solo, Derek aveva ricevuto un richiamo. Una cazzo di *nota di demerito*! Sarebbe rimasta nel suo curriculum per sempre. Che stronzata!

Aveva fatto tutto ciò che l'esercito gli aveva chiesto di fare. Aveva messo in gioco la sua vita di volta in volta e quello era il ringraziamento? Un richiamo per aver cercato di fare il suo lavoro?

Per forza non era riuscito a trovare Akhund. Aveva avuto un enorme ostacolo.

La Mesmer.

Non conosceva nessun'altra squadra di Ranger che avesse dovuto trascinarsi dietro una donna. Era più lenta, più debole, un indubbio ostacolo in tutti i sensi. Era stato *vicinissimo* a trovare Akhund quando la sua incompetenza aveva rovinato tutto. Avrebbe dovuto cavarsela da sola; un *uomo* ci sarebbe riuscito. E Derek era convinto che lei avesse incoraggiato gli altri compagni a lamentarsi con il maggiore riguardo a quello che era successo, e di conseguenza aveva ottenuto quel fottuto richiamo nel suo fascicolo.

Avrebbe dovuto riceverlo *lei*. Qualcuno avrebbe dovuto rendersi conto che le donne nelle squadre dei Ranger erano una pessima idea. Che non potevano gestire situazioni di combattimento intenso. Ma no, lei e i suoi cazzo di amici Delta girovagavano per la base come se fossero dei fottuti reali!

Sì. Quel richiamo era tutta colpa della Mesmer. Se non

avesse dovuto sopportarla nelle sue squadre, avrebbero catturato facilmente Akhund e ricevuto un dannato encomio.

Doveva pagare per aver rovinato tutto. Lei *e* quello stronzo di Delta dovevano pagare.

Non sapeva come o quando, ma si sarebbe assicurato che la Mesmer si pentisse di averlo scaricato, di aver macchiato il suo curriculum perfetto. E che il Delta rimpiangesse di averla baciata quella sera al bar.

Nessuno faceva fare brutta figura a Derek Spence. Era un cazzo di Ranger e avrebbe mostrato al mondo che non era qualcuno da inimicarsi.

CAPITOLO QUINDICI

LA SETTIMANA successiva fu idilliaca per Aspen. Aveva passato ogni notte con Kane e, se possibile, si sentiva ancora più vicina a lui ora di una settimana prima. Sì, il sesso tra loro era fantastico, ma quando erano troppo stanchi per fare qualcosa di più che buttarsi a letto, stare abbracciata a lui era intimo quanto le notti in cui facevano l'amore.

Al lavoro erano entrambi molto impegnati. Aspen aveva iniziato la procedura per lasciare l'esercito. Era triste ed emozionante allo stesso tempo. Aveva cominciato a esaminare varie opzioni per lavorare come paramedico e doveva decidere se voleva rimanere a Killeen, o cercare anche a Temple o a Georgetown. Non voleva allontanarsi troppo da Fort Hood, perché era lì che si trovava Kane in quel momento.

La cosa positiva di essere un paramedico era che se lui fosse stato trasferito, lei avrebbe potuto trovare un altro posto, indipendentemente da dove sarebbero andati. Certo, c'era sempre la possibilità che si lasciassero, ma al momento le sembrava improbabile.

L'unica cosa che turbava la sua attuale contentezza era il tempo.

Tre giorni prima, il servizio meteorologico nazionale aveva detto che c'era l'ottantacinque per cento di possibilità che l'uragano Florence colpisse proprio l'area di Galveston. L'avevano riqualificato a categoria due e non si aspettavano che si rafforzasse, ma a causa di altre tempeste che si erano abbattute su Houston, erano tutti preoccupati per lo spostamento del flusso di vento che avrebbe fatto sì che l'uragano permanesse nell'area per ventiquattr'ore o più.

Purtroppo i meteorologi avevano ragione e le fasce pluviali prolungate avevano portato enormi quantità di pioggia sulla costa e nell'area circostante, inclusa Houston. Le truppe della Guardia Nazionale erano già state inviate per assistere sia nell'operazione di salvataggio delle persone intrappolate nelle loro case e auto, sia per cercare di mantenere l'ordine fino a che l'acqua non fosse defluita.

Stavano ancora dormendo quando il telefono di Kane squillò. Rotolò insieme a lui mentre lo prendeva dal comodino.

«Pronto?»

Guardò l'orologio e vide che erano le quattro e trentadue del mattino.

«Ok. Arriviamo» disse Kane a chiunque avesse chiamato, poi spense il telefono e strinse le braccia intorno a lei.

«Chi era?».

«Trigger. Stamattina andiamo a Houston»

Aspen si alzò su un gomito e lo guardò. La luce che si erano dimenticati di spegnere in bagno illuminava quel tanto da riuscire a vedere. «Andiamo... *noi*?»

«Sì. Tu, io, il resto dei ragazzi della squadra. Noi.»

«Sei sicuro che non sia un problema se vengo anch'io?»

«Certo. Perché dovrebbe?» chiese. «Ne abbiamo parlato. Hai già ottenuto l'autorizzazione dal tuo maggiore e il nostro comandante è entusiasta di avere con noi un soccorritore.»

«Io... non lo so. Non mi hanno mai chiesto di far parte di una squadra come questa prima d'ora.»

Kane non rise di lei, portò semplicemente la mano sul suo viso e le accarezzò la guancia con il pollice. «Il giorno dopo che hai detto al maggiore che avresti lasciato l'esercito, ha assegnato il tuo sostituto ai Ranger. Da allora, non hai più visto Buckland, Hamilton o nessuno degli altri. Inoltre, per questa missione non ci sono realmente delle "squadre". Andremo tutti laggiù e ci divideremo se necessario per rendere operativi i gommoni e salvare le persone.»

«Va bene.»

«Vorrei che restassi con me mentre siamo lì, però. Il team potrebbe venire diviso, ma voglio che io e te restiamo insieme. Sto cercando di non essere eccessivamente rompipalle su questo, ma le persone disperate fanno cose disperate e se ti succedesse qualcosa e io non fossi lì per aiutarti... non sono sicuro che riuscirei a perdonarmi.»

Aspen si sciolse nel sentirlo esprimere la sua preoccupazione per lei.

«Inoltre, non hai mai lavorato in una situazione di salvataggio come questa» continuò, come se stesse ancora cercando di convincerla. «Sì, le persone hanno avuto un sacco di tempo per evacuare, ma molti non hanno i soldi o un altro posto dove andare, quindi rimangono. Quando l'acqua sale, si fanno prendere dal panico e faranno tutto il possibile per sopravvivere. Per non parlare degli stronzi che si approfittano di chi è fuggito e si introducono nelle case e nelle aziende. Può essere pericoloso e non sopporto il pensiero di perderti ora che ci stiamo adattando nella nostra nuova normalità.»

Sorrise. «Stavo pensando di dover restare nei paraggi per proteggere *te*. Avere un soccorritore militare affidabile al tuo fianco può tornare utile.»

«Assolutamente» concordò. «Hai ragione, potrei farmi una vescica o un taglietto e ho bisogno che tu li baci per farli guarire.»

Alzò gli occhi al cielo. Il suo uomo era uno scemo.

Il suo uomo. Accidenti, le piaceva.

«Dobbiamo alzarci e andare alla base per preparare la nostra roba e metterci in viaggio» le disse con riluttanza.

«Abbiamo tempo per fare una doccia?» gli chiese. La domanda era stata posta in modo innocente, ma lo sguardo di Kane quando rispose era tutt'altro.

«Sì, ma per risparmiare tempo, probabilmente dovremmo farla insieme.»

E a quello, Aspen si eccitò da morire. «Tu dici?» chiese con un sopracciglio inarcato.

«Decisamente» rispose. Rotolò portandola con sé e mise le gambe fuori dal letto. Si tenne aggrappata mentre lui si alzava, amando la sensazione del suo cazzo duro contro di lei. Una cosa sul suo uomo: non aveva mai problemi a farlo rizzare.

La portò in bagno e aprì l'acqua nella doccia per darle il tempo di scaldarsi. Poi la rimise in piedi.

«Mi lavo i denti mentre tu usi il bagno, poi ci scambiamo» le disse.

Aspen annuì.

Dopo pochi minuti erano sotto la doccia. Kane si mise in ginocchio davanti a lei e le allargò le cosce con le mani. Leccandosi le labbra, alzò lo sguardo e disse: «Devo assicurarmi che tu sia bella pulita qui.» Senza aspettare risposta, abbassò la testa... e Aspen si dimenticò di tutto il resto. Houston. La tempesta. Lasciare l'esercito. Tutto ciò a cui riusciva a pensare era quanto Kane la facesse sentire bene.

———

Per quanto incredibile fosse stata la mattinata, Brain ora era concentrato al cento per cento sul lavoro da svolgere. Arrivati alla base si erano incontrati con il suo team. Poi erano stati caricati su un grosso camion e avevano fatto il viaggio di quattro ore fino a Houston, come parte di un convoglio di altri camion e Humvee. In base a dove l'alluvione aveva fatto più danni, avevano trascorso le prime due ore a montare le tende in un grande parcheggio vuoto nelle vicinanze, da utilizzare come area di raccolta e poi avevano fatto riunioni strategiche per l'ultima ora.

Quel pomeriggio le precipitazioni erano state continue, alternando periodi di pioggerella a rovesci. Sapevano tutti che la situazione era disperata per coloro che erano intrappolati. L'esercito stava lavorando con il comune, che prendeva le chiamate del 9-1-1 e cercava di ottenere assistenza per chi ne avesse bisogno.

Per tutto il pomeriggio lei era rimasta al suo fianco. Be', non proprio al suo fianco, ma vicino. Aveva lavorato con altri medici per capire il modo migliore di suddividersi per avere la massima copertura. Persone del luogo che avevano saputo del loro arrivo, erano andate a cercare di scoprire quante più informazioni possibili riguardo a ciò che stava succedendo e per chiedere di controllare i loro cari. Aspen aveva fatto del suo meglio per tenerle occupate in modo che le autorità potessero incaricare le squadre di ricerca di eseguire i soccorsi quando necessario.

Brain non era stato felice di apprendere che Derek fosse a Houston, ma non era che avesse voce in capitolo su chi si offriva volontario e chi no. Il coglione immaturo continuava a lanciare occhiatacce ad Aspen, ma lei lo ignorava, era troppo impegnata per la sua idiozia. Brain si ripromise di tenerla il più lontano possibile da Spence. Sperava che non avrebbe creato problemi, dato che una missione umanitaria per aiutare gli abitanti di Houston non era il posto per un confronto.

Dal momento in cui erano arrivati al punto di raccolta, le cose erano state frenetiche e Brain fu sollevato quando ottennero il via libera per iniziare il salvataggio delle persone. Alcune delle squadre avrebbero preso i due grossi camion e altre i natanti che l'esercito aveva acquisito. Altri ancora avrebbero collaborato con gente del posto che si era presentata con le loro barche personali.

Brain e Aspen salirono su uno dei grandi gommoni portati dalla Guardia Costiera e partirono per la loro prima missione. Quando il mezzo accostava vicino a una casa allagata loro saltavano giù dal natante per entrare e controllare che non ci fossero persone intrappolate.

Durante il primo giro, recuperarono una famiglia di quattro persone che portarono nell'area di raccolta, insieme ai loro due cani. Durante il secondo, trovarono una coppia di anziani che non era riuscita a fuggire ed era rimasta intrappolata nella loro casa a un piano. E proseguirono così.

Ore dopo, Brain non aveva idea di quanti viaggi avessero fatto avanti e indietro tra le strade allagate della città e la zona di raccolta, ma erano stati tanti. Era esausto e sapeva che doveva esserlo anche Aspen, ma non l'avrebbe mai detto guardandola. Negli ultimi salvataggi era stata lei a entrare in contatto con i civili bisognosi di aiuto, mentre lui faceva da appoggio, il che gli era andato bene. Aspen era molto più amichevole di lui e in grado di calmare le persone che stavano salvando.

Doveva anche rendere merito agli uomini e alle donne che avevano manovrato le barche. Brain e Aspen avevano usato molti natanti diversi per i loro salvataggi. Dopo aver accompagnato i cittadini alle tende, erano saliti su qualsiasi imbarcazione fosse pronta al loro ritorno nella zona di attracco. Quindi, avevano avuto un conducente diverso ad ogni salvataggio, ma fino a quel momento avevano fatto tutti un ottimo lavoro nell'evitare i pericoli nell'acqua.

E non c'era dubbio che fosse pericoloso. Chi conduceva una barca doveva evitare auto sommerse, segnali stradali e grossi pezzi di detriti, per non parlare delle linee elettriche abbattute e persino di qualche occasionale alligatore.

«Come stai?» le chiese mentre tornavano all'area di raccolta per quella che sembrava la millesima volta.

«Sto bene» rispose.

C'erano tre persone sedute sul fondo della barca, rannicchiate l'una contro l'altra, e piangevano per il sollievo di essere state recuperate da sopra una macchina che l'autista aveva stupidamente guidato in una strada allagata. La corrente aveva trascinato l'auto una trentina di metri più a valle finché non si era bloccata contro un gruppo di alberi. I tre erano riusciti ad arrampicarsi sul tetto e ad aggrapparsi ai rami, ma con l'acqua che scorreva troppo veloce, non avevano potuto nuotare verso la salvezza. Avevano urlato e attirato l'attenzione di qualcuno nelle vicinanze, che aveva riferito la loro posizione all'esercito.

«Si vede, lo sai?»

Gli rivolse un piccolo sorriso stanco. Ormai era buio e

lui non riusciva a scorgere bene il suo viso. Ma ogni tanto passavano davanti a un lampione ancora acceso e vedeva che lo fissava. Aveva un'espressione... radiosa. Era nel suo elemento e si vedeva.

«Mi piace tutto questo» disse. «Non le persone ferite o spaventate, ma essere in grado di aiutarle. Trovare in qualche modo le parole giuste per farli rilassare e aver fiducia del fatto che li tirerò fuori da qualunque situazione si trovino. Adoro avere la capacità di curarli e rassicurarli che staranno bene, che li porteremo in salvo.»

«Crea dipendenza» confermò Brain. Era la prima volta da ore che avevano un momento per parlare. Parlare davvero. «Sarai un'aggiunta straordinaria a una squadra di soccorso.»

Lei inclinò la testa, con aria leggermente scettica.

«È vero» insistette. «Sai accettare gli ordini da qualcun altro, ma allo stesso tempo riesci a prendere decisioni rapide. Guarda noi, abbiamo lavorato insieme in modo impeccabile. Giuro che oggi mi hai letto nel pensiero un sacco di volte. So che chiunque ti assumerà penserà di aver vinto la lotteria una volta che sarai entrata nello staff.»

«Grazie» disse Aspen. «Nemmeno tu sei stato male lì fuori. Non so cos'avrei fatto senza di te. Quella coppia che parlava solo spagnolo era così terrorizzata che non sarei riuscita a farla uscire di casa se non fossi stato lì a spiegare cosa stava succedendo. E che fortuna è stata che abbiano mandato noi a salvare quel giapponese? Pensava che lo stessimo lasciando indietro quando abbiamo dovuto far manovra per andare a prenderlo da un'angolazione diversa, era così disperato che stava per buttarsi in acqua. Sarebbe rimasto fulminato se non gli avessi detto cosa stavamo facendo prima che cercasse di raggiungerci a nuoto.»

Brain scrollò le spalle. «Come ho detto, siamo un ottimo team.»

«Vero?»

Non riuscendo a trattenersi, sollevò una mano guantata per infilarle una ciocca di capelli dietro l'orecchio. Erano entrambi bagnati fradici, perché non aveva ancora smesso di piovere, e lei aveva una striscia di fango sulla guancia. Ma non aveva mai visto niente di più bello in tutta la sua vita.

Davanti a loro risuonarono delle grida e Brain abbassò la mano e fece un respiro profondo. Dovevano riprendere a lavorare. Non sapeva quanti altri viaggi avrebbero fatto, ma sapeva che Aspen non avrebbe chiesto di prendersi una pausa. Era testarda come lui, e l'urgenza di proseguire, di salvare più persone, gravava su tutti loro.

Quando si avvicinarono al punto di attracco, saltarono giù e tesero le mani per aiutare il trio a scendere dalla barca. Li accompagnarono per i pochi isolati fino all'area di raccolta e mostrarono loro dove registrarsi. Aspen li rassicurò ancora una volta che qualcuno li avrebbe aiutati a mettersi in contatto con le loro famiglie.

Si voltò per tornare alle barche, ma Brain la prese per un braccio. «È ora di fare una pausa, *chérie*.»

«Stai perdendo colpi» gli disse con un sorriso stanco. «L'hai già usato un paio di volte.»

Lui scosse la testa. «Ehi, conosco molte lingue, ma alla fine le finirò. Inoltre, pensavo che tutte le donne amassero il francese.»

Aspen scrollò le spalle. «Devo dire che anche se adoro sentirti chiamarmi tesoro in tutte le lingue che conosci, ho un debole per la versione inglese... semplicemente a causa di quando la utilizzi.»

E a quello, Brain si sentì eccitare. La guardò fingendosi

arrabbiato. «Non puoi dire quel genere di cose qui, dove non posso fare niente.»

«Oh... scusa» ribatté senza sembrare minimamente dispiaciuta.

«Andiamo.» Le prese la mano e la trascinò verso una grande tenda piena di cibo e bevande, donati da attività commerciali locali. «È ora di rifocillarsi, poi possiamo tornare al lavoro.»

La vide accigliarsi.

Brain si fermò e le mise le mani sulle spalle. «Prima devi prenderti cura di te stessa. Non sarai di aiuto a nessun altro se sei stanca morta o se non mangi e non ti mantieni idratata.»

Aspen fece un respiro profondo. «Lo so. È solo che... continuo a sentire le loro grida nella testa, e mi fanno venire voglia di tornare là fuori.»

«Non faremo una pausa lunga. Quanto basta per farti assumere un po' di calorie e acqua. Va bene?»

«Ok. Kane?»

«Sì?»

«Sono contenta di essere venuta.»

Le sorrise. «Anch'io.»

«Non ti manca lavorare con il tuo team?» gli chiese.

Le prese di nuovo la mano e si riavviò verso la tenda con il cibo. «Non come pensi. Voglio dire, sì, lavoriamo molto bene insieme, ma qui non siamo esattamente in una zona di guerra. In questo tipo di salvataggi dobbiamo preoccuparci di più dei pericoli inanimati, tipo essere fulminati o dei detriti nell'acqua, piuttosto che degli uomini. Che tu ci creda o no, sappiamo operare anche senza essere come gemelli siamesi» scherzò, felice di vederla ricambiare il suo sorriso.

«Vero. Inoltre, hai me» disse sfacciata.

«Esatto» concordò con un'espressione solenne.

Lo fissò e Brain capì che aveva percepito la sincerità e l'ammirazione nel suo tono.

La tenda adibita a mensa era sorprendentemente affollata. C'erano militari e anche civili del posto, sia seduti sia in piedi qua e là, che mangiavano pizza, panini e altri snack. Si misero in fila e riempirono i loro piatti di cibo. Mangiarono in piedi in un angolo della tenda. I loro vestiti erano fradici e ora che non erano nel bel mezzo di un rischioso salvataggio, Brain sentì il peso di tutto lo stress di quella giornata. Non avrebbe voluto far altro che una lunga doccia calda, mettersi dei vestiti asciutti e dormire per un giorno.

Ma il riposo lo avrebbero avuto a lavoro finito. Avevano previsto pioggia per tutta la notte e poi finalmente avrebbe dovuto scemare. La città aveva bisogno di una pausa e agli scarichi serviva tempo per svuotarsi.

«Sei pronto per partire con un'altra barca?» gli chiese Aspen dopo che avevano mangiato la maggior parte del cibo nel loro piatto.

«Sono sempre pronto» rispose. Le prese la mano prima che lei potesse uscire dalla tenda. «Aspen?»

«Sì?» gli chiese voltandosi.

«Se dovessi dimenticarmi di dirtelo più tardi, sei straordinaria.»

Lei sorrise. «Anche tu, Kane.»

Poi, mano nella mano, si immersero nella notte piovosa per andare a salvare altri cittadini bloccati.

———

Aspen era stanchissima. Si sentiva come quando aveva affrontato l'addestramento per essere assegnata a un'unità di Ranger. Le faceva male ogni muscolo del corpo e i vestiti bagnati sembravano risucchiarle l'energia. L'oscurità faceva apparire tutto sinistro e spaventoso e non avrebbe voluto far altro che sdraiarsi a terra e dire a Kane di andare avanti senza di lei.

Ma non era una che si arrendeva e c'erano persone là fuori che avevano bisogno di aiuto. Se non fosse andata lei, chi l'avrebbe fatto? Avrebbero dovuto aspettare molto più a lungo prima che qualcuno li raggiungesse. Potevano esserci delle persone ferite, sanguinanti o con i sintomi di un attacco di cuore, che avevano bisogno di cure mediche. Odiava pensare che qualcuno avrebbe potuto morire solo perché si sentiva un po' stanca. Era inaccettabile.

Quindi, seppur esausta, avrebbe proseguito per tutto il tempo che gli avrebbe permesso il suo corpo e sentire Kane dire che pensava fosse straordinaria, aveva fatto miracoli per i suoi livelli di energia. Probabilmente avrebbe potuto andare avanti finché non fosse caduta a terra morta, a patto che fosse orgoglioso di lei.

Lavorare con lui era stata una piacevole sorpresa. Si era sentita nervosa, perché non avevano mai dovuto operare fianco a fianco prima. E non era stato *minimamente* simile a lavorare con alcuni dei Ranger che ostentavano il loro maschilismo. L'aveva ascoltata senza cercare di spiegarle come fare le cose come se fosse una bambina, e si era affidato a lei in quasi tutte le situazioni mediche che avevano incontrato. L'aveva trattata come un vero membro della squadra ed era stata una bellissima sensazione.

Quello era ciò che aveva desiderato quando si era arruolata per diventare un soccorritore militare. Lavorare con persone a cui non importava altro che portare a termine la loro missione. Invece, aveva dovuto lottare per dimostrare la sua competenza a quelli di cui avrebbe dovuto fidarsi ciecamente.

«Cazzo» sibilò Kane mentre si avvicinavano all'area di attracco delle barche.

Sorpresa dal livore nel suo tono, Aspen alzò lo sguardo. Era persa nei suoi pensieri e non aveva notato che in quel momento c'era solo una barca in attesa. Era una barca da pesca in alluminio, probabilmente donata ai soccorsi da un civile locale.

E Derek era ai comandi.

Kane rallentò il passo, ma Aspen strinse i denti con determinazione. Sì, lo odiava, ma poteva mettere da parte le loro divergenze per una giusta causa. Sperava solo che potesse farlo anche lui.

«Grazie a Dio!» urlò Derek, facendo loro cenni frenetici perché si sbrigassero. «Durante il mio ultimo giro, ho sentito di una donna incinta che era in travaglio attivo. Dobbiamo tornare lì al più presto. Salite che partiamo!»

Aspen si mise a correre per raggiungere la barca. Quando arrivò, stava trascinando Kane. «Andiamo» lo esortò, iniziando a salire, ma lui la trattenne, non permettendole di farlo.

«Perché non ti sei fermato a prenderla subito quando hai sentito parlare di lei?» chiese a Derek.

«Perché la barca era già piena. Avevo una donna con tre figli, il più piccolo aveva due anni. Erano spaventati a morte e non ci saremmo stati tutti se fossi tornato indietro. Ascoltate, più a lungo rimanete lì, più potrebbero peggiorare le sue condizioni. Potrebbe avere il bambino e un'emorragia, o potrebbe anche perderlo. Venite o no?»

Aspen non aveva fatto nascere molti bambini, ma aveva visto la sua buona parte di esiti negativi in quell'ambito. Ricordava quanto era stato bello tenere tra le mani un neonato sano quando aveva aiutato una madre a partorire in Afghanistan. Non aveva intenzione di lasciar soffrire una donna se poteva fare qualcosa per aiutarla.

«Kane?» gli domandò. Sperava che non fosse il tipo d'uomo che permetteva ai rancori personali di impedirgli di fare ciò che era giusto.

Tirò un sospiro di sollievo quando le fece un breve cenno del capo e spostò la presa sul suo braccio per aiutarla a salire in barca.

«Quanto è lontana?» chiese Kane.

«Non molto» rispose Derek, facendo retrocedere la barca non appena il suo piede lasciò la terraferma, senza dargli nemmeno il tempo di sedersi prima di accelerare e partire a razzo.

Aspen si accigliò tenendosi stretta al bordo dell'imbarcazione. Capiva l'urgenza, ma nessuno degli altri conducenti di quella notte aveva guidato in modo così imprudente.

«Ehi, rallenta!» urlò Kane, chiaramente provando il suo stesso disagio.

«Devo arrivare presto da lei!» gridò l'altro di rimando.

La pioggia le colpiva il viso, rendendole impossibile tenere gli occhi aperti. Abbassò la testa e li chiuse tenendosi aggrappata alla barca con tutte le sue forze, e pregò che arrivassero alla donna incinta tutti interi.

Non sapeva da quanto erano in viaggio, ma non era mai stata così felice di sentire la barca rallentare. Alzò la testa e si guardò intorno. Non aveva alcuna idea di dove fossero; non c'era niente che avesse un aspetto familiare. Non c'erano luci accese da nessuna parte. Vedeva la vaga forma delle case a schiera tutt'intorno a loro nell'oscurità, ma era chiaro che mancasse l'elettricità in quella parte della città.

«Ci siamo quasi» disse Derek. Ora che non sfrecciava

alla velocità della luce era molto più facile sentirlo. La pioggia continuava a cadere costantemente, rendendo ancora più difficile vedere.

«Tenete gli occhi aperti, non so esattamente quale sia la sua casa. L'altra signora ha detto che pensava fosse a tre o quattro abitazioni di distanza dalla sua» li informò.

Non che fosse d'aiuto, dato che Aspen non sapeva dove fosse avvenuto l'altro salvataggio. Si trovava nella parte anteriore della barca mentre Kane era più in centro. Si guardò alle spalle e lui le fece un cenno con il mento e un sorriso rassicurante, che apprezzò. Notò che Derek era ancora dietro, vicino al motore.

Si voltò e si sporse in avanti, sforzandosi di vedere attraverso l'oscurità, cercando detriti nell'acqua che scorreva forte e qualsiasi indizio della casa in questione.

Dondolarono lievemente, ma ignorò la cosa, troppo concentrata a trovare la donna incinta e in difficoltà.

Ma non poté ignorare il forte colpo sordo dietro di lei, o il modo allarmante in cui la barca all'improvviso ondeggiò prima di sentire un tonfo di qualcosa che cadeva in acqua.

Girandosi, sbatté le palpebre confusa.

Derek si trovava nella parte posteriore con un remo in mano e Kane non si vedeva da nessuna parte.

Sentì qualcosa toccare la barca e si voltò... vide un corpo galleggiare a faccia in giù che veniva rapidamente portato via dalla corrente.

Aspen emise un suono gutturale e fissò Derek incredula.

«Spera che la sua testa sia più dura di quanto sembri» ringhiò lui. «Non è poi così forte *adesso*, vero?»

Capì all'istante che lo aveva colpito in testa con il remo e che probabilmente lei sarebbe stata la prossima.

Avrebbe potuto restare sulla barca e combattere contro di lui, oppure andare salvare Kane.

Fu una decisione facile.

Prese un profondo respiro e si lanciò sulla sinistra tuffandosi nell'acqua torbida. La corrente la trascinò subito nella stessa direzione in cui l'aveva visto l'ultima volta.

Quando riemerse con la testa, sentì Derek ridere. «Buona fortuna per il ritorno alla base!» gridò, poi accese il motore e si allontanò.

Avrebbe dovuto essere indignata che il bastardo li avesse lasciati nel bel mezzo del nulla, ma non poteva sprecare energie in nient'altro che trovare Kane. Era privo di sensi e probabilmente aveva solo pochi secondi di vita.

Nuotò il più velocemente possibile trasportata dalla corrente, sperando di raggiungerlo, e fortuna volle che gli sbatté contro mentre ruotava freneticamente le braccia. Grugnendo, lo girò sulla schiena, cosa non facile con il movimento rapido dell'acqua.

Non arrivava a toccare il terreno sotto di lei e non riusciva a vedere nessun posto in cui trascinare il corpo privo di sensi di Kane per avere una base solida nel caso avesse dovuto praticargli una RCP, rianimazione cardio polmonare.

Gli mise una mano sul petto freneticamente, per cercare di sentire il movimento del respiro, e andò quasi nel panico quando non riuscì a rilevarlo.

Pur sapendo che non era in una posizione ideale, gli girò la testa, gli coprì le labbra con le sue e soffiò.

Lo fece più volte. Doveva farlo respirare!

Riuscì a sentire il suo cuore battere piano sotto la mano, ma se avesse dovuto praticargli le compressioni toraciche, erano fregati.

Dopo un'altra lunga respirazione bocca a bocca, Kane

ebbe un conato. Vomitò l'acqua e per quanto disgustoso fosse, Aspen era quasi in delirio dalla gioia.

«Così... vomita tutto. Buttalo fuori» gli disse.

Sperava che aprisse gli occhi e le dicesse che stava bene, ma non lo fece.

Aspen continuava a muovere le gambe per tenerli a galla e si guardò intorno in cerca di una direzione in cui poter andare per uscire dall'acqua. Anche se era riuscita a farlo respirare di nuovo, non era fuori pericolo, tutt'altro. Riuscì a malapena a distinguere un'ombra scura sulla sua fronte e capì che stava sanguinando.

«Vaffanculo, Derek» sibilò, mentre metteva il braccio intorno al petto di Kane e iniziava a nuotare di lato. Non sapeva dove li avrebbe portati la corrente e l'ultima cosa che voleva era finire in un fiume che si scaricava sul golfo.

Fu sollevata di vedere che ora le case a schiera erano relativamente vicine. Erano al buio, ma forse poteva raggiungerne una ed entrare.

Con il corpo tremante per lo sforzo e l'adrenalina, Aspen usò un braccio e le gambe per spingerli in direzione dell'edificio più vicino, sperando di non finire trasportati via.

Quasi pianse quando vide una casa dritta davanti a lei.

Le ci vollero altri dieci minuti, combattendo contro la forza dell'acqua, ma alla fine riuscì a raggiungere i gradini che portavano all'ultima abitazione della fila. C'era una ringhiera di ferro battuto su entrambi i lati delle scale e la usò per aiutarsi a salire, trascinandolo. I gradini erano completamente sommersi, ma sul ballatoio c'erano solo un paio di centimetri d'acqua. Usando tutta la sua forza, tirò su il peso morto di Kane. Si mise a cavalcioni sulla sua testa e allungò la mano verso la maniglia, pregando che non fosse chiusa a chiave. Ma ovviamente era bloccata.

Non ci stavano tutti e due sul piccolo pianerottolo così scivolò sul primo gradino, l'acqua le lambì i fianchi.

Si chinò su Kane e gli tastò la testa in cerca del punto in cui aveva visto l'ombra scura. Sentì caldo sulle dita e capì che la ferita stava ancora sanguinando, posò tutta la mano e poté sentire lo squarcio lasciato dal colpo di Derek.

Si sentì travolgere da una rabbia feroce.

Il bastardo aveva mentito loro fin dall'inizio. Non c'era nessuna donna incinta. Nessuna persona in difficoltà. Non sapeva se avesse pensato a quel piano quando aveva visto lei e Kane andare verso di lui, o se avesse pianificato di far loro del male nel momento in cui aveva saputo che sarebbero stati tutti a Houston.

Era scioccante rendersi conto che avesse perso la testa fino a quel punto. Quale altro motivo avrebbe potuto esserci? Aveva cercato di *ucciderli*! Come poteva cadere così in basso un Ranger dell'esercito decorato e rispettato? E perché? Non si erano nemmeno frequentati molto! Avevano avuto due miseri appuntamenti. Perché si era infuriato così tanto solo perché lei non aveva più voluto vederlo?

Quella situazione non aveva senso... e ora Kane era privo di sensi e sanguinante, nel cuore della notte, a chilometri di distanza da chiunque.

Aspen non aveva dietro alcun materiale medico, erano entrambi fradici e l'acqua conteneva chissà quale tipo di agenti contaminanti.

«Kane?» lo chiamo quasi urlando, sperando che sarebbe riuscito a sentirla. «Ho bisogno che ti svegli ora. Siamo nella merda fino al collo.»

Aspettò, ma l'uomo che amava con tutto il cuore non si mosse. Premette più forte sulla sua ferita sperando di rallentare l'emorragia. Gli mise l'altra mano sul collo, dove poteva sentire il suo battito pulsare sotto la pelle sensibile. Poi posò la testa sul suo petto per ascoltare il suo cuore.

Non c'era assolutamente nulla che potesse fare in quel momento, tranne sperare e pregare che qualcuno si accorgesse della loro assenza e sarebbe andato a cercarli. Era una possibilità remota, dato che non aveva idea di quanto lontano li avesse portati dall'area di raccolta Derek, ma sicuramente uno del team di Kane si sarebbe chiesto dove fosse.

Doveva aggrapparsi a quella speranza, perché l'alternativa era impensabile.

Sopraffatta e più spaventata di quanto non fosse mai stata in vita sua, Aspen chiuse gli occhi. L'odore di petrolio e fogna la circondava e non voleva nemmeno pensare a cosa ci fosse nell'acqua in cui era mezza immersa. Almeno aveva tirato fuori lui.

«Svegliati, Kane» sussurrò. «Devi svegliarti.»

Ma non mosse nemmeno un muscolo.

CAPITOLO SEDICI

«C'è stato un incidente!» gridò un uomo della Guardia Costiera passando davanti a Trigger e al resto dei Delta, mentre andava verso il punto di attracco delle barche a un paio di isolati dall'area di raccolta.

Senza la minima esitazione, tutti e sei gli uomini lo seguirono.

Mentre correvano, Trigger gridò a Lefty: «Dov'è Brain?»

«Non lo so. Non lo vedo da ore» rispose.

Allora gridò agli altri: «Qualcuno ha visto Brain e Aspen?»

Tutti negarono.

Imprecò. Era possibile che fossero ancora fuori a salvare persone con un'altra barca, ma per tutta la notte erano riusciti tutti a vedersi qua e là, anche se di passaggio.

Ma se nessuno li vedeva o sentiva da ore, era successo qualcosa. Ne era certo. Non aveva mai dubitato del suo sesto senso prima e non avrebbe iniziato ora.

«Cos'è successo?» chiese Doc a uno degli uomini che si

precipitavano a salire sui natanti per dirigersi verso il luogo in cui si era verificato l'incidente.

«Non conosco i dettagli, ma una barca ha colpito una linea elettrica e c'è stata un'esplosione causata probabilmente dalla benzina nel serbatoio.»

Trigger fece una smorfia.

«Chi c'era a bordo?» sbraitò Grover.

«Nessuno lo sa. Si trovavano fuori dei nostri parametri di ricerca e stiamo ancora cercando di identificare tutte le imbarcazioni sotto il nostro comando» rispose distrattamente un membro della Guardia Costiera. «Potrebbe servirci il vostro aiuto se siete disposti» aggiunse.

Senza pensarci due volte, tutti i Delta saltarono sulle due barche in partenza per verificare la situazione.

Trigger, Lefty e Oz su una, Doc, Grover e Lucky sull'altra. Dopo una notte molto lunga e cupa, il sole stava finalmente cominciando a spuntare all'orizzonte. Ovunque Trigger guardasse c'era devastazione. Alberi caduti, detriti nelle strade e auto abbandonate e galleggianti dappertutto.

L'acqua stava defluendo, ma non abbastanza velocemente; era un piccolo vantaggio per le imbarcazioni di soccorso, in quanto consentiva di raggiungere la zona in cui era stata segnalata l'esplosione.

Trigger non riusciva a scrollarsi di dosso l'orribile sensazione che Brain e Aspen fossero coinvolti. Non c'era alcuna ragione per cui non li avessero più visti da ore, e l'unica conclusione a cui riusciva a pensare era che fossero stati sulla barca che era esplosa.

Gli venne da vomitare. Il team sapeva che sarebbe potuto arrivare il momento in cui avrebbero perso un uomo in una pericolosa missione oltreoceano, ma morire lì negli Stati Uniti, a causa di uno strano incidente, era troppo terribile anche solo da pensare.

Per non parlare del fatto che Brain non aveva avuto la sua squadra a coprirgli le spalle. Quello lo lacerava più di ogni altra cosa. Si erano sempre sostenuti a vicenda e il pensiero che il suo amico fosse rimasto ferito e poi morto da solo, era più di quanto potesse sopportare.

Ma poi si ricordò che non era solo. C'era Aspen.

Più si allontanavano dall'area di raccolta, più la zona diventava degradata. Quella non era una bella parte della città nei giorni migliori, ma con l'acqua che iniziava a defluire, sapeva che sarebbero iniziati i saccheggi e che i cittadini disperati avrebbero fatto tutto il necessario per sopravvivere, incluso possibilmente attaccarli sulle loro barche per riuscire a rubare qualsiasi cosa... acqua, cibo, materiale di pronto soccorso.

Rallentarono mentre si avvicinavano al punto in cui dicevano ci fosse stata un'esplosione. Trigger, Lefty e Oz si sporsero in avanti, concentrati nella ricerca di qualcosa fuori dall'ordinario.

Nel giro di un minuto, Grover gridò dall'altra imbarcazione e indicò a destra. Entrambe virarono subito in quella direzione.

Trigger fece una smorfia quando si imbatterono in un pezzo di barca di alluminio che girava in tondo sopra un vortice. La parte posteriore era stata spazzata via e non c'era traccia del motore... o di chiunque potesse esserci stato all'interno.

«Merda! Guardate in alto» disse in tono inorridito l'uomo alla guida della barca in cui era Trigger.

I tre guardarono gli alberi sopra le loro teste. Senza l'inondazione, le cime normalmente sarebbero state ad almeno dieci metri dal suolo, ma a causa del livello dell'acqua, si trovavano proprio sotto i rami più bassi e lì incastrata c'era una gamba. Aveva uno stivale al piede, ma il resto del corpo non era attaccato all'arto.

Guardò a sinistra, poi a destra e usò il mento per indicare ciò che stava vedendo. «Lì c'è il resto.»

Un busto era ripiegato su un grosso ramo e in un altro un braccio.

«È Spence» disse Oz calmo.

Diede una seconda occhiata. «*Cazzo.*»

L'altra imbarcazione si avvicinò a loro e Lucky chiese: «Non è il sergente Spence?»

«Sì» rispose Trigger serio.

«Cos'è successo?» domandò Doc.

«Se dovessi indovinare, direi che ha preso una linea elettrica con il motore. Probabilmente ha fatto ruotare la barca facendogli colpire un altro cavo sotto tensione e le scintille hanno fatto prendere fuoco al serbatoio che è esploso» suggerì Lucky.

Gli si contorse lo stomaco. Non gli piaceva quell'uomo, ma la sua morte era stata di certo raccapricciante.

«Ehi guardate!» gridò Lefty, indicando la barca ancora in rotazione. Anche se ne mancava metà, non era completamente affondata, il vortice la teneva a galla.

Lanciò un'occhiata e fu travolto da un'ondata di adrenalina.

Nella parte anteriore, incastrato sotto un sedile, c'era uno zaino nero con una croce rossa.

Quello di Aspen. L'avrebbe riconosciuto ovunque. Una volta aveva detto al team di essersi comprata il suo zaino personale perché quelli forniti dall'esercito erano tutti troppo grandi per il suo fisico, e ne preferiva uno più comodo e affidabile in cui farci stare il materiale.

E se lei era stata su quella barca, significava che c'era stato anche Brain.

Ma ora dov'erano?

«Sparpagliamoci» abbaiò Trigger, guardandosi subito intorno per vedere se fosse riuscito a individuare qualche segno del suo compagno di squadra e della sua donna.

«Quello è lo zaino di Aspen» disse Lucky inutilmente.

«Lo so. Erano su quella barca» confermò.

«Se erano davanti quand'è esplosa la parte posteriore, potrebbero essere sopravvissuti» aggiunse Doc.

«Forse» disse, ma gli venne in mente un'altra cosa. Tirò fuori il walkie-talkie e chiese di parlare con il maggiore incaricato di organizzare i soccorsi dall'area di raccolta.

Mentre il conducente guidava lentamente intorno alla zona in cui avevano trovato il corpo di Spence alla ricerca di Brain e Aspen, Trigger fece una rapida conversazione con il maggiore. Quando posò la ricetrasmittente, strinse le labbra con espressione cupa.

«Che c'è?» chiese Oz.

«Nessuno aveva l'autorizzazione di arrivare fino in questa zona, come già sapevamo. In realtà, era severamente vietato.»

«Allora cosa ci facevano qui?» domandò Lefty.

«Il maggiore mi ha anche detto che ha tra le mani un locale incazzato perché la sua barca è stata rubata. L'aveva portata per assistere ai soccorsi, ha detto che se n'è andato via un attimo per pisciare e quando è tornato non c'era più.»

«Pensi quello che penso io?» chiese Oz.

«Se stai pensando che Spence abbia deciso che questo era il momento e il luogo perfetto per dar sfogo alla sua rabbia infantile di merda verso Aspen e forse anche Brain, allora sì.»

«Cazzo» imprecò Lefty. «Allora dove sono?»

«Non lo so. Ma dobbiamo trovarli. *Ora*» sbraitò Trigger.

Fischiò a quelli dell'altra barca e quando si avvicinarono, spiegò i suoi sospetti ai compagni di squadra.

«Dovremmo tornare alla base» disse quello della Guardia Costiera.

«Negativo» ringhiò Grover. «Riferiremo via radio le coordinate del corpo di Spence, ma non ce ne andremo finché non troveremo il nostro compagno di squadra.»

Il conducente lo fissò sorpreso, ma annuì subito.

«Potrebbero essere praticamente ovunque» disse Trigger. «Lucky, voi percorrete la prossima strada. Noi continueremo su questa. Rimaniamo vicini, questa non è la parte migliore della città, è meglio non essere soli. Capito?»

«Capito» concordarono tutti.

«Sono qui da qualche parte» borbottò mentre iniziavano la ricerca.

«Brain ha la pellaccia dura» affermò Lefty.

«E non avrebbe mai permesso che accadesse qualcosa ad Aspen» aggiunse Oz.

Trigger non voleva pensare a cosa potesse aver fatto Spence ai suoi amici. Gli passarono per la testa tutti i tipi di scenari peggiori, ma si rifiutò di dar loro più di un pensiero fugace. Brain contava che la sua squadra mantenesse la calma e li trovasse. Ed era ciò che avrebbero fatto.

———

Aspen rabbrividì seduta sul gradino. L'acqua era defluita abbastanza e non era più immersa in quel liquido maleodorante, ma le strade erano ancora allagate e non sarebbero andati da nessuna parte. Aveva pensato di provare a rompere una finestra per entrare nella casa malandata, ma non era disposta a lasciare Kane per tentare.

Ore prima, quando era ancora buio, aveva sentito un'esplosione, ma nessuno era andato a indagare per quanto ne sapeva. Le era sembrato di sentire dei rumori abbastanza vicini un paio di volte, ma dopo aver gridato aiuto fino a diventare roca, non si era fatto vedere nessuno.

Ora il sole era sorto, creando un'atmosfera sovrannaturale. Ovunque guardasse vedeva acqua. Non c'era traccia di persone, solo alcuni uccelli che cinguettavano allegramente tra gli alberi e il rumore dell'acqua che scorreva veloce.

Kane non si era ancora svegliato e ciò la stava spaventando a morte. Si era mosso un paio di volte ma non aveva detto niente. Era ovvio che avesse un trauma cranico, di sicuro una commozione cerebrale, ma forse qualcosa di peggio. Non era sicura dato che non era sveglio e non poteva parlarle.

Una volta si era addormentata con la testa sul suo petto, ma gli incubi erano arrivati subito, svegliandola e impedendole persino di tentare di riaddormentarsi.

Era terrorizzata che Kane potesse morire. Non si sarebbe mai perdonata se fosse successo, perché era colpa *sua* se era sdraiato lì immobile. Se non si fosse avvicinata a lui al bar, Derek non avrebbe nemmeno saputo della sua esistenza.

Ma d'altronde, lei non si sarebbe nemmeno innamorata.

Proprio quando stava venendo a patti con il fatto che avrebbe dovuto lasciare Kane e nuotare per trovare aiuto, pensò di sentire qualcosa.

Piegò la testa di lato, trattenne il respiro e rimase in ascolto...

Il motore di una barca!

Lo avrebbe riconosciuto ovunque dopo aver passato così tanto tempo a bordo di un natante la sera prima.

Avrebbe voluto alzarsi e gridare aiuto, ma sapeva che non sarebbero mai stati in grado di sentirla al di sopra del rumore del motore. Doveva pregare che girassero per la strada in cui si trovava in modo da poter attirare la loro attenzione.

«Per favore, per favore, per favore» sussurrò. «Kane, stanno arrivando i soccorsi. Resisti ancora un po'» gli disse. Gli stava parlando da un paio d'ore perché credeva che anche da incosciente, una parte di lui avrebbe potuto comunque sentirla.

Quando sentì il motore più vicino, si alzò lentamente. Barcollò un po' e si aggrappò alla ringhiera di ferro per evitare di cadere nell'acqua torbida qualche gradino più in basso.

Armeggiò con i bottoni della giacca dell'uniforme; doveva toglierla per sventolarla e farli fermare, altrimenti non l'avrebbero mai vista. Le tremavano le dita per l'adrenalina e il freddo. Era rimasta immersa nell'acqua gelata per ore.

Si tolse la giacca mimetica non appena vide la barca svoltare lungo la strada.

Reggendosi alla ringhiera con una mano, l'agitò sopra la testa con l'altra. «Qui! Quaggiù!» gridò, la sua voce suonava debole anche alle sue orecchie.

Prese un respiro profondo e urlò più forte che poté. «Aiuuutooo!»

Miracolosamente, l'imbarcazione prese velocità e si precipitò verso di loro. Per un secondo, pensò che sarebbe andata a sbattere contro la scala, ma quando si avvicinò rallentò, creando un'onda che ricoprì il gradino su cui si trovava.

La vista di Trigger, Lefty e Oz sulla prua le fece cedere le ginocchia.

Si sedette di nuovo e si allungò su Kane. «Ci hanno trovati» gli disse. «Il tuo team ci ha trovati! Continua a resistere. Troveremo aiuto e starai bene.»

Poi Trigger fu lì. Si accovacciò accanto a lei, le posò la mano calda sulla guancia e la girò perché lo guardasse. «Sei ferita?»

Scosse freneticamente la testa. «No, ma Kane sì! Derek ci ha detto che c'era una donna incinta che aveva bisogno di aiuto, eravamo concentrati a cercare la sua casa quando ha colpito Kane alla testa con un remo. È caduto in acqua ed è rimasto a faccia in giù per non so quanto tempo. Non respirava e gli ho fatto la respirazione bocca a bocca. Sono riuscita a portarlo qui, ma non si è mai svegliato. Ho tanta paura che abbia qualcosa di grave, Trigger!» Aspen sapeva che stava parlando troppo velocemente e in modo confusionario, ma doveva far sapere a qualcuno ciò che era successo, soprattutto finché Derek era ancora a piede libero.

«Fai un respiro profondo, Aspen» le ordinò.

Lo fece.

«Ancora uno.»

Dopo il secondo si sentì un po' meglio.

«*Sei* ferita?» le chiese di nuovo.

«No. Infreddolita, stanca e spaventata a morte, ma non ferita. Nel momento in cui ho capito cosa fosse successo, mi sono tuffata. Volevo arrivare da Kane, ma anche che Derek non mi aggredisse. Si inventerà una storia per tirarsene fuori» lo avvertì. «Ma non sto mentendo! Ha teso un'imboscata a Kane.»

«Ti credo, ma Derek è...»

Aspen lo interruppe pensando a qualcos'altro. «E Kane aveva capito che c'era qualcosa di strano» continuò con la voce piena di angoscia. «Era riluttante a salire, ma non gli ho dato scelta...»

«Derek è morto» le disse in tono piatto. Poi la spostò gentilmente da parte mentre Lefty e Oz andavano verso di loro. Sollevarono Kane come se pesasse poco più di un bambino, portandolo a bordo.

Aspen osservò preoccupata... finché registrò le parole di Trigger. «Cosa? Come?»

«Non ne sono proprio sicuro, ma sembra che sia passato sopra un cavo sotto tensione che si è impigliato nella barca e l'ha fatta esplodere.»

«Sei sicuro che sia morto?» gli chiese.

«Al cento per cento. Il suo busto penzolava da un ramo, il braccio da un altro e la gamba da un terzo. È morto!»

Aspen avrebbe voluto essere dispiaciuta. Un tempo Derek le piaceva davvero. Ma dopo quello che le aveva detto all'Organizational Day e soprattutto dopo ciò che aveva fatto poche ore prima... non poteva provare altro che sollievo per il fatto di non doversi più preoccupare di altre rappresaglie contro di loro.

Annuì e cercò di entrare in acqua per raggiungere la barca, ma ancora una volta il suo corpo la tradì. Barcollò e sarebbe caduta se Trigger non l'avesse presa in braccio.

«Ci penso io» disse trasportandola. Lefty e Oz la presero e la sistemarono sul fondo del gommone vicino a Kane. Gli mise la mano sul petto, dov'era stata la maggior parte delle ultime ore e chiuse gli occhi sollevata quando sentì il suo cuore battere. Si chinò su di lui, ascoltando Lefty che parlava con il resto della squadra tramite il walkie-talkie, per dire loro che li avevano trovati e che si sarebbero incontrati sulla strada successiva.

«Siamo al sicuro» disse al suo uomo. «Trigger ci ha trovati. Ora puoi svegliarti.»

Ma non successe.

Qualcuno le mise una coperta termica sulle spalle e un'altra su Kane, ma lei non spostò la mano e mantenne gli occhi sul suo viso. Pregò di vedere uno sfarfallio delle palpebre o un guizzo delle labbra che indicasse che l'aveva sentita, ma rimase immobile e zitto sul fondo dell'imbarcazione.

«Abbiamo bisogno di un'ambulanza all'attracco» disse Trigger a qualcuno alla radio. «Abbiamo un ferito a bordo.»

Chiudendo gli occhi, Aspen appoggiò ancora una volta la testa sul petto di Kane e si permise di rilassarsi per la prima volta dopo ore. Gli uomini che la circondavano potevano non essere il suo team, ma erano suoi amici. Si sarebbero presi cura di lui. Si sarebbero assicurati che non morisse.

Non sapeva cos'avrebbe fatto se non ce l'avesse fatta.

Doveva andare tutto bene. Doveva e basta.

CAPITOLO DICIASSETTE

Seduta nella stanza d'ospedale di Kane, Aspen fissava davanti a lei con sguardo assente.

Quando erano ritornati all'attracco delle barche nell'area di raccolta, c'era un'ambulanza ad attenderli. Si era rifiutata di lasciare il suo fianco e i paramedici, con riluttanza, le avevano permesso di accompagnarlo.

Trigger e il resto del team in qualche modo erano arrivati all'ospedale prima di loro e la stavano aspettando quando Kane era stato portato via in barella. Aveva cercato di seguirlo, ma Grover e Oz l'avevano trattenuta e quando aveva iniziato a combatterli, era intervenuto Lefty dicendole di calmarsi.

«È in buone mani, Aspen. Devi lasciarlo andare.»

Aveva scosso freneticamente la testa. «No. Non posso!»

«Ora devi pensare a te» le aveva detto inflessibile.

«Sto bene» aveva insistito lei.

«Non è vero. Sei bagnata fino all'osso. Stai tremando come una foglia e immagino tu sia molto debole. Sai bene quanto me che Brain si incazzerebbe se non ci prendessimo cura di te. Almeno permetti a una delle infermiere di controllarti i parametri vitali. Di esaminarti. Non appena sapranno qualcosa su Brain, ce lo diranno.»

Le sue parole in qualche modo avevano penetrato l'offuscamento mentale causato dal panico che l'attanagliava. Gli aveva afferrato i polsi fissandolo negli occhi. «Starà bene?»

«Sì.»

Non c'era stata esitazione nella risposta di Lefty.

«Brain ha la testa dura. Ed è tenace. E sa che lo stai aspettando. Starà bene.»

Con un respiro profondo, alla fine aveva accettato di farsi controllare da qualcuno. L'avevano condotta in una stanza dandole una divisa ospedaliera per cambiarsi. Non aveva biancheria intima, ma non le era importato. La divisa era calda ed era stato paradisiaco non avere qualcosa di bagnato contro la pelle. Si era sdraiata sul letto e Grover era entrato per farle compagnia mentre aspettava l'infermiera.

Si era addormentata e una volta sveglia, c'era Lucky nella stanza con lei che aveva subito chiamato l'infermiera rifiutandosi di dirle quanto tempo era passato. Poi era uscito mentre veniva visitata.

Dopo che le avevano diagnosticato sintomi di affaticamento e ipotermia e niente di più serio, era arrivato Trigger e l'aveva accompagnata nella stanza di Kane, dove si trovava ora.

I medici non conoscevano ancora l'entità del danno alla testa, dato che non si era mai svegliato, ma gli avevano fatto una radiografia dei polmoni ed erano a posto. Aveva un'infezione probabilmente causata da qualcosa che si trovava nell'acqua e che era penetrata nel sangue dal taglio sulla testa, e gli avevano chiuso la suddetta ferita con una dozzina di punti. Ma per il resto i suoi organi vitali sembravano a posto.

Nonostante avesse fatto un pisolino, Aspen era esausta. Le sembrava di avere centoquattro anni. Sapeva che avrebbe dovuto mangiare, ma non aveva voglia di nulla.

«Le autorità sono andate a recuperare il corpo di Spence» le disse Trigger.

Si limitò ad annuire.

«Spetterà a te dire a loro e al tuo maggiore cos'è successo.»

«Oh, lo farò» replicò con determinazione. «Una cosa è trattarmi di merda perché sono una donna, ma tentare di *uccidere* qualcuno è tutt'altro. Farò tutto il necessario per assicurarmi di ottenere giustizia per Kane.»

«Starà bene.»

«Lo spero...»

«*Credici*» insistette Trigger. «Ha la testa dura e abbiamo superato situazioni peggiori di questa.»

Aspen annuì. «È... è così immobile. Non lo sopporto. Il Kane che conosco è sempre in movimento. A volte è quasi impercettibile, ma anche quando siamo semplicemente seduti sul divano, mi accarezza con le dita il dorso della mano o picchietta piano il piede sul pavimento. Odio vederlo così.»

«Lo so. Non l'avevo mai notato prima, ma hai ragione. Abbi fiducia nei dottori... e in Brain. E, devo dirtelo, sei veramente straordinaria. Lo pensavamo già tutti dopo averti vista in azione in combattimento, ma vedere quanto lo hai protetto ferocemente... be'... grazie.»

«Non devi ringraziarmi» gli disse. «Lui significa tutto per me.» Sospirò, guardò nel vuoto e mormorò: «Giuro su Dio, è meglio che non abbia fatto tutto per niente.»

«Cosa intendi?» le chiese. «Tutto cosa?»

«Tutto l'inferno che ho passato per aiutare a spianare la strada alle donne che vogliono diventare soccorritori militari» rispose stancamente. «Mi sono fatta il culo per essere il miglior medico possibile, Trigger, e cos'ho ottenuto in cambio? Odio a causa del mio sesso. Molestie. Ho dovuto dimostrare il mio valore in continuazione e anche dopo aver lavorato per anni, sono stata comunque scartata per lasciare il posto a uomini che avevano molta meno esperienza di me. Spero che un giorno le donne possano fare qualunque lavoro vogliano per il nostro Paese e vengano rispettate per le loro scelte.»

«Lo spero anch'io» replicò lui. «E per quel che vale... hai davvero impressionato molte persone oggi. Anche se non sapevano cosa fosse successo là fuori, sanno che hai messo a rischio la tua vita per salvare Brain. Hanno capito che hai dovuto praticargli la respirazione bocca a bocca per rianimarlo. Sanno che l'hai trascinato in mezzo alle acque alluvionali, in un posto relativamente sicuro e che non l'hai mai lasciato solo. Non ho dubbi che un giorno le donne staranno a fianco dei colleghi maschi sul campo di battaglia e nessuno ci farà nemmeno caso.»

«Lo spero» sussurrò. «Sono stanca, Trigger. Sono maledettamente stanca di tutto questo.»

«Vieni qui» le disse, mettendole un braccio intorno alle spalle e attirandola a sé. Fu un abbraccio un po' goffo, dato che erano seduti su sedie separate, ma Aspen appoggiò la testa sulla sua spalla e si rilassò. Non chiuse gli occhi; mantenne lo sguardo fisso su Kane, desiderando che si svegliasse e dicesse a tutti che stava perfettamente bene e cominciasse a lamentarsi di volersene andare dall'ospedale.

Passarono le ore, Trigger se ne andò e Oz prese il suo posto. Poi toccò a Grover, ma Aspen non si mosse. I ragazzi cercarono di incoraggiarla a uscire, per mangiare qualcosa o per fare una doccia, ma non ne volle sapere. Sarebbe rimasta seduta lì fino a quando lui non avesse aperto gli occhi e fosse stata certa che sarebbe andato tutto bene.

Dopo un altro paio d'ore vide per la prima volta le sue palpebre contrarsi.

C'era Lucky con lei e lo spaventò a morte quando balzò in piedi e si precipitò al fianco di Kane.

Si chinò su di lui, gli mise una mano sulla guancia sfregando il pollice avanti e indietro. «Kane? Forza, apri gli occhi. Sono qui. Sei al sicuro. Stiamo bene. Sei in ospedale e so che c'è un odore strano, ma devi aprire gli occhi per me.»

Osservò le sue palpebre sollevarsi e poi richiudersi.

«Lucky, spegni la luce» gli ordinò Aspen, senza togliere le mani dall'uomo che amava. «Riprovaci, forza.»

Lentamente, molto lentamente, le sue palpebre si sollevarono... e si ritrovò a fissare i suoi bellissimi occhi. «Ciao» sussurrò.

Kane corrugò la fronte. «Aspen?»

«Sì, sono io.»

«Mi fa male la testa» disse con voce bassa e roca.

«Lo so, e mi dispiace.»

«Per favore, fatevi da parte» disse in tono brusco l'infermiera, mettendo una mano sulla spalla di Aspen e allontanandola gentilmente.

Era riluttante a muoversi, ma quando Lucky la prese per un braccio, si lasciò trascinare in un angolo della stanza. Arrivò subito anche un dottore e chiese a tutti di andarsene perché doveva esaminare il paziente.

Mentre attendeva fuori con il resto della squadra, Aspen iniziò a camminare avanti e indietro impaziente.

«Come potete essere così calmi?» chiese con irritazione.

«Perché starà bene» le rispose Doc.

«Non puoi saperlo» borbottò.

«Ti ha riconosciuta» disse Lucky con un sorriso. «Starà bene.»

Era vero. Si rilassò. Si era preoccupata che potesse avere il cervello scombussolato, soffrire di amnesia. Succedeva sempre. Ma era contenta che nel suo caso sembrava non fosse così.

Dopo dieci minuti, il dottore sporse la testa fuori dalla porta. «Uno di voi è Trigger?»

«Sono io.»

«Può venire dentro per favore?»

Aspen fece un passo avanti. Voleva essere *lei* la prima a vedere Kane.

«Abbi un altro po' di pazienza. Fidati di me» le disse Trigger.

Fece un sospiro, ma annuì.

Passarono altri dieci lunghi minuti e proprio quando pensò di non poter aspettare un altro secondo, riapparvero tutti; il dottore e l'infermiera proseguirono lungo il corridoio, ma Trigger rimase davanti alla porta della stanza.

«Be'? Cos'hanno detto?» chiese Lefty.

Il loro amico sospirò. «Brain starà bene. Ha una commozione cerebrale e una polmonite. Il dottore pensa che sia perché dopo che ha ripreso a respirare non è riuscito a espellere tutta l'acqua dai polmoni. Ma l'infezione dovrebbe risolversi abbastanza presto perché lo stanno riempiendo di antibiotici.»

«Possiamo entrare?» chiese Aspen con impazienza. Non vedeva l'ora di sentire di nuovo la sua voce. Di accertarsi di persona che stesse davvero bene.

«Non vuole vedere nessuno» borbottò Trigger.

Lo fissò confusa. «Non vuole vedere voi ragazzi? Perché?»

«Non vuole vedere *proprio nessuno*» chiarì. «Nemmeno te.»

Fu travolta da una scarica di adrenalina e il suo stomaco sprofondò. «Perché? Che problema c'è?»

«Ha perso un po' di memoria e non si sente molto stabile.»

S'irrigidì. «Come scusa? Cosa significa? Ha detto il mio nome. Si ricorda di me!»

«È vero» concordò Trigger. «E anche di tutti noi. Sa di essere un Delta e ricorda gran parte della sua infanzia. Ma non riesce a ricordare una parola delle lingue che ha imparato nel corso degli anni.»

Sbatté le palpebre confusa. «E?»

«E cosa?»

«Cos'altro non riesce a ricordare?»

«Per ora, sembra solo quello. Ricorda tutto ciò che è successo là fuori, ma sta prendendo piuttosto male il fatto di aver perso la capacità di parlare tutte quelle lingue.»

Aspen non capiva. «Non mi interessa quante lingue parla. Io vado dentro.» Cercò di spingere da parte Trigger, ma non riuscì a smuoverlo.

«No. Ha bisogno di tempo, Aspen.»

«Ha bisogno di *me*» ribatté lei.

«Lasciala entrare» intervenne Grover dietro di lei.

«Grover...» lo avvertì l'amico, ma Lucky lo prese per un braccio e lo tirò da parte, permettendole di oltrepassarlo ed entrare nella stanza.

«È un errore» disse Trigger alla sua squadra. «*Non* è proprio di buon umore.»

Aspen sentì i ragazzi entrare dietro di lei, ma aveva occhi solo per Kane. Era seduto sul letto con alcuni cuscini dietro la schiena e guardava fuori dalla finestra.

«Ehi» lo salutò allegra. «Sembra che tu stia molto meglio di qualche ora fa» scherzò.

Ma quando lui si voltò a guardarla, nei suoi occhi non vide l'uomo che aveva imparato ad amare. Erano freddi e duri, e non riuscì a trattenersi dal fare un passo indietro.

«Avevo detto a Trigger che non volevo vederti.»

Fece una smorfia. Faceva male. Trigger aveva affermato che non voleva vedere nessuno, non lei in particolare. «Avevo bisogno di assicurarmi che stessi bene.»

«Sto bene» disse in tono piatto. «Ora l'hai visto, puoi andare.»

Corrugò la fronte confusa. «Kane, che problema c'è?»

Rimase in silenzio per un attimo, poi dichiarò: «Penso che sia meglio se ci prendiamo un po' di tempo.»

Il dolore causato da quelle parole fu così intenso che Aspen si portò una mano al petto per assicurarsi di non avere un coltello piantato sul cuore. «Come scusa?» sussurrò.

«Abbiamo affrettato troppo le cose. Credo che dovremmo rallentare.»

Le girava la testa e non riusciva a capire perché stesse dicendo quelle cose. Sapeva che capitava che le persone ferite alla testa subissero dei cambi di personalità, ma il più delle volte era temporaneo. «Va bene, vado alla tendopoli e tornerò a trovarti domani.»

Kane scosse piano la testa. «No. L'ultima cosa che mi serve è che un altro tuo ex ragazzo si faccia un'idea sbagliata e decida che se non può averti lui, non può farlo nessuno. Ho bisogno di *spazio*, Aspen.»

L'aveva sconvolta intenzionalmente con quelle parole e nonostante si stesse ancora riprendendo dal repentino cambio d'idea da parte sua, era anche un po' incazzata. «Sai che non ho altri ex.»

«Davvero?» le chiese.

Ok, *era* ridicolo. «Quindi? È finita?»

Lui scrollò le spalle.

Aspen annuì, combattendo contro le lacrime e rifiutandosi di fargli vedere quanto l'avesse ferita. «Sono contenta che tu stia bene» disse con la gola stretta. «Immagino che ci vedremo in giro.»

Trattenendo il respiro, aspettò che lui dicesse che si era sbagliato, che aveva bisogno di lei e che la ringraziasse per avergli salvato la vita, ma rimase semplicemente seduto come una statua sul letto, fissandola con uno sguardo vuoto. In quel momento avrebbe potuto benissimo essere un'estranea per lui.

Voleva credere che si comportasse così perché non ricordava l'ultima settimana che avevano trascorso insieme. Di come avevano fatto l'amore lentamente e con dolcezza... ma non era così.

Lo ricordava. Solo che non gli importava.

Il fatto che Derek avesse cercato di ucciderlo aveva cambiato le cose. Forse per sempre.

Sentendosi come se avesse perso qualcosa di prezioso che non avrebbe mai più ritrovato, Aspen annuì ancora una volta e si voltò alla cieca verso la porta. Gli altri ragazzi fecero un passo indietro aprendole la strada, ma nessuno cercò di fermarla.

Entrò nel corridoio ed esitò, non sapendo da che parte andare. Non aveva idea in quale direzione fosse la sala d'attesa o di come uscire dall'edificio. E *doveva* uscire da lì.

Doveva tornare all'area di raccolta e tenersi occupata. Qualsiasi cosa pur di non pensare a quello che era appena successo.

————

Brain stava seduto sul letto guardando dritto davanti a sé. Cercò di pensare alla parola acqua in curdo, ma non gli venne in mente. Provò con l'italiano. Poi il francese.

Niente. Le parole straniere che avevano vissuto nel suo cervello per così tanto tempo erano scomparse. Erano state le sue compagne costanti per quasi tutta la vita. E ora erano sparite.

«Che cazzo hai combinato?» ringhiò Trigger.

Si voltò a guardare il suo amico, per niente sorpreso dal livore del suo tono. «Era la cosa giusta da fare» mormorò.

«Per chi?» gli chiese.

«Per lei» rispose subito Brain.

«È una stronzata e lo sai» aggiunse Lefty. «Aspen ti ha salvato la *vita*.»

«E gliene sono grato. Ma d'altronde, lei è anche la ragione per cui ero senza sensi a faccia in giù nell'acqua alluvionale, no?» Le parole gli sfuggirono senza pensarci e se ne pentì all'istante.

«Ma che *cazzo*?» esclamò Oz.

«Sei davvero così stupido?» gli chiese Lucky.

«Il dottore si sbagliava. È chiaro che tu abbia subito danni al cervello» borbottò Grover scuotendo la testa.

«Nel momento in cui si è resa conto di quello che era successo, Aspen si è tuffata dietro di te» disse Lefty con rabbia. «Nella cazzo di acqua alluvionale piena di fognature e cavi elettrici in tensione. Non respiravi e lei ti rianimato con la respirazione bocca a bocca! Ti ha trascinato per chissà quanto, fino alla prima superficie piana disponibile. *Poi* è rimasta immersa in quella stessa acqua a prendersi cura del tuo culo per ore finché non vi abbiamo trovato.

Era disposta a litigare con le infermiere pur di stare al tuo fianco, ma l'abbiamo convinta a farsi controllare prima. Si è addormentata nel momento in cui si è sdraiata. Praticamente il suo corpo si è spento, ma quando si è svegliata, ha a malapena tollerato che la visitassero prima di venire qui ad aspettare che ti svegliassi. Non ha mangiato. Non ha più dormito. Non si è lavata. La sua prima preoccupazione eri *tu*. E hai avuto il *coraggio* di dirle che hai bisogno di spazio, cazzo? Che diavolo ti prende?»

Brain provò una stretta al cuore nel sentire tutto ciò che aveva passato Aspen. Sapeva già quanto fosse forte, ma sentire tutto quello che aveva fatto – per *lui* – gli fece capire che non aveva davvero avuto la minima idea di quanto lo fosse realmente. Si ricordava che gli aveva detto che lo amava e il dolore nel suo cuore si decuplicò. «Non sono l'uomo che conosceva.»

«*Dio*, sei un coglione!» disse Oz.

«Lo so, è per quello che la sto lasciando libera!» gridò Brain.

Nella stanza calò il silenzio dopo il suo sfogo.

Poi Grover disse: «Spiegati.»

Sospirò, improvvisamente esausto. «Io sono il genio. L'uomo su cui il team fa affidamento per parlare con la gente del posto quando siamo in missione. Ora non posso più farlo.»

«Sul serio?» chiese Doc quando finì di parlare. «Sei ridicolo!»

Brain strinse le labbra. Come poteva spiegare come si sentiva? Amava quei ragazzi come se fossero fratelli, ma non avrebbero mai potuto capire. Si sentiva come se gli mancasse una parte del cervello. Come se fosse la metà dell'uomo che era un tempo, e non voleva trascinare Aspen nella profonda disperazione che stava attualmente provando.

«Primo, non ha un cazzo di senso quello che hai detto» dichiarò Lucky. «Sì, sei intelligente. E non sto dicendo che conoscere tutte quelle lingue non sia stato utile, ma non è che fossimo impotenti senza di te. In sostanza ci stai dicendo che l'unico motivo per cui le nostre missioni hanno avuto successo, è stato perché sei riuscito a parlare con la gente del posto.»

Lui scrollò le spalle.

«Bastardo presuntuoso» mormorò Oz.

«Calmatevi tutti, cazzo» ordinò Trigger, alzando le mani. «Merda, finiremo nei guai. Ci hanno richiesto di non farlo agitare e di certo abbiamo fallito.» Si rivolse a Brain. «Primo, non hai sentito che il dottore ha detto che è probabile che non sia permanente non ricordare le lingue? Il tuo cervello ha subito un duro colpo. È contuso e gonfio. Quando avrai tempo per riposare, c'è la possibilità che quella parte di memoria ritorni.»

Scrollò di nuovo le spalle. «Sono scettico. Che volete che vi dica?»

«Che sei uno stronzo» rispose Lefty sottovoce.

«Secondo» continuò Trigger, ignorando il commento sarcastico del suo compagno di squadra, «Aspen non è il tipo da compatirti o amarti di meno se riuscissi a parlare solo inglese per il resto della tua vita. Le stai facendo un torto anche solo pensando che sarebbe così tanto stronza.»

Sapeva che il suo amico aveva ragione, ma tenne la bocca chiusa.

«E terzo, gettarle in faccia la storia di Derek non è

stato bello e lo sai. Volevi disperatamente convincerla ad andarsene e tirando fuori il suo ex hai detto l'unica cosa che sapevi avrebbe funzionato. Lefty ha ragione, non eri cosciente, amico, e non l'hai vista. Era fuori di sé, combatteva contro chiunque osasse mettersi tra lei e l'uomo che amava.»

Brain chiuse gli occhi. Pensò a come l'aveva vista dopo aver aperto gli occhi. Era esausta. Aveva le occhiaie e i capelli arruffati. Indossava una divisa da infermieri troppo grande e aveva visto l'orrore del loro calvario in ogni lineamento del suo viso. Così come la preoccupazione per *lui*.

E cos'aveva fatto? L'aveva presa tra le braccia dicendole che sarebbe andato tutto bene? No. L'aveva cacciata via.

Non le aveva messo le mani addosso, ma sarebbe stato uguale darle un pugno in faccia.

«Finalmente lo sta capendo» disse Grover.

Brain avrebbe voluto chiamarla. Dirle di tornare, che non pensava davvero le cose che aveva detto... ma sapeva che era troppo tardi. Se n'era andata da un po' ormai. Probabilmente stava già tornando all'area di raccolta.

Sentì una mano posarsi sulla sua spalla e aprì gli occhi.

«Ti ama. Ti perdonerà» lo rassicurò Trigger.

«È testarda» sussurrò Brain.

«Anche tu» aggiunse Lefty.

«Ho paura» mormorò. Non avrebbe potuto ammetterlo con nessun altro se non con i sei uomini che stavano intorno al suo letto d'ospedale. «Non saprei chi essere se non il "cervello".»

«Che ne dici di essere Kane per un po'?» suggerì Oz.

«Aspen non ti ama perché parli più di venti lingue» continuò Grover. «Ti ama perché sei tu.»

«Proprio come noi» aggiunse Lucky. «Non sei in questa squadra perché sai parlare il pashtu. Ci sei perché te lo sei guadagnato. Perché sei il meglio del meglio. Non mi interessa in quante lingue puoi imprecare quando siamo in perlustrazione. Mi interessa solo quanto sia precisa la tua mira e che mi copri le spalle.»

«Pensare che il tuo unico contributo a questa squadra sia il tuo cervello è sconsiderato e ridicolo» aggiunse Trigger. «Tu sei Kane Temple e sei un fottuto soldato della Delta Force. Punto. Capito?»

«Capito» rispose con voce un po' tremante.

«Ora, mentre sei sdraiato lì e rilassi la zucca così da poter uscire da questo ospedale, faresti meglio a pensare a come scusarti con lei» gli consigliò Lefty.

Brain annuì. Non era ancora sicuro al cento per cento che Aspen non sarebbe stata meglio senza di lui, ma aveva un nodo allo stomaco che gli diceva di aver fatto una cazzata. Enorme. Si sentiva vuoto dentro sapendo che lei non stava aspettando lì vicino. Che non poteva prendere semplicemente il telefono e chiamarla per sentire la sua voce.

«Pensa a guarire, amico» disse Oz, stringendogli la caviglia prima di voltarsi e andare verso la porta.

«Ci vediamo presto» lo salutò Grover mentre seguiva l'amico.

Si accomiatarono anche tutti gli altri e quando anche Trigger si voltò per andarsene, Brain lo fermò. «Trigger?»

«Sì?»

«La terresti d'occhio? Sai quanto possono diventare sregolate quelle tendopoli.»

«Ovvio. Lo faremo tutti. Posso darti un consiglio?»

Annuì.

«Non aspettare troppo a schiarirti le idee. Ad Aspen non frega un cazzo di quanto sei intelligente. Presto lascerà l'esercito e potrebbe trovare lavoro in qualsiasi città del Paese. Avrà bisogno di una dannata buona ragione per restare a Killeen.»

Il pensiero che se ne andasse gli fece aumentare in modo esponenziale il nodo allo stomaco. Di conseguenza, gli venne la nausea. O forse era a causa del martellamento in testa. Non ne era sicuro. «Magari anche Gillian potrebbe darle un'occhiata?»

«Quello è scontato. E dovrai vedertela con lei e Kinley e probabilmente anche con Devyn, perché verranno a dirti quanto sei idiota.»

Quello lo fece sorridere. «La apprezzano così tanto?»

«Sai che è così. Adesso fa parte del gruppo» disse Trigger. «Lei e Gillian si scambiano messaggi tutto il tempo.»

Era contento per lei.

«Ora vado. Tornerò domattina per vedere come stai.»

«Grazie. Trigger?»

«Sì?»

«Cos'è successo a Derek?»

Il suo amico rimase in silenzio per un momento, poi disse: «Il karma. Ecco cos'è successo. Ha preso un cavo sotto tensione ed è saltato in aria.»

«Sul serio?»

«Sì.»

«Meglio così.»

«Esatto. Dormi un po', la testa starà meglio quando ti sveglierai.»

«Come sai che mi fa male?» gli chiese.

«Perché ti conosco.» Si voltò e lasciò la stanza, spegnendo la luce dall'interruttore vicino alla porta mentre usciva.

L'improvvisa oscurità sembrò paradisiaca e Brain abbassò il letto finché non fu di nuovo sdraiato. Si sentiva di merda, gli faceva male la testa e il maledetto vuoto nel suo cervello lo stava facendo impazzire.

Ma sotto sotto, c'era la consapevolezza di aver ferito l'unica persona al mondo che sapeva, senza ombra di dubbio, avrebbe fatto qualsiasi cosa per lui.

«Mi dispiace» sussurrò, prima di cadere in un profondo sonno salutare.

CAPITOLO DICIOTTO

Una settimana.

Sette lunghi giorni. Era il tempo passato dall'ultima volta in cui Brain aveva visto o parlato con Aspen. Era stato trattenuto in ospedale per quattro giorni a causa di un'infezione e la preoccupazione per l'edema al cervello. Quando era tornato a casa, c'era stato un flusso costante di ospiti a prendersi cura di lui... ma non l'unica persona che più desiderava vedere.

Aveva pensato di chiamarla, ma non voleva rischiare che riattaccasse prima di poterle dire ciò che doveva. Non poteva andare al suo appartamento perché fino a quel giorno non era stato autorizzato a mettersi al volante.

Però aveva avuto molto tempo per pensare.

Pensare a quello che era successo a Houston con Spence, che era chiaramente impazzito.

Brain non voleva salire sulla barca, ma l'aveva fatto lo stesso. Era stato stupido dargli le spalle, ma non aveva minimamente pensato che avrebbe cercato di ucciderlo.

Aveva avuto una sorta di sesto senso e si era girato

all'ultimo secondo, solo per vedere il remo arrivargli addosso. Non aveva avuto il tempo di abbassarsi e non ricordava di essere stato effettivamente colpito; era svenuto subito e si era risvegliato in ospedale.

Ma i suoi amici erano stati felici di raccontargli tutti i macabri dettagli; per esempio sapeva che stava galleggiando a faccia in giù nelle acque alluvionali quando Aspen si era tuffata dietro di lui. Brain desiderava ardentemente vederla. Scusarsi. Implorarla di perdonarlo. Ma aveva aspettato il momento opportuno, sperando di essere al cento per cento prima di andare da lei. L'ultima cosa che voleva era sparare altre stronzate e rovinare la possibilità di riconquistarla.

Brain non sapeva se l'avrebbe voluto ancora, ma avrebbe fatto tutto ciò che era in suo potere per convincerla di essere stato un idiota e che l'amava.

Quel giorno era arrivato.

Quella mattina c'era il funerale di Spence. In qualsiasi altra circostanza, Brain non si sarebbe nemmeno avvicinato alla cappella. Dopotutto, quell'uomo aveva cercato di ucciderlo. Ma Grover gli aveva detto che Aspen avrebbe partecipato. Non sapeva perché avesse voluto andarci, ma voleva supportarla come poteva.

Alla fine, il dottore della base gli aveva dato l'ok per guidare, così dopo aver indossato l'uniforme verde e messo gli occhiali da sole per via del costante mal di testa, salì sulla sua Challenger e si diresse alla commemorazione.

Il parcheggio non era eccessivamente pieno e Brain trovò facilmente un posto. Fece un respiro profondo, sapendo che la mezz'ora successiva non sarebbe stata facile ed entrò nella cappella della base.

Sembrava che il servizio fosse appena iniziato e individuò subito Aspen. Era anche lei in uniforme verde, seduta su uno dei banchi posteriori. Era da sola, la schiena dritta mentre fissava il cappellano.

Brain scivolò nel banco e si sistemò accanto a lei, trattenendo il respiro. Ma a parte una rapida occhiata di traverso, lo ignorò. Non che avesse pensato che avrebbe fatto una scenata, non era da lei, ma non era stato sicuro di come avrebbe reagito.

I successivi venti minuti furono difficili. Ascoltare il cappellano elogiare Spence, parlare di quanto fosse stato un brav'uomo e di come la sua morte fosse una grande perdita sia per l'esercito sia per la sua famiglia, fu assurdo. Era difficile accettare che l'uomo che aveva cercato di ucciderlo fosse lodato come un eroe.

Ma alla fine il servizio terminò e Brain si voltò verso Aspen. «Ehi.»

«Ciao» replicò in tono piatto, senza mostrare alcuna emozione sul viso.

«Questo era l'ultimo posto in cui mi sarei aspettato di trovarti» le disse.

Lei scrollò le spalle.

La osservò. Aveva un aspetto emaciato. Il suo viso era pallido e aveva ancora le occhiaie. Se non si sbagliava, il suo battito cardiaco era troppo veloce. Poteva vederlo pulsare nel collo.

«Possiamo parlare?» le chiese di botto, desiderando più che mai prenderla tra le braccia e confortarla.

Aspen annuì e lui si rilassò un poco.

«Ma non qui.»

«Certo» la assecondò subito, alzandosi e tendendole una mano.

Con sua sorpresa, la prese.

Non aveva mai provato un sollievo così grande come in quel momento. Non lo aveva ignorato né mandato al diavolo.

Cominciò a sperare che forse, non l'aveva persa per sempre.

Quando fu in piedi Aspen lasciò cadere la mano, e cercò di non mostrarsi troppo deluso. Le fece cenno di precederlo fuori dal banco e scivolò accanto a lui nella navata. Non diede segno di voler aspettare per parlare con i parenti di Spence, e anche quello fu un sollievo.

Una volta fuori, Brain, fece una smorfia perché la luminosità del sole gli fece pulsare la testa e si rimise gli occhiali. «Ti va di prendere un caffè» le chiese, odiando sentirsi così spaesato e imbarazzato.

Ma lei scosse la testa. «No. Che ne dici se ci troviamo a casa mia... diciamo tra una ventina di minuti? Così avrò il tempo di arrivare e cambiarmi.»

Brain annuì subito. «D'accordo. Se non ti dispiace passo anch'io da casa a cambiarmi.»

«Certo. A presto.» Poi si allontanò per andare alla sua Elantra.

Dovette sforzarsi di non seguirla quando la vide barcollare un istante, riprendere l'equilibrio e aprire la portiera. Non conosceva il motivo di quel piccolo tentennamento... ma non gli piaceva.

Tornò a casa il più velocemente possibile e indossò un paio di jeans e una camicia verde oliva che Aspen aveva detto di adorare... prima che facesse il coglione e la allontanasse. Aveva detto che faceva risaltare il verde nei suoi occhi nocciola. Era disposto a fare tutto il necessario per ricordarle quanto stavano bene insieme. Che un tempo lui le piaceva.

Quando si fermò nel parcheggio dell'appartamento di Aspen era in anticipo di cinque minuti e si costrinse a rimanere lì fino all'arrivo dell'ora concordata. Poi praticamente corse fino alla sua porta e bussò. Lei gridò che era aperto.

Brain aprì la porta accigliato, non solo perché l'aveva lasciata aperta, ma anche per non essersi nemmeno assicurata che fosse lui prima di dirgli di entrare. La chiuse a chiave e fece un profondo respiro per farsi coraggio prima di proseguire all'interno.

La trovò sul divano con indosso una felpa e accoccolata sotto una coperta morbida. Brain notò sopra il tavolino una scatola di fazzoletti, un bicchiere di succo d'arancia e una pila di libri e le chiese: «Sei ammalata?»

Aspen contrasse le labbra. «Non ti sfugge niente, eh? Siediti, Kane. Dobbiamo parlare.»

Quelle due ultime parole avevano terrorizzato i cuori di molti uomini nel corso dei secoli, ma se le aspettava. Era lì per quello dopotutto. Si fece forza e invece di sedersi sulla poltrona di fronte al divano, che sembrava troppo lontana, si accomodò accanto a lei. Non la toccò, ma anche solo starle così vicino, dopo tutto quello che le aveva detto, sembrava un miracolo.

Brain fece un respiro profondo e spiattellò senza riflettere ciò che aveva pensato per sette lunghi giorni.

«Ti amo.»

Aspen si sentiva di merda. Quando aveva lasciato l'ospedale di Houston era sconvolta. E ferita, confusa e anche un po' arrabbiata. La pioggia era finalmente cessata e l'acqua aveva cominciato a ritirarsi. Era tornata alla tendopoli, si era cambiata l'uniforme e aveva aiutato a smontare le tende e a preparare i camion per tornare a Fort Hood.

Era rimasta in disparte e aveva trascorso il viaggio di ritorno a Killeen ripercorrendo tutto ciò che era successo. Le faceva male ogni singolo muscolo e sapeva che le sarebbero usciti dei lividi su tutto il corpo.

Dopo aver aiutato a scaricare i camion, era tornata al suo appartamento e aveva dormito per venti ore. Una volta sveglia, si era sentita anche peggio di quando si era buttata a letto il giorno prima. Aveva chiamato il suo maggiore comunicandogli di essere ammalata e poi dormito per altre dodici ore.

Aveva cominciato a sentirsi meglio dopo cinque giorni, ma il suo corpo non era ancora in forma per lottare. Si era costretta ad alzarsi e ad andare alla cerimonia funebre di Derek, ma aveva programmato di tornare subito a casa e a letto.

Vedere Kane era stata una sorpresa. Ancora di più il fatto che si fosse seduto accanto a lei e le avesse chiesto di parlare.

Era decisamente favorevole a un confronto.

Si era infilata i pantaloni e la felpa più comodi che avesse aspettando con il fiato sospeso che lui arrivasse. Era giunto il momento di parlare di tutto ciò che era successo. Di mettere in chiaro le cose.

Kane si sedette accanto a lei sul divano e proprio quando stava per parlare, la batté dicendo: «Ti amo.»

Lo fissò sorpresa. «Come scusa?»

«Ti amo» ripeté con più decisione. «E mi dispiace.»

Il cuore le martellava nel petto, ma fece del suo meglio

per tenere sotto controllo le emozioni. «L'ultima volta che ci siamo visti, hai rotto con me. Mi stai lanciando troppi segnali contrastanti, Kane.»

Lui sospirò e si passò una mano tra i capelli. «Lo so. E l'unica cosa che posso dire in mia difesa è che non ero *io* in quell'ospedale una settimana fa.»

Aspen inarcò un sopracciglio.

«So che sembra una scusa, ma non lo è. Mi ero appena risvegliato ed ero confuso, depresso e pieno di dolori... e dannatamente felice di vederti, ma poi il dottore ti ha mandata fuori e ha iniziato a ispezionarmi.»

«Ispezionarti?» chiese con una risatina.

Kane contrasse le labbra, ma annuì. «Sai cosa voglio dire. Sembrava un'ispezione. Mi sono sentito sollevato quando mi pareva di ricordare tutto, ma quando ha parlato in spagnolo all'infermiera e lei ha risposto... mi sono reso conto che non li capivo. Mi ha fatto andare fuori di testa. Poi ho realizzato che non ricordavo *nessuna* delle lingue che avevo imparato negli anni. Nemmeno una. Le parole erano sparite. Era come avere un buco nella testa.

Trigger è entrato e gli ho detto cosa stava succedendo. Ha chiesto al dottore se e quando avrei ricordato e lui ha risposto che non lo sapeva, ma che c'era una buona possibilità che recuperassi quella parte di memoria. Ecco... non ho gestito bene la notizia.»

Aspen sbuffò. «Dici?»

Lui non sorrise, continuò a fissarla.

«E adesso? L'hai recuperata?»

«Qualcosa» ammise. «Le parole mi spuntano in mente qua e là. È un po' sconcertante, in realtà, perché può capitarmi mentre parlo con qualcuno e mi balza in testa la parola "rosso" o "maglietta" o anche "stronzo".»

«Quindi è per questo che sei qui? Perché stai recuperando la memoria e puoi essere di nuovo il "cervellone"?» gli chiese Aspen, un po' più dura di quanto avesse voluto.

«No» rispose subito. «Sapevo di aver commesso un errore nel momento in cui sei uscita dall'ospedale. Quando te ne sei andata, è stato come se avessi portato via con te tutta l'aria della stanza. Anche Trigger e il resto dei ragazzi non hanno esitato a dirmi che avevo fatto una cazzata. Mi sei mancata, *chérie*.»

Aspen si allungò verso il tavolino, prese il telefono e lo osservò per un secondo, poi tornò a guardare lui. «Strano, non ho ricevuto alcun messaggio da te. Hai dimenticato il mio numero?»

«No. Avevo paura che mi avresti bloccato. O semplicemente ignorato. L'altro giorno mi sono fatto accompagnare da Doc al tuo appartamento. C'era la tua macchina, ma quando ho bussato non hai risposto. Ho pensato che mi stessi evitando.»

«Quando?»

«Tre giorni fa.»

«Non ero a casa» gli disse. «A quanto pare ho preso una brutta infezione stando immersa in quell'acqua per ore. Mi sono tagliata la mano su qualcosa e qualche esserino raccapricciante ha infettato la ferita... almeno è quello che pensano i dottori. Circa un giorno dopo il mio ritorno stavo veramente male e ho chiamato Devyn. È venuta da me e mi ha accompagnata dal medico della base. Mi hanno tenuta una notte in ospedale. Non ero qui quando sei passato, altrimenti avrei risposto alla porta.»

Kane sembrò allarmato. «Stai bene adesso? Ma potevi andare in giro oggi? Forse dovrei andarmene e lasciarti dormire un po'.»

Aspen gli mise la mano sul braccio, sentendo la stessa elettricità della prima volta che lo aveva toccato. «Sto bene» rispose.

«Cazzo» imprecò, prendendogliela tra le sue. «Mi hanno pompato in corpo così tanti antibiotici all'ospedale di Houston, che immagino abbiano aiutato a impedire che mi beccassi qualche infezione grave tramite lo squarcio sulla testa.»

«Sì, l'ho pensato anch'io. Ti fa ancora male?»

«Ogni tanto sì. Mi aiuta portare gli occhiali da sole. Ogni giorno va sempre meglio e i medici pensano che ora che ho iniziato a ricordare alcune delle lingue, mi torneranno tutte in mente quando il gonfiore nel cervello sarà completamente sparito.»

«Sono contenta.»

«Sono rimasto sorpreso che tu sia andata al funerale di Derek» disse Kane.

Aspen lo lasciò cambiare argomento. «Ho parlato con il mio maggiore e gli ho raccontato tutto quello che è successo quella notte. Della tua esitazione a salire sulla barca, di quando mi sono voltata perché l'avevo sentita oscillare e ho visto Derek con il remo in mano, della mia decisione di tuffarmi per venire a cercarti invece di aspettare per vedere cosa mi avrebbe fatto lui e di come è sfrecciato via di lì lasciandoci al nostro destino. Non è stato facile e avevo paura che non mi avrebbe creduto, ma lo ha fatto.

Mi ha detto che Derek aveva ricevuto un richiamo per le sue azioni in Afghanistan. Non lo sapevo; non lo sapeva nessuno a quanto pare, ma credo sia stato sufficiente a farlo andare fuori di testa. Ha vissuto e respirato per l'esercito e per qualche motivo ha finito per incolpare me di tutte le sue azioni. Il maggiore ha detto che si sarebbe assicurato che venisse annotato tutto ciò che è successo. Non so dove o chi lo vedrà, ma mi ha fatto stare meglio sapere che mi credeva.

Comunque... il punto è che Derek ha pagato per i suoi peccati. Era un idiota e discriminatorio nei confronti delle donne in generale, ma ha pagato per aver cercato di ucciderti. Alla grande. Il karma si è occupato di lui. Avrei potuto insistere che il maggiore facesse un'indagine, che coinvolgesse l'unità investigativa dell'esercito, ma a essere sincera non può essere punito di più, e non fa onore infangare il nome di un morto.

Se fosse vivo, potresti scommetterci il culo che mi metterei a urlare dai tetti ciò che ti ha fatto, ma ora sono solo stanca di tutto. Il karma ha fatto ciò che doveva e lo prendo come un segno per andare avanti con la mia vita.»

«Allora perché hai partecipato oggi? Mi ha fatto incazzare *da morire* sentire il cappellano parlare di che grande persona e soldato fosse» disse Kane.

Aspen annuì. «Sì, è stato difficile da accettare. Ma volevo essere una persona migliore di lui. E mi dispiace davvero per la sua famiglia. Speravo anche che mi avrebbe permesso di chiudere questo capitolo.»

«E l'ha fatto?» le chiese.

«Stranamente... sì. Posso mettermelo alle spalle e guardare al futuro, al mio nuovo percorso di vita.»

«Non so se riuscirò a lasciarmi tutto alle spalle così in fretta» ammise Kane. «Quello stronzo ha cercato di *uccidermi*, e finché sarà permesso a bastardi come Derek di ricoprire posizioni di comando nell'esercito, le cose per le donne non cambieranno mai. Non è giusto che permettano loro di passarla liscia, solo perché gli ufficiali superiori non vogliono affrontare le conseguenze se dovessero richiamarli per il loro comportamento.»

Aspen strinse le labbra. Le sue parole significavano tutto per lei. «So che hai ragione, ma voglio solo andare avanti.»

La fissò per un lungo momento, poi sospirò. «Non mi piace e odio che Spence ne esca pulito... ma per te sono disposto a lasciar perdere.»

Fece per ringraziarlo, ma Kane parlò prima che lei potesse dire qualcosa. «Ma *ho* intenzione di parlare a lungo con il maggiore. So che l'hai già fatto tu, ma sono sicuro che hai minimizzato molte delle cose che Spence ti ha fatto subire, probabilmente facendogli pensare non ti stesse trattando in modo diverso dagli altri della sua squadra. Che è una stronzata. Qualcuno deve alzare la voce a favore tuo e di tutte le donne che verranno dopo di te, e quel qualcuno sarò io.»

«Grazie» mormorò. «Dato che sei qui vivo e vegeto me ne sono fatta una ragione, ma non posso fare a meno di pensare alla piccola Annie e a quanto sia entusiasta di volersi arruolare nell'esercito, magari anche di seguire le mie orme. Se parlare con il maggiore può avvantaggiare un po' le donne in futuro, sono d'accordo.».

Kane annuì. Poi si guardò le mani come se fosse riluttante a dire ciò che stava pensando.

«Che c'è?» gli chiese.

«Mi dispiace davvero di essere stato uno stronzo» rispose.

«Lo so. E ti avevo già perdonato una settimana fa» replicò con sincerità.

«Ah sì?».

«Sì. Pensavi davvero che me ne sarei semplicemente andata? Kane, ti amo. Ti ho amato quasi da quel primo bacio che ci siamo scambiati al bar. Non avrei mai potuto voltare le spalle a tutto ciò che avevamo, solo perché hai avuto una crisi. Avevo programmato di darti un po' di spazio, per poi avere un confronto con te quando saresti stato abbastanza bene da tornare a casa. Ma poi mi sono ammalata e ho dovuto mettere da parte i miei piani.»

«Mi ami» disse. Non era una domanda.

«Certo che sì.»

«Ti ho ferita.»

«È vero. Non ho mai provato un dolore così grande in vita mia come quando mi hai detto che avevi bisogno di spazio. Ma poi mi sono arrabbiata. Temo di aver pensato a molti insulti nei tuoi confronti per un po' e quando finalmente mi sono calmata abbastanza da riflettere su ciò che era successo, ho capito di aver esagerato. Non vedevo l'ora di vederti e avrei dovuto ascoltare Trigger quando mi ha detto che avevi bisogno di pace e tranquillità.»

Kane scosse la testa. «No, non hai fatto niente di male. Ho fatto tutto io. Volevi solo vedermi. I ragazzi mi hanno detto che ti sei rifiutata di lasciare il mio fianco mentre ero privo di sensi. Non hai mangiato, fatto la doccia, dormito. Poi, nel momento in cui mi sono svegliato, ho rotto con te.»

«Hai *cercato* di rompere con me» lo corresse «Non ti avrei lasciato andare senza lottare. Se non mi sono arresa durante l'addestramento e nemmeno quando tutti hanno cercato di dirmi che non potevo essere un soccorritore militare per una squadra di Ranger, di certo non avrei rinunciato a te dopo un piccolo malinteso.»

«Non ti merito» sussurrò Kane.

«Sbagliato. Ci meritiamo a vicenda» ribatté e girò la testa per tossire nella manica.

«Sei ancora ammalata» disse raddrizzandosi. «Hai bisogno di riposare.»

Gli strinse più forte la mano. «Non voglio che te ne vada.»

Sembrò sorpreso. «Oh, non vado da nessuna parte» la rassicurò. «Tu non mi hai lasciato quando avevo più bisogno di te e io non lascerò questo appartamento finché non tornerai quella di prima.»

Aspen sorrise. «Quindi è tutto a posto fra di noi?»

«Più che a posto. Io ti amo, tu mi ami. Mi hai perdonato per essere stato uno stronzo e ti prometto che non accadrà più.»

«Sono contenta che tu stia bene. Mi hai spaventata a morte.»

Kane si sporse lentamente in avanti e la baciò sulla fronte. Poi la incoraggiò a sdraiarsi sul divano e le rimboccò la coperta, assicurandosi che fosse comoda. Si chinò su di lei e disse: «Si è preso cura di me il miglior soccorritore al mondo, non c'era dubbio che alla fine sarei stato bene. Dormi, *querida*.»

Aspen si addormentò, felice come non era da giorni.

———

«Oh, *cazzo*» ansimò Brain mentre Aspen si muoveva su e giù sul suo uccello.

Era passato un mese e mezzo da quando l'aveva quasi persa, e la loro relazione era più solida che mai. Le lingue che aveva dimenticato erano lentamente tornate e non era mai stato più contento.

Aveva degli ottimi amici, un lavoro che gli piaceva e una donna che aveva dimostrato di continuo che non solo lo amava, ma che avrebbe lottato per lui se necessario.

Quel pomeriggio Aspen aveva ricevuto il foglio di congedo e avevano festeggiato sia il suo ritiro dall'esercito sia l'offerta di lavoro che aveva ricevuto dall'Acadian Ambulance Service di Temple. Brain aveva preparato una bella cena, completa di Margarita ghiacciati super dolci per lei, e l'aveva coronata con il suo dessert preferito: il plumcake. Finito di mangiare, lo aveva trascinato in camera da letto e gli era saltata addosso.

Al momento era sdraiato sulla schiena e la teneva per i fianchi mentre lei lo cavalcava con foga. Le sue tette rimbalzavano e stava gemendo mentre si accarezzava il clitoride. Era sexy da morire e Brain dovette trattenere il proprio orgasmo con tutte le forze.

Nell'istante in cui la sentì venire, l'afferrò per la vita e rotolò finché non fu lei sulla schiena. Poi la scopò ancora più forte, quasi sopraffatto dalla sensazione dei suoi muscoli interni che ancora si contraevano sul suo cazzo libero dal preservativo; avevano smesso di usarlo e non c'era *niente* di più bello che essere dentro di lei senza.

Arrivò al culmine fin troppo presto. Si spinse più a fondo che poté e si lasciò andare.

Un attimo dopo le crollò sopra, assicurandosi di non schiacciarla. Rotolò di fianco portandola con sé, sentendo i suoi respiri caldi contro il collo, e chiuse gli occhi soddisfatto.

Aveva quasi perso tutto questo.

Si era scusato così tanto con lei, che gli aveva ordinato di non dire mai più "mi dispiace" riguardo a quello che era successo a Houston. Glielo aveva accordato... ma nella sua mente si scusava ancora spesso con lei.

«Congratulazioni» le disse con dolcezza.

Aspen ridacchiò. «Grazie.»

«Per quel che vale, sono orgoglioso di te. La città di Temple magari non lo sa ancora, ma saranno in ottime mani. Chiunque chiamerà il 9-1-1, sarà fortunato se ti presenterai tu per aiutare.»

«Devo seguire alcuni corsi per sentirmi più tranquilla, soprattutto per quanto riguarda la pediatria, ma sono entusiasta di iniziare e incontrare gli altri paramedici con cui lavorerò.»

«Ti ameranno» la rassicurò Brain, sperando che fosse vero.

Ma lei si limitò a scrollare le spalle. «Anche se non sarà così, non importa. Ho te e la tua squadra. E Gillian, Kinley e Devyn. Non ho bisogno di essere migliore amica con i miei colleghi, perché ho tutti voi.»

«Puoi dirlo forte. Quando hai intenzione di trasferirti qui per sempre?» le chiese.

Sollevò la testa e lo fissò. «Non ero sicura che fossi pronto.»

«Pronto? Donna, ti ho implorata di restare ogni notte nell'ultimo mese.»

«Se sei sicuro...» mormorò.

«Ne sono sicuro» confermò lui. «Più che sicuro. Stai solo buttando via soldi per l'affitto di quell'appartamento, dato che sei sempre a casa mia. Ti voglio *qui*. Nel mio letto. Nella mia doccia. Nella mia cucina. So che questa casa è piccola, ma alla fine ne prenderemo una più grande.»

«È perfetta» dichiarò Aspen con un sorriso.

Brain sbuffò, e quel movimento gli fece scivolare il cazzo fuori dal suo corpo, facendoli gemere.

«Odio perderti» gli disse.

«Non mi perderai mai, *darling*.» Si chinò e la baciò lentamente e a lungo, proprio come piaceva a loro.

———

Winnie Morrison osservò la casa del suo vicino e sorrise nel vedere l'elegante macchina nera di Kane parcheggiata nel vialetto. Lui amava quell'auto e il fatto che non fosse al sicuro nel suo garage, poteva solo significare che quella di Aspen stava attualmente occupando il posto. Era ovvio che l'amasse più di quanto ci tenesse alla macchina, e ciò le ricordò il suo defunto marito.

Steve era stato l'amore della sua vita. Era morto cinque anni prima e non passava giorno in cui non le mancasse; le mancava come le teneva la mano, o come cambiava le lampadine senza lamentarsi o tagliava le verdure per l'insalata perché sapeva che lei odiava farlo.

Ma aveva avuto più di cinquantacinque anni con lui, ed era contenta di come era andata la sua vita. Ormai novantenne, non le restava molto tempo da vivere. Ma non era ancora morta.

Così, quando sua nipote Jayme le aveva chiesto se poteva andare a stare con lei per un po', aveva acconsentito con entusiasmo. Guardare Kane falciare il prato in pantaloncini era divertente, certo, ma si annoiava quasi tutti i giorni. Sarebbe stato bello avere Jayme intorno.

Per non parlare del fatto che a trentadue anni, era ormai tempo che sua nipote si sposasse. Ma lei era testarda. Ed esigente.

Tuttavia, Winnie non avrebbe permesso che ciò la fermasse. Aveva trovato qualcuno che sarebbe stato perfetto per la sua Jayme. Aveva incontrato il giovane – ormai per Winnie tutti sembravano giovani – al supermercato, ed erano diventati subito amici. L'aveva chiamata diverse volte per chiacchierare e l'altro giorno si era anche fermato per controllarla e vedere se avesse bisogno di qualcosa. Era rispettoso, cortese, di bell'aspetto e soprattutto single.

Winnie non provava così tanta trepidazione ed eccitazione da molto tempo e sorrise tra sé e sé. Poteva anche essere vecchia, ma ricordava ancora le farfalle nella pancia di quando aveva incontrato Steve per la prima volta. Lo voleva anche per Jayme.

Allontanandosi dalla finestra, iniziò a complottare. Non vedeva l'ora che arrivasse sua nipote.

———

Sierra era seduta su una sedia in una casa diroccata, cercando disperatamente di liberarsi le mani. Era impossibile, riuscì solo a stringere ancora di più i nodi delle corde che la tenevano legata. Le lacrime minacciavano di scendere, ma si sforzò di trattenerle, le sembrava di aver solo pianto ultimamente.

Le era difficile comprendere come fosse arrivata lì.

Aveva appena finito il turno in mensa ed era tornata alla sua tenda quando si era sentita afferrare da dietro. Le avevano infilato un sacco sulla testa e poi l'avevano costretta a salire nel retro di un veicolo. Un uomo le aveva puntato un coltello alla gola dicendole che se avesse emesso un suono, l'avrebbe sventrata come un pesce.

Quindi era rimasta sdraiata lì, in silenzio e tremante, mentre passavano davanti alle guardie all'ingresso della base.

Da allora era stata spostata di casa in casa e fatta sfilare con esultanza davanti agli insorti.

Mentre era immersa nei ricordi, un uomo che riconobbe entrò nella stanza in cui era tenuta prigioniera e fece cadere ai suoi piedi un borsone dall'aspetto familiare.

Lo fissò sgomenta. Era il suo. Era stata felicissima

quando l'aveva trovato in un negozio di articoli militari negli Stati Uniti, prima di partire per l'Afghanistan.

«Nel caso ti stia chiedendo se qualcuno ti sta cercando, la risposta è no» disse l'uomo. L'aveva visto in giro per la base. Era un interprete. Muhammad Qahhar. Qualcuno di abbastanza fidato a cui era stato permesso di mescolarsi tra i soldati americani. «Pensano che te ne sia andata. Che non riuscivi a gestire il lavoro. Non importa a nessuno di te, donna di satana. Sei nostra.»

«Cos'hai intenzione di farmi?» gli chiese.

«Sei uno strumento per l'addestramento dei miei uomini» rispose.

Sierra non voleva sapere cosa significasse, ma non riuscì a impedirsi di chiederlo: «Cosa vuol dire?»

«Devono imparare come si fa ad ottenere informazioni dai nostri prigionieri. Come infliggere abbastanza dolore per far sì che qualcuno voglia dirci tutto, ma non tanto da ucciderlo. Sarai la nostra cavia. Ti useremo per affinare le nostre abilità, poi quando sarà il momento e l'America invierà i suoi migliori soldati per abbatterci, saremo abbastanza abili da mandare a casa tutti voi occidentali con la coda tra le gambe.»

Sierra era sconvolta. L'avrebbero torturata per fare *pratica?*

«Ti prego lasciami andare! Non dirò niente a nessuno.».

«No» ribatté prima di rivolgersi ad altri due uomini che erano entrati nella stanza con lui. Sierra non li aveva nemmeno notati prima; si era concentrata troppo sul tizio che conosceva come interprete... e sulla sua borsa. «Le grotte sono pronte?» chiese.

«Sì, Shahzada» risposero.

Sierra sbatté le palpebre quando riconobbe il nome. Shahzada era il capo degli insorti della zona. *Muhammad* era Shahzada? Oh, merda. Si muoveva liberamente per la base. Si fidavano tutti di lui. Era chiaro che nessuno avesse minimamente sospettato che fosse il terrorista che stavano cercando.

Era proprio lì, sotto il naso degli uomini e delle donne che Sierra aveva conosciuto lavorando alla base.

«Bene. Portala lì e fai come ti è stato ordinato. Vedremo quanti altri collaboratori riusciremo a prendere per farle compagnia. Alla fine gli americani se ne accorgeranno e invieranno le cosiddette forze *d'élite* per cercare di fermarci. Per allora, saremo pronti per loro.»

Shahzada sorrise allegramente mentre si voltava verso Sierra. «Tu e gli altri sarete determinanti per convincere la vostra gente a lasciare le nostre terre. Dovresti esserne orgogliosa.»

Orgogliosa? No, non era orgogliosa, era terrorizzata.

Sierra non riuscì a trattenersi dal cercare di ritirarsi quando gli uomini si fecero avanti. Non aveva idea di cosa avessero in serbo per lei, ma sapeva che non era niente di piacevole.

Qualcuno da qualche parte, doveva aver capito che non era possibile che si fosse alzata una mattina e avesse deciso di lasciare la base, giusto?

Doveva essere forte, rimanere in vita, così avrebbe potuto svelare che Muhammad era Shahzada. Poteva non essere un soldato, ma amava il suo Paese e Sierra non sarebbe caduta senza combattere.

Il suo ultimo pensiero prima che le arrivasse un pugno sul viso, rendendo impossibile pensare a qualsiasi cosa, fu per quell'incredibile soldato, Grover. Gli aveva inviato una lettera, spiegandogli che preferiva quelle più personali scritte a mano piuttosto che le mail e che non vedeva l'ora di conoscerlo meglio. Quando l'avesse ricevuta e si fosse reso conto che lei non ne stava mandando altre, avrebbe sicuramente pensato che c'era qualcosa che non andava. Giusto?

———

Oz era sdraiato sul divano con il braccio dietro la testa a guardare il football in TV, cercando di ignorare la discussione in corso nell'appartamento accanto al suo, che riusciva tranquillamente a sentire. Stava ascoltando lo stronzo fare a pezzi la sua ragazza da almeno un'ora. Non era nemmeno la prima volta. Per quanto poteva dire, non le aveva mai messo le mani addosso, ma sapeva meglio di chiunque altro quanto potessero far male le parole.

Lui e sua sorella erano cresciuti con un padre esattamente come il coglione che sentiva urlare dalla porta accanto. Per lui non erano mai riusciti a fare nulla di buono e avevano trascorso la loro infanzia cercando di stare tranquilli e tenendosi alla larga da lui. La loro mamma se n'era andata quando Oz era ancora piccolissimo e non l'aveva mai conosciuta. Becky, sua sorella, era più vecchia di sei anni, eppure era stato lui a fare il possibile per proteggerla.

Lei non era mai riuscita a superare gli abusi che avevano subito. Aveva iniziato a frequentare un uomo uguale al padre, tranne per il fatto che non esitava a usare i pugni per esprimere il suo punto di vista. Oz aveva cercato di aiutarla più di una volta dopo che se n'era andata di casa, mentre lui frequentava ancora il liceo. Le aveva inviato denaro in modo che potesse allontanarsi dal fidanzato violento, ma alla fine tornava sempre da lui.

Il loro padre era morto poco prima che Oz si laureasse e quando Becky si era presentata al funerale ovviamente sotto l'effetto di qualche tipo di stupefacente, aveva preso in mano la situazione cercando di fare il possibile per aiutarla. Ma dato che lei non voleva aiutare se stessa, non era riuscito a fare molto.

Oz non parlava con Becky da oltre dieci anni. Subito dopo essersi diplomato al liceo e arruolato nell'esercito, aveva dovuto concentrarsi sul proprio futuro.

Adesso ne era pentito. Avrebbe voluto essere più forte e averla aiutata di più.

Ascoltare la sua vicina venire insultata aveva riportato in superficie tutti i ricordi che aveva cercato in tutti i modi di seppellire.

«Sei spazzatura, Riley! Lo sei sempre stata e sempre lo sarai» gridò l'uomo.

«Caccialo via» mormorò Oz.

«Vaffanculo!» urlò la donna. «Vattene!»

«Brava ragazza» disse annuendo con la testa. «Resisti. Non lasciarti convincere a farlo restare.»

«Mi pregherai di tornare» l'avvertì il tizio.

Lei rise. «No, non lo farò. Sai solo stare lì a giocare ai videogiochi tutto il giorno. Abbiamo chiuso!»

«Bene. Comunque sei una stronza insensibile. Frigida del cazzo.»

«Fuori!» gridò lei.

Si alzò dal divano, andò alla porta e l'aprì. Voleva che lo stronzo sapesse che non era del tutto priva di protezione. Alto un metro e novantacinque, Oz era un uomo imponente e pensava che il tizio non avrebbe fatto nulla finché lui fosse stato lì a osservare.

Lo aveva visto in giro, anche se non si erano scambiati che un educato "ciao" o "buongiorno" di sfuggita, ma che fosse dannato se avrebbe lasciato che l'abuso verbale si trasformasse in qualcosa di fisico.

Si appoggiò alla soglia e incrociò le braccia sul petto con l'aria più intimidatoria possibile. Tre secondi dopo, la porta della sua vicina si aprì e il ragazzo uscì a grandi passi. Si voltò e aprì la bocca per lanciare un ultimo insulto... quando vide Oz.

«Non sei degna» le disse con disprezzo, poi si avviò lungo il corridoio, oltrepassò la sua porta, e scomparve giù per le scale.

Oz si voltò e vide la donna sulla soglia. Arrossì quando notò che la guardava. Era minuta, almeno trenta centimetri più bassa di lui. Aveva lunghi capelli castani che si arricciavano sulle punte e grandi occhi nocciola. Sembrava stressata, ma poté anche vedere sollievo nel suo sguardo.

«Tutto bene?» le chiese.

«Sì. Grazie.»

«Starai meglio senza di lui.» Non poté fare a meno di aggiungere.

«Lo so.»

Era contento di vedere che non fosse in preda a una crisi isterica. Probabilmente si sarebbe arrabbiata più tardi, e non poteva biasimarla, ma per ora si stava trattenendo.

«Sono Oz» si presentò, sollevando leggermente il mento.

«Riley» rispose.

Aprì la bocca per dire qualcos'altro, ma sentì l'ascensore in fondo al corridoio fermarsi e si voltò per vedere chi stesse uscendo. Se fosse stato l'ex di Riley, si sarebbe assicurato che il bastardo capisse una volta per tutte che non era il benvenuto.

Invece, uscirono e andarono verso di loro un uomo in giacca e cravatta e un bambino che doveva avere nove o dieci anni.

Aggrottò la fronte sempre più confuso quando si fermarono davanti a lui.

«Porter Reed?» gli chiese il tizio.

«Sono io» rispose Oz.

«Sono del Dipartimento della famiglia e dei servizi di protezione e tutela del Texas, tutela dei minori. Ha una sorella che si chiama Rebecca Reed?»

«Sì.»

«Sono spiacente di informarla che sua sorella è deceduta in spiacevoli circostanze. Lei figura come parente più stretto e questo è suo nipote, Logan Reed.»

Oz sbatté le palpebre sorpreso. Dimenticò la vicina e la discussione che aveva sentito svanì dalla sua testa come se non fosse mai successa. Poté solo fissare il bambino che stava cercando di essere coraggioso, ma che ovviamente era spaventato a morte.

Aprì la bocca per protestare, per dire che non poteva essere suo nipote, che non sapeva nemmeno che sua sorella *avesse* un figlio. Ma il ragazzino alzò la testa... e Oz fissò i suoi occhi.

Quel bambino aveva vissuto l'inferno. Poteva vederlo nel suo sguardo, insieme al terrore di essere davanti a uno sconosciuto. Un uomo che avrebbe potuto fargli del male, come qualcuno ovviamente aveva già fatto in passato.

Ma fu il grigio di quegli occhi, proprio come quello di Oz, a convincerlo che avesse il suo stesso sangue che gli scorreva nelle vene.

Come se dentro di lui fosse stato premuto un interruttore, si rese all'improvviso conto che avrebbe fatto tutto il necessario per proteggerlo. Se Becky era davvero morta e l'assistente sociale era alla sua porta, Logan non aveva nessun altro che si prendesse cura di lui. Che lo tenesse al sicuro.

Muovendosi lentamente per non spaventare il ragazzino più di quanto già non fosse, si accucciò per guardarlo negli occhi. Gli tese la mano e disse con gentilezza: «Ciao, Logan. sono Oz. Tuo zio. E nessuno ti farà *mai più* del male.»

———

Cerca il prossimo libro della serie Team Delta Due:
La forza di Jayme

Trovare Lexie
Trovare Kenna
Trovare Monica
Trovare Carly
Trovare Ashlyn
Trovare Jodelle (22 Luglio)

Armi & Amori: verso il futuro

Soccorrere Caite
Soccorrere Brenae
Soccorrere Sidney
Soccorrere Piper
Soccorrere Zoey
Soccorrere Avery
Soccorrere Kalee
Soccorrere Jane

Delta Force Heroes

Salvare Rayne
Salvare Emily
Salvare Harley
Il Matrimonio di Emily
Salvare Kassie
Salvare Bryn
Salvare Casey
Salvare Sadie
Salvare Wendy
Salvare Mary
Salvare Macie
Salvare Annie

Armi e Amori

Proteggere Caroline

Proteggere Alabama
Proteggere Fiona
Il Matrimonio di Caroline
Proteggere Summer
Proteggere Cheyenne
Proteggere Jessyka
Proteggere Julie
Proteggere Melody
Proteggere il Futuro
Proteggere Kiera
Proteggere i figli di Alabama
Proteggere Dakota

Mercenari di Montagna

Difendere Allye
Difendere Chloe
Difendere Morgan
Difendere Harlow
Difendere Everly
Difendere Zara
Difendere Raven

Ace Security

Il riscatto di Grace
Il riscatto di Alexis
Il riscatto di Bailey
Il riscatto di Felicity
Il riscatto di Sarah

Una raccolta di storie brevi

Un momento nel tempo

BIOGRAFIA

L'autrice best seller del *New York Times*, *USA Today,* e *Wall Street Journal*, Susan Stoker ha un cuore grande come lo stato del Texas, dove vive, ma questa tipica ragazza americana ha trascorso gli ultimi quattordici anni vivendo nel Missouri, in California, in Colorado, e nell'Indiana. È sposata con un ex militare dell'esercito, che ora la segue in tutto il Paese.

Ha debuttato con la sua prima serie nel 2014, seguita dalla serie SEAL of Protection, che ha consolidato il suo amore per la scrittura, e la creazione di storie in cui i lettori possono perdersi.

Se ti è piaciuto questo libro, o qualsiasi libro, per favore considera di lasciare una recensione. Gli autori lo apprezzano più di quanto tu possa immaginare.

www.stokeraces.com
susan@stokeraces.com